박재영 新무협 판타지 소설

흑첨향

黑恬鄉

현실이면서 꿈속의 세계

1

흑첨향 1

박재영 新무협 판타지 소설

초판 1쇄 찍은 날 / 2001년 10월 30일
초판 1쇄 펴낸 날 / 2001년 11월 10일

지은이 / 박재영
펴낸이 / 서경석

편집장 / 문혜영
편집 / 허경란 · 박영주 · 김희정 · 권민정 · 장상수
마케팅 / 정필 · 강양원 · 김규진

펴낸곳 / 도서출판 청어람
등록번호 / 제1081-1-89호
등록일자 / 1999. 5. 31
어람번호 / 제2-0022호

주소 / 경기도 부천시 원미구 심곡1동 350-1 남성B/D 3F (우) 420-011
전화 / 032-656-4452 팩스 / 032-656-4453
E-mail / eoram99@chollian.net

값 7,500원

ISBN 89-5505-197-2 (SET)
ISBN 89-5505-198-0 04810

흑첨향

박재영 新무협 판타지 소설

1

黑甛鄕

현실이면서 꿈속의 세계

도서출판
청어람

목   차

시(始)

명(明)은 당(唐) 이후 자치적인 통일시대로 그 국세의 강성함은 송대(宋代)와 비교할 수 없었다.

북송시대에는 동북으로 연운(燕雲)을 수복하지 못하였고, 서북으로는 하인(夏人)이 일어났고, 북방 변방의 요새는 모두 이족(異族)의 손에 들어가 부득이 적에게 조공을 주고 안전을 구하였다.

그러나 명대(明代)의 국세는 점차 강성해져 멀리 서역에까지 그 위세를 떨치기 시작하니 그중 가장 유명한 것은 정화(鄭和)의 서역 정벌이었다.

정화는 성조(成祖) 영락 삼년(永樂三年, 1405)부터 출사하기 시작하여 선종(宣宗) 선덕 칠년(宣德七年, 1432)에 최후로 귀국할 때까지 전후 이십칠 년 동안 모두 일곱 차례의 항해로 이역의 오십여 개 국을 정벌했으며, 남양 군도와 인도양 서안 각지를 거쳐 가장 서쪽으로는 아프리카

동부에까지 출병했었다.

서역 대정벌의 해양 함대는 규모가 커서 배가 많을 때는 일백여 척에 달하고 적을 때에도 사, 오십여 척에 이르렀다. 가장 큰배의 길이는 사십사 장, 폭이 십팔 장이었다. 서역 대장정에 인솔한 병사들의 수효도 적지 않아 오만(五萬)이 넘었다. 이는 중국 역사상 드물게 보는 일이었다.

군사들은 모두 오랜 전쟁을 치른 백전의 용사들이었으며 두려움을 모르는 이리들이었다.

정화의 병단은 서역으로 출병하여 저항하지 않는 열국들의 도읍에서는 한 사람의 인명도 다치지 않고 그곳을 손에 넣었다. 하지만 저항하는 곳의 주민과 병사들은 모조리 잡아 죽였다. 조금이라도 저항했던 곳은 재로 만들어 버렸다. 심지어 어떤 곳에서는 오십여만 명에 이르는 주민과 병사들을 한 명도 남기지 않고 죽여 버렸는 바, 오만에 달하는 정화의 병사 한 명이 각기 십여 명씩을 도살한 셈이었다.

이렇게 되자 병사들의 정신과 육체는 모두 다, 그야말로 피로 물들었다. 그들은 고향을 떠나 멀리 이역만리에서 문자와 말도 다르고 얼굴빛도 다른 이족들과 수년에 걸쳐 싸우는 동안 사람이라기보다는 각기 한 마리의 야수가 되어 있었던 것이다.

정화의 출병이 장장 이십칠 년에 걸쳐 이루어졌는 만큼 많은 병사들이 대체되고 새로운 병사들이 속속 출병군에 합류되었다. 그중에서는 아직 나이 어린 소년 군사도 적지 않았다.

중국통사(中國通史), 명초(明初)의 정치(政治) 중에서 발췌.

제1장
소년 용병(用兵)

1

선종(宣宗) 선덕 칠년(宣德七年, 1432).

남발리국(南渤利國=지금의 수마트라 서북부).

막 우기(雨期)가 지나간 숲은 생명력으로 가득 차 있었다. 바싹 메말랐던 나뭇잎과 흙은 촉촉이 물기를 머금은 채 습기를 뿜어내고 있었고 습기는 다시 칙칙하게 감겨드는 안개가 되었다가 이내 공몽(涳濛)이 되어 흩어진다.

흐느적거리며 떠다니는 그 안개비 속에 일단의 움직임이 있었다.

수효는 대략 삼십여 명, 갑옷에 투구까지 갖춘 병사 이십 명이 일렬로 걸어가고 있었고 그 뒤쪽으로는 한눈에 보기에도 거친 느낌을 주는 사내들 십여 명이 뒤따르고 있었다. 대략 이십 대 후반에서 삼십 대 중반 사이의 나이일 듯한 사내들은 소지하고 있는 병기도 각양각색이고 복장 또한 다양했다.

보폭과 발을 내딛는 순서마저 똑같이 맞춰 질서 정연하게 행진하고 있는 병사들과는 달리 그들에게서는 아무런 질서나 규율을 찾아볼 수 없었다.

게다가 당장이라도 폭발할 듯한 긴장감을 유지하고 있는 병사들과는 달리 사내들은 산책이라도 나온 듯 여유롭기 이를 데 없었다. 서로 킬킬거리고 잡담을 나누는가 하면 대열을 벗어나 볼일을 보고 다시 대열로 합류하기도 한다. 한 무더기의 건포를 손에 쥔 채 쉬지 않고 오물거리며 걷는 사내가 있는가 하면 심지어 꾸벅꾸벅 졸면서 행진하는 사내도 있었다.

특히 가장 특이한 인물은 일행과 뚝 떨어져 후미에서 따라오고 있는 사내였다.

사내라기엔 어쩐지 어린 느낌을 준다고나 할까?

마치 전장에서의 경륜을 증명하듯 얼굴에 한두 개씩의 검상을 지니고 있는 다른 사내들과는 달리 상처 하나 없는 깨끗하고 흰 피부 때문인지는 몰라도 언뜻 보기에는 겨우 열여섯 정도로밖에 보이지 않는다.

게다가 눈이라도 마주치면 수줍음 많은 소년처럼 멋쩍어하는 표정을 떠올리고 있어 더욱더 나이를 짐작할 수 없게 만들고 있었다.

마치 전혀 어울리지 않는 세계에 어쩌다 끼어든 것 같은 이질적인 분위기를 풍기는 사내, 병사들 뒤를 따르고 있는 용병(用兵)들 사이에서 터져 나오는 소란은 대부분 예의 특이한 사내에게서 시작되고 있었다.

"어? 여기 이상한 나무가 있어. 누가 이 나무 이름을 알고 있는 사람 없습니까? 정말 신기한 나무라니까!"

그들의 임무는 사선(死線)을 넘나드는 임무이다. 보이지 않는 죽음의 그림자가 발 밑에 어른거리는 위험한 임무인 것이다. 죽음을 등에 업고 있다고 느껴지면 누구나 긴장하기 마련이고 임무와 관계없는 일에는 일체 관심을 가질 수가 없다.

게다가 쉬지 않고 떠들어대고 있는 소년 용병(用兵), 능비령(菱飛零)이 신기하다고 떠들어대고 있는 나무나 꽃, 곤충 따위는 기실 별반 신기한 것들도 아니었다.

"내원참! 천천히들 가자니까요. 누가 쫓아오는 것도 아닌데 그렇게 서두를 필요가 있냐구요."

병사들은 물론이고 동료인 용병들조차 고개 한번 돌리지 않고 멀어져 가자 능비령도 어쩔 수 없다는 듯 다시 터벅터벅 행렬을 따라 걸음을 옮기기 시작했다.

하지만 그의 입은 여전히 분주했다. 누구에게라고 할 것 없이 한바탕 궁시렁거린 능비령은 이내 큰 소리로 노래를 부르기 시작했다.

"침실의 젊은 아낙, 이별의 슬픔도 모르는 듯… 봄날에 짙은 화장을 하고 누각에서 경치를 본다."

점차 스스로 흥이 났음인가?

능비령의 낭랑한 노랫소리가 더욱더 높아지기 시작했다.

"언뜻 길가 버드나무가 푸르게 움튼 것을 보고… 왜 남편을 출정시켜 귀족이 되라 했는가 후회한다(閨中少婦不知愁 春日凝粧上翠樓忽見陌頭楊柳色 悔教夫壻封寏侯)."

용병들 중 거칠게 보이는 20대 후반의 청년 한 명이 왝 고개를 돌려 사나운 눈길로 능비령을 노려보았다.

"저 자식, 제발 그 노래만은 하지 말라고 했더니……!'

청년의 뒤에 걷고 있던 다른 용병이 웃으며 고개를 저었다.

"내버려 둬! 저놈이야 저 노래밖에 모르는 걸 어쩌겠나!"

"그렇지 않아도 집에 두고 온 아내 생각이 날 때마다 마음이 울적해질 판인데, 저 자식이 시간만 나면 저 노래를 불러대니 견딜 수가 있어야지."

"그러게 저 친구에게 다른 노래 하나 가르쳐 주라고 하지 않았냐구!"

능비령이 부르고 있는 노래는 왕창령(王昌齡)의 시에 가락을 붙인 것으로써 정화군(鄭和軍) 사이에서 불려지고 있는 노래였다.

능비령의 노래 때문이었을까? 일행 전체를 뒤덮고 있던 팽팽한 긴장감이 눈에 뜨이게 누그러들었다.

기실 오랜 시간 동안 팽팽히 당겨진 실처럼 긴장해 있는 것은 사람을 극도로 지치게 만든다. 전투에 임해서도 지나친 긴장은 오히려 행동을 제약할 뿐이었다. 그런 면에서 본다면 고래고래 소리를 질러대는 능비령의 노래는 일행들에게 있어 일종의 휴식이나 다름없었다.

곳곳에 늪지대가 입을 벌리고 있고 악마의 촉수 같은 넝쿨들이 길을 막고 있다. 우기가 지나간 뒤에 오는 후텁지근한 열기(熱氣)와 스멀스멀 몸을 타오르는 습기가 아니더라도 길도 없는 열대림 속을 정찰하는 임무는 결코 쉬운 일이 아니었다. 때문에 척후대(斥候隊)는 일행 전체가 한 자리에 모일 수 있는 공터가 발견되면 휴식을 취한 후 다시 전진하곤 했다.

반 시진 정도를 더 전진하자 제법 넓은 공터가 모습을 드러냈다.

척후대를 통솔하고 있는 백부장은 특별히 지시를 내리지 않았다. 하지만 관례이기라도 하듯 모두들 공터에 삼삼오오 둘러앉아 휴식을 취하기 위해 시작했다.

용병들은 병사들과 다소 떨어진 곳에서 모여 앉아 각기 건량을 꺼내 먹거나 짧은 잠을 청하기도 했다. 하나 능비령은 건량을 먹지도 않고, 잠시나마 눈을 붙이지도 않은 채 호기심 많은 어린아이처럼 주위를 어슬렁거리고 있을 뿐이었다. 그러다 무엇을 발견했는지 공터 외곽에 쪼그려 앉아 지면을 들여다보기 시작했다.

용병들 중 삼십 대 중반의 듬직한 체구를 지닌 중년인이 능비령에게 다가갔다.

능비령이 들여다보고 있는 것은 울창한 넝쿨 속이었다. 얼기설기 엉켜 있는 가시넝쿨 속의 지면에 한 송이 들꽃이 피어나 있었다.

지루한 줄 모르겠다는 듯 들꽃을 들여다보고 있는 능비령을 향해 중년인이 입을 열었다.

"그렇게 좋으면 그 들꽃을 위해 주변의 넝쿨들을 쳐주는 게 어떤가?"

능비령이 고개를 저었다.

"아마 이 꽃이 그걸 원치 않을 겁니다. 넝쿨들 속에서 싹을 키워내 결국 꽃까지 피워낼 정도의 강인함을 지닌 녀석이니까 이젠 넝쿨들 때문에 시들 일도 없을 테고요."

"자네와 똑같군."

그제야 능비령이 고개를 돌렸다.

"뭐가 말입니까?"

"저 들꽃을 보고 있노라면 어떤 활력이 느껴져. 그리고 그 활력이 보고 있는 사람에게까지 전이되는 느낌이고……."

중년인의 표정이 음울하게 굳어들었다. 그는 마치 독백이라도 하는 듯 허공을 보며 말을 이었다.

"이 지옥 같은 곳에서의 생활이 길어질수록 모두들 웃음과 말을 잃어가는데 자네만은 그렇지가 않은 것 같아. 눈에 보이는 모든 것들이 신비하고 경이롭다는 듯한 태도… 그 활력이 부럽다는 의미이네."

"활력? 난 그저 꼼짝도 않고 가만히 있을 체질이 못 되는 것뿐이라구요."

능비령은 대수롭지 않다는 듯 대꾸한 후 다시 넝쿨 속의 자그마한 들꽃을 내려다보기 시작했다. 임무도 잊은 채, 그 임무에 따른 위험도 까맣게 잊은 채 그저 그렇게 눈에 보이는 싱그러움에만 빠져들겠다는 태도였다.

"저 꼬마 말이야……."

병사들 중 한 명이 함께 둘러앉아 있는 동료들 중 바로 옆에 앉아 있는 병사를 향해 입을 열었다. 그의 눈은 용병들과도 떨어진 곳에 쪼그려 앉아 열심히 땅만 내려다보고 있는 능비령에게 고정되어 있었다.

"도무지 긴장하는 것 같지가 않아. 저 친구를 보고 있노라면 이건 우리가 정찰을 나온 건지 유람을 나온 건지 모르겠더라니까. 저 꼬마도 정말 용병이 맞긴 맞는 거야?"

입을 연 병사의 맞은편에 앉아 있던 다소 나이가 많아 보이는 병사가 미소를 머금은 채 고개를 끄덕였다.

"혈랑(血狼)이야."

"예? 혈랑이 뭡니까?"

처음 입을 연 병사가 어리둥절한 표정으로 고개를 들었다. 나이가 많아 보이는 병사 옆에 앉아 있던 또 다른 병사가 흠칫 놀란 눈빛을 머금었다.

"용병들 중에서 가장 강하다고 알려져 있는 혈랑이 저렇게 어린 친구였단 말입니까?"

"보기엔 소년 같지만 실제 나이는 좀 더 되었을 거야."

"아……!"

"군역(軍役)에서 풀려난 뒤에도 돌아가지 않고 오히려 남기를 자처한 사람들이 더러는 있어. 그 사람들은 용병으로 채용되지. 혈랑은 그 용병들 중에서도 가장 오랜 관록을 지니고 있다더군. 이 지옥에서 5년째 버티고 있다니 말일세."

"5년이란 말입니까?"

처음 입을 열었던 병사의 눈이 커졌다. 그는 믿을 수 없다는 표정으로 힐끔 능비령 쪽을 바라본 후 입을 열었다.

"5년이라면 도대체 몇 살 때부터 이 지옥 속으로 뛰어들었다는 겁니까? 아무리 봐도 이제 열다섯이나 열여섯 정도로밖에 안 보이는데 말입니다."

"그러게 내가 보기보다는 나이가 더 많을 거라고 한 걸세. 그리고… 저 친구가 가끔 소란을 떠는 바람에 피를 말릴 듯한 긴장에서 다소나마 벗어날 수 있으니 오히려 난 좋더군."

"하긴, 그렇기도 하군요."

"저 친구는 용병단 전체에서 서열 2위이네. 이번 작전에서는 용병들 쪽을 통솔하는 신분이고. 어려 보인다고 꼬마라고 했다가는 다른 용병들이 가만있지 않을 테니 말조심 해."

"가장 어려 보이는 저 친구가 오히려 다른 용병들을 통솔하는 신분이란 말입니까?"

"나이 먹은 게 계급은 아니잖은가? 용병들 세계에서 나이 따위를 신경 쓰는 사람들은 없어. 경력과 능력이 우선되는 세계니까."

능비령에게 꼬마라고 칭했던 병사가 머쓱해진 듯 화제를 바꾸었다. 그는 주위를 두리번거리며 입을 열었다.

"그건 그렇고… 도대체 우리가 뭘 찾고 있는 겁니까? 무슨 사원(寺院)을 찾는 게 임무라는 건 얼핏 듣기는 했는데 이런 깊은 숲 속에 사원이 있을 것 같지도 않고……."

"우리가 찾아내야 할 사원은 고대 밀종의 본산인 정극풍천(正極風天)이야. 우리의 임무는 단지 정극풍천의 위치를 확인해 보고하는 것뿐이고."

"정극풍천이라는 사원은 왜 찾는 겁니까?"

"이건 본진에서 흘러나온 소문인데, 삼보태감(三保太監) 정화(鄭和)는 이번 출병을 이용해 정극풍천에 감춰져 있는 한 자루 검을 찾아내려 한다더군."

"설마… 출병의 목적이 겨우 검 한 자루를 찾아내기 위한 것이었다는 말입니까? 도대체 어떤 검이기에?"

"그게 수라검(修羅劍)이라는 이름이라는 것밖에는 더 이상 알려진게 없다고 하더군."

"수라검?"

문득, 입을 열었던 나이가 가장 많아 보이는 병사의 표정이 어두워졌다. 그는 새삼스럽게 아직도 넝쿨 속의 들꽃을 내려다보고 있는 능비령을 바라보았다.

"이곳에서 가장 오래 있었다는 경력만으로 용병단 전체 서열 2위를 차지한다는 건 불가능해. 그만치 저 친구가 강하다는 증거이지. 한데 저 친구마저 동원된 걸 보면 이번 임무가 단순한 정찰 임무는 아닐걸세. 어쩌면 우리들 중에서 살아서 돌아갈 수 있는 사람이 몇 안 될지도 몰라."

　노병사와 함께 둘러앉아 있던 병사들 모두 크게 놀란 빛을 떠올렸다. 정화군으로 이미 세 번째나 출정한 그의 입에서 흘러나온 말인지라 그만큼 무게감이 느껴진 때문이었다.

다시 출발한 척후대가 멈춰진 것은 한 시진쯤을 더 전진한 후였다.

태고 이래로 인간의 발자취를 거부해 온 듯한 열대림 속에 인간의 흔적이 남겨져 있었다. 오랜 세월 동안 적지 않은 사람들이 지나가면서 저절로 다져진 듯한 좁은 길이 나타난 것이다.

소로(小路)는 기이하게도 세 갈래로 나뉘어져 있었다.

세 갈래의 소로 앞에 멈춰 선 선두의 백부장은 곰의 허리에 맹호의 목덜미를 지닌 용맹스러워 보이는 인물이었다. 굳게 닫혀 있는 입술 주위에 푹 패여 있는 주름살은 과묵할 뿐 아니라 책임감이 강한 인상을 풍겨주고 있었다.

"세 군데 모두 사람들이 지나간 흔적이 남아 있지만 사원(寺院)으로 통하는 길은 하나이겠군. 나머지는 침입자를 속이기 위한 가짜일 테고."

백부장의 옆에는 수염을 가슴 어림까지 기른 도인이 서 있었다. 흰색 도포에 흰색 도관을 쓰고 있는 육순 가량의 노도인에게서는 감히 가까이 할 수 없는 위엄과 냉오한 기질이 배어 나오고 있었다.

"부탁드리겠습니다."

백부장이 고개를 돌려 노도인을 향해 입을 열었다. 그 태도가 정중하기 이를 데 없어 노도인은 이번 임무를 위해 특별히 초청되어 온 사람임을 알 수 있었다.

노도인은 고개를 끄덕인 후 품속에서 두툼한 서책 하나를 꺼내 들어 펼쳤다. 아무 글씨도 적혀 있지 않은 백지로 이루어진 서책이었다.

노도인은 다시 품속에서 붓과 주사(朱砂)를 꺼내 붓에 주사를 묻힌 후 펼쳐 놓은 서책의 백지 위에 글씨를 쓰기 시작했다.

〈지(地), 박(搏).〉

단 두 개의 글자는 각기 백지 한 장에 한 글귀씩 쓰여져 붉은빛으로 선명히 빛을 발했다. 마치 생명력을 지니고 있는 듯 사이한 기운이 느껴지는 글귀였다.

이어 노도인은 글씨가 적혀 있는 두 장의 부적(符籍)을 서책에서 찢어내 양손에 각기 나눠 쥔 채 무어라 주문을 외우기 시작했다. 입 안에서만 맴돌아 다른 사람들은 전혀 들을 수 없는 낮은 음성이었다.

화르르……

마치 허공 중에서 저절로 발화(發火)된 듯한 느낌이라고나 할까? 놀랍게도 노도인의 손에 들려 있던 두 장의 부적이 이내 불길에 휘감겨 타오르기 시작했다.

두 장의 부적은 불길에 타오르는 부양력에 의해 허공으로 떠오른 뒤 천천히 세 갈래 길 위로 떨어져 내리기 시작했다. 동시에 부적이 타며 솟아난 연기가 허공에 번지기 시작했다. 기이하게도 연기는 흩어지지 않고 정확히 세 갈래 길 위쪽 허공에 뭉쳐진 채 떠돌고 있었다.

놀라운 일이 벌어진 것은 그 직후의 일이었다. 흐릿한 그 연기 속에 무언가 희미한 영상이 떠오르기 시작한 것이었다.

마치 짙은 안개 속의 물체를 보고 있는 듯한 느낌이랄까? 검은 가사를 걸친 밀승(密僧)들이 세 갈래의 길 중 한 곳으로 걸어가고 있었다.

지켜보고 있는 병사들 사이에서 작은 소요가 일었다. 용병들 역시 예외는 아니었다.

"맙소사……!"

"저게 뭐야? 우리가 환상을 보고 있는 건가?"

"환상이 아니야. 지박령(地搏靈)을 불러내 얼마 전에 이 자리에 있었던 일을 보여주는 거야. 시간이 지날수록 형태가 흐려지는 단점이 있다지만 꽤나 쓸 만한 술법이지."

"지박령? 술법? 중원에 배교(拜敎)라는 곳이 있어 온갖 저주의 주문과 환법, 기문둔갑법, 술법을 부리는 것으로 유명하다더니 그렇다면 저 도사는 배교의 사람인가?"

"아니, 들자니 전진교(全眞敎) 사람이라더군."

연기가 점차 흐려지면서 연기 속에 비쳐지던 밀승들의 모습도 점차 사라지기 시작했다. 하지만 척후대는 이미 자신들이 어느 쪽으로 가야 할지 알 수 있었다.

세 갈래의 소로 중 한 곳을 택해 반 시진 가량을 전진하자 짙은 안개가 앞을 가로막았다. 마치 경계를 그어놓은 듯 전면 삼 장 지점부터 안개로 인해 앞이 보이지 않았다.

안개를 대한 노도인의 눈에서 잔잔한 신광이 뿜어져 나왔다.

"결계(結界)일세. 이건 곧 가까운 곳에 우리가 찾는 사원이 있다는 증거이네."

노도인의 말에 백부장의 전신에 긴장이 차 오르기 시작했다.

"저곳을 보게!"

노도인이 손을 들어 한곳을 가리켰다. 그들의 앞을 가로막고 있는 짙은 안개는 흩어지지 않고 한자리에 뭉쳐져 있는 형태였다. 노도인이 가리키고 있는 것은 그들의 몇 걸음 앞에서 낙엽 사이를 기어가고 있는 한 마리 뱀이었다.

길이 한 자 가량 되는 뱀은 마치 보이지 않는 벽에 막힌 듯 한곳에서 멈칫거리고 있었는데 뱀이 앞으로 나아가지 못하고 멈칫거리고 있는 지점은 바로 짙은 안개가 흩어지지 않은 채 뭉쳐져 있는 곳이기도 했다.

잠시 후, 뱀은 앞으로 나아가는 것을 포기한 듯 옆으로 기어가기 시작했다. 눈에 보이지는 않지만 침범할 수 없는 어떤 경계가 있는 것이 분명했다.

노도인이 주위를 둘러보며 입을 열었다.

"병사들을 시켜 이 주위를 샅샅이 뒤지게. 이상한 글귀나 문양이 적혀 있는 것들이 있으면 모조리 가져오도록 하고. 이건 단지 모르고 침입하는 사람을 다른 곳으로 유도하기 위한 결계이니 깨는 것은 어렵지 않을 걸세."

노도인의 지시에 따라 병사들은 주변을 수색하기 시작했다.

대략 반 시진 가량 주위를 수색하자 노도인의 앞에 십여 개에 달하는 부적들이 쌓였다. 모두 병사들이 찾아낸 것들로서 양피지에 주문(呪文)이 적혀 있는 부적이 있는가 하면 어떤 부적은 얇은 돌판 형태였고,

또 어떤 것은 목판에 부인(符印)이 찍혀 있었다.

　노도인은 돌판으로 된 부적은 가루로 만들었고, 나무와 양피지로 된 부적은 불에 태웠다. 그러자 전면을 가로막혀 있던 짙은 안개가 순식간에 사라져 다시 울창한 숲이 모습을 드러냈다.

　숲은 척후대가 지금까지 거쳐 온 숲보다도 더욱 우거져 그야말로 하늘이 보이지 않을 정도였다. 게다가 숲을 이루고 있는 빽빽한 나무들은 한결같이 검은색을 띠고 있어 마치 숲이 태양을 거부하고 있는 듯한 느낌을 주고 있었다.

　적지(敵地)를 정찰하는 임무를 맡게 되면 누구라도 후미에 서는 것을 극단적으로 싫어한다. 어떤 상황이 기다리고 있을지 모르는 미지의 곳이라면 더욱더 그러했다. 행렬의 중간에 서든가 아니면 차라리 선두에 서는 것이 가장 안전하기 때문이었다.

　하지만 능비령은 늘 후미를 맡았고 또 그가 후미를 지켜주고 있다는 믿음 때문에 용병들은 안도할 수 있었다.

　검은 나무들이 빽빽한 숲에 들어서면서부터 쉬지 않고 떠들어대던 능비령의 입이 다물어졌다.

　능비령의 태도가 바뀌는 것과 동시에 용병들의 태도 역시 변화되어 있었다.

　마치 적을 앞에 두고 털을 곤두세운 늑대 무리를 보는 듯하다고나 할까? 어느새 그들 모두 언제 어느 때라도 휘두를 수 있도록 무기들을 손에 쥐고 있는 상태였다. 더 이상 서로 킬킬거리며 잡담을 하지 않았고 졸면서 걷지도 않았다.

　병사들도 어느새 기이한 압박감에 짓눌려 자신도 모르게 위축되지 않을 수 없었다.

"이 숲은 영 이상하군. 마치 여기만 밤이 된 것 같으니 말이야."

"느낌이 안 좋아. 누군가가 우릴 지켜보는 느낌이야."

병사들 사이에서 작게 속삭이는 소리가 흘러나왔다. 기이하게도 바로 옆의 동료만 알아들을 수 있는 정도로 작은 음성이었는 데도 불구하고 일행 전체가 그 음성을 들을 수 있었다. 그걸 깨닫는 순간 입을 열었던 병사 두 명은 황급히 입을 다문 후 다시는 입을 열지 않았다.

처벅처벅!

마치 자신의 심장 고동 소리가 남에게까지 들릴 것만 같은 정적. 그 정적 속에 울려 퍼지고 있는 그들 자신의 발걸음 소리… 발걸음 소리는 점차 사람의 마음을 짓누르는 듯한 느낌을 주기 시작했다.

한데, 놀랍게도 언제부터인가 이들을 지켜보고 있는 눈이 있었다.

일행이 스쳐 가고 있는 검은 나무의 줄기에도 눈이 있었고, 머리 위의 나뭇가지에도 눈이 있었다. 그것은 정확히 말하면 검은 가사를 걸친 밀승들의 눈이었다.

마치 자벌레처럼 나무와 일체화되어 있는 형상. 어떤 밀승은 나뭇가지처럼 비스듬히 나무에 매달려 있고 또 다른 밀승은 나무줄기에 등을 기대고 서 있었다.

하지만 놀랍게도 척후대의 어느 누구도 그들의 모습을 발견하지 못했다. 심지어 밀승 한 명이 기대서 있는 나무에게서 겨우 일 장 앞을 스쳐 가면서도 그곳에 누군가 서 있다는 것을 발견한 사람은 아무도 없었다.

"으악!"

이때, 병사들 중 한 명이 머리 위 허공에 늘어뜨려 내려져 있는 나뭇가지 형태의 두 손에 목을 잡힌 채 위로 들어 올려지며 비명을 터뜨렸다. 다급한 비명 소리는 병사들의 중간에서 터져 나온 것인지라 다른 사람들의 경악은 이루 말할 수 없었다.

의태(擬態)가 깨져서인지 그제야 병사들의 눈에 동료 한 명이 수많은 밀승들의 손에 의해 까마득한 나무 위로 끌려가 사라지는 모습이 눈에 들어왔다.

"적이다!"

"밀승들이다!"

병사들은 황급히 주위를 둘러보기 시작했다. 하지만 밀승들의 모습은 눈에 보이지 않았다. 동료 한 명을 까마득한 나무 위로 끌어올린 밀승들의 모습은 이미 사라져 버려 보이지 않았다.

놀랍게도 병사들은 잔뜩 긴장한 채 사방을 둘러보면서도 바로 옆이나 머리 위의 나무에 붙어 있는 나무 형태의 밀승들을 발견하지 못하고 있었다.

선두 그룹의 병사들 중 한 명이 주위를 둘러보며 뒷걸음치다가 나무줄기에 등을 댔다. 그의 눈은 나무 위쪽과 전면만을 뚫어져라 주시하고 있었다.

바로 그 순간, 그가 등을 기대고 있는 나무줄기의 형체가 검은 가사를 걸친 밀승의 모습으로 바뀌기 시작했다. 이어 나무줄기처럼 의태되어 있던 두 팔이 스르륵 병사의 목을 휘감았다.

"끄륵……."

이미 목이 부러진 병사는 비명도 지르지 못한 채 고개를 숙였다. 실로 눈 깜짝할 순간에 벌어진 일이었다. 죽은 병사는 여전히 나무에 등을 기대고 서 있어 바로 옆에서 주위를 살피고 있는 동료조차 그가 죽은 사실을 알아채지 못하고 있었다.

"뛰어! 최대한 빨리 이 숲을 빠져나가야 해!"

후미에서 천천히 걸음을 옮기던 능비령이 손에 쥐고 있던 검으로 옆의 나무를 후려쳤다.

픽! 하는 소리와 함께 나무 형태에서 반쯤 사람으로 변화되어 능비령을 공격하려던 밀승 한 명의 몸이 베어졌다.

"우와아아아……!"

능비령은 밀승 한 명을 베어 쓰러뜨린 후 앞으로 치달려 선두에 서며 소리쳤다. 거의 괴성에 가까운 그 소리는 혼란에 빠져 있던 일행들의 정신을 일깨우기 충분했다. 용병들과 병사들이 능비령의 뒤를 따라 일직선으로 치달리기 시작했다.

나무로 의태되어 있던 수많은 밀승들이 모습을 드러내며 공격해 왔다.

나무 위나 바로 옆에서 번개처럼 덮쳐 오는 밀승들의 공격은 실로 공포스러운 것이 아닐 수 없었다. 마치 숲을 가득 메우고 있는 빽빽한 검은 나무들이 모조리 검은 가사를 걸친 밀승들로 바뀌어 버린 듯한 광경이었다.

"환술(幻術)이야."

능비령과 함께 길을 뚫으며 치달리고 있던 용병들 중 한 명이 옆에서 덮쳐 오는 밀승 한 명의 공격을 쳐내면서 입을 열었다.

"동영의 인자술(忍者術)과는 달라. 인자술은 예를 들어 나무에 구멍을 파고 나무껍질과 똑같은 무늬를 지닌 헝겊 따위로 몸을 은폐하지만, 이들은 자신의 몸 자체를 나무와 동화시켜 남들로 하여금 나무로 보여지게 만들 수 있어."

"누가 물어봤수? 누가 물어봤냐구요! 떠들 시간 있으면 옆에서 덤비는 놈이나 빨리 해결하라구요. 어어? 그래, 왼쪽!"

능비령은 쉬지 않고 떠들고 있었지만 그의 검은 정확히 점찍어 놓은 밀승들을 베어 넘기고 있었다. 그러면서도 동료가 위험에 처할 때마다 한마디 경고를 하거나 거들어주곤 했다.

싸움은 어찌 보면 일방적이라 할 수 있었다. 정화군 중에서 정예들로만 선발된 병사들이긴 했지만 일단 함정에 빠진 데다 밀승들의 수효가 월등히 많아 척후대가 괴멸되는 건 시간문제가 아닐 수 없었다.

능비령을 선두로 용병들이 포위망을 뚫고 나가자 병사들은 자연스럽게 그 뒤를 따르기 시작했다.

드넓은 숲 전체에 빽빽이 들어차 있던 나무들이 모조리 밀승들로 바뀐 듯 밀승들의 수효는 더욱더 불어나기 시작했다.

밀승들 중 어느 누구도 입을 여는 사람은 없었다. 공격해 오는 기합성도, 심지어 죽어가면서도 비명조차 흘려내는 사람이 없었다. 그저 검은 해일이 소리없이 몰려드는 듯한 느낌이랄까?

전면에서 불쑥불쑥 튀어나와 공격해 오는 밀승들을 몇 명이나 베어 넘겼는지 모른다. 능비령은 그야말로 무아지경에 빠져 달리고 또 달렸다.

어느 한순간, 선두에 치달리고 있던 능비령을 비롯해 서너 명의 용병들이 한꺼번에 지면 속으로 빠져들었다. 놀랍게도 그들이 막 내딛던 지면이 방원 삼 장 가량 푹 꺼져 버린 것이었다.

"이게 뭐야!"

"함정이다!"

지면이 푹 꺼져 버린 구덩이 속에는 또 다른 밀승들이 몸을 감추고 있었다. 그들은 구덩이 속으로 휩쓸려 빠져드는 능비령과 용병들을 끝이 갈고리처럼 휘어진 창으로 찍어 구덩이 속으로 끌어내렸다.

캉!

능비령은 자신의 몸을 찍어오는 갈고리 하나를 쳐낸 뒤 왼손으로 흙벽을 짚으며 지면 위로 솟구쳐 올랐다. 고개를 돌려보니 지면이 꺼지며 생겨난 구덩이가 한두 곳이 아니었다.

능비령은 구덩이 옆의 단단한 지면에 발을 딛기 무섭게 땅속으로 끌려 들어가고 있는 용병 한 명의 목덜미를 잡아 끌어올렸다.

다른 두 명은 이미 구덩이 속에 몸을 감추고 있던 밀승들에게 끌려 들어가 어디로 사라졌는지 보이지 않았다. 보이는 것은 그저 흙 무더기뿐이었다.

"두더지 새끼들도 아니고… 도대체 이게 무슨 술법이라는 건지?"

간신히 능비령의 도움으로 땅속으로 끌려 들어가는 것을 면한 이십 대 중반의 청년이 여기저기 생겨난 구덩이를 보며 혀를 내둘렀다. 다른 구덩이들 역시 이미 십여 명의 병사들을 집어삼킨 뒤였다.

능비령은 뒤를 돌아보았다. 밀승들의 포위망은 이미 더욱 가까워져 있었다. 사방을 둘러보아도 보이는 건 흑의 가사를 걸친 수도 헤아릴 수 없을 정도로 많은 밀승들뿐이었다.

살아남은 용병들과 병사들이 자연스럽게 서로 등을 맞댄 채 둥그렇게 원진을 형성했다. 이미 척후대의 반이 죽거나 밀승들에게 끌려가 사라진 상태였다.

"저건 또 뭐야!"

누군가의 입에서 비명 소리에 가까운 음성이 튀어나왔다.

서로 등을 맞댄 채 둥그렇게 원진을 형성하고 있는 그들의 주위 지면 위로 무수히 칼날들이 튀어나와 있었다.

스르륵!

수십 수백여 개의 칼날들이 척후대를 향해 사방에서 미끄러져 오기 시작했다. 마치 물속에 몸을 숨긴 채 물 밖으로 칼날만을 내밀고 미끄러져 오는 듯한 광경이었다.

노도인이 황급히 품속에서 백지로 이루어져 있는 두툼한 서책을 꺼내 들었다. 이어 검지를 입으로 물어뜯어 피를 흘려낸 후 그 피로 백지에 글을 쓰기 시작했다.

파파파팟!

서책에서 찢어낸 부적들이 사방으로 날려가 지면에 반쯤 박혀들었다. 종이로 만들어진 부적들이 마치 철판처럼 지면에 반이나 박혀들었는데 각기 금(禁), 쇄(碎), 폭(爆) 등의 글자가 적혀 있었다.

꽈꽝꽈꽝!

부적이 사방의 지면 곳곳에 꽂히기 무섭게 폭음이 터져 나왔다. 동시에 척후대 주변의 땅이 폭발하며 흙과 작은 암석 조각들이 위로 솟구쳐 올랐다.

그 폭발과 함께 땅속에 몸을 감추고 있던 밀승들이 모습을 드러냈다.

대부분 폭발에 휘말려 흙에 반쯤 파묻힌 모습으로 쓰러져 있었는데 그들 중에서 부상을 입지 않은 밀승들은 허공으로 솟구치며 척후대를 향해 표창을 던져 냈다. 끝에 보이지 않는 가느다란 끈이 연결되어 방향 전환과 회수가 가능한 표창들이었다.

캉!

능비령은 쏟아져 오는 표창들을 쳐내며 다시 끝이 보이지 않는 숲 안쪽으로 치달리기 시작했다. 전면에 무엇이 기다리고 있을지는 모른다. 하지만 달리지 않을 수도 없었다.

쉬이익!

귀를 찢는 파공음과 함께 수많은 표창들이 허공을 난무하기 시작했다. 피해내거나 쳐냈다고 안심할 수 있는 표창들이 아니었다. 튕겨지거나 스쳐 간 후 표창과 연결된 끈에 조종되어 곧바로 되돌아왔기 때문이다.

얼마나 정신없이 치달렸을까? 막 숲이 끝나는 지점에서 능비령의 몸이 멈춰졌다. 깊이를 알 수 없는 낭떠러지가 전면을 가로막고 있었던 것이다.

뒤를 돌아보니 이곳까지 능비령을 쫓아온 용병들은 세 명에 불과했다. 병사들 쪽 역시 마찬가지였는데 노도인의 모습은 보이지 않았고 백부장을 비롯해 네 명밖에 남아 있지 않았다. 그나마 백부장은 허리 어림에서 계속 피가 흘러내리고 있는 것으로 보아 부상이 심한 듯했다.

더 이상 도주할 곳이 없다는 것을 깨달은 백부장은 몸을 돌려 추적해 오고 있는 밀승들 쪽을 바라보고 섰다. 피가 흘러나오고 있는 옆구리를 왼손으로 누르고 있었는데 서 있는 것조차 힘에 부쳐 보이는 태도였다.

"헉헉! 본대로 귀환한다."

지금 백부장의 입에서 흘러나오고 있는 말이 척후대에게 내려지는 최후의 명령이라는 것을 모르는 사람은 아무도 없었다.

밀승들 역시 이미 숲을 벗어나 십여 장 가까이 밀려들고 있었다. 도대체 몇 명이나 되는지 수효를 헤아릴 수조차 없을 정도로 서로 겹치고 겹쳐진 상태로 몰려오고 있어 진정 공포스러운 광경이 아닐 수 없었다.

백부장이 호흡을 가다듬으며 말을 이었다.

"사원의 위치를 감추기 위해 놈들은 우리들 중 단 한 명도 돌려보내려 하지 않을 것… 이제부터 너희들의 임무는 살아서 본대로 귀환하는 것이다. 무사히 본대에 귀환한 자가 있다면 지금까지의 상황을 보고할 것."

털썩!

백부장의 몸이 돌연 제자리에서 무너져 내렸다. 동시에 그의 입에서 쥐어짜는 듯한 마지막 음성이 흘러나왔다.

"이상이다……."

뒤는 낭떠러지이다. 절벽과 절벽의 폭이 아득히 넓어 날개가 달리지 않은 한 건너갈 수도 없었다.

밀승들 역시 척후대가 더 이상 도주할 곳이 없다는 것을 알고 있는 듯 대오를 갖춘 채 천천히 다가들기 시작했다. 대부분 폭이 넓은 계도를 들고 있었는데 계도의 색조차 검은색이었다.

"난 언젠가는 마음껏 싸우다가 죽는 것도 사내의 죽음치곤 그런대로 괜찮은 죽음이 아니냐고 늘 생각해 왔지."

능비령과 어깨를 나란히 한 채 밀려오고 있는 밀승들을 지켜보고 있던 청년이 입을 열었다. 능비령의 노래에 늘 신경질적으로 반응하던 예의 청년이었다.

"끓어오르는 묘한 긴장감… 전신이 벌벌 떨리는 흥분… 그런 게 날 용병이 되게 한 거니까."

능비령이 고개를 돌려 청년을 바라보았다.

"뭐야? 알고 봤더니 미친놈이었군."

"뭐어?"

청년의 눈이 휘둥그레졌다. 능비령이 대뜸 욕설을 내뱉을 줄은 몰랐던 것이다.

능비령이 고래고래 소리를 지르기 시작했다.

"죽긴 왜 죽어! 설혹 죽을 것 같아도 기를 쓰고 살아볼 생각을 안 하고 뭐가 어째? 마음껏 싸우다가 죽는 것도 그런대로 괜찮지 않느냐고? 싸우다 죽는 게 우리의 임무가 아니야! 우리의 임무는 어떻게 해서든지 살아남아 사원의 위치를 본단에 보고하는 것이라구!"

청년이 당황해서 더듬거렸다.

"그, 그럼 네놈은 우리가 이 상황에서 살아날 수 있다고 생각한단 말이냐?"

"잘 들어봐."

"뭘?"

"우리 뒤에서 물소리가 들리지? 이건 곧 저 낭떠러지 아래 강이 흐르고 있다는 증거야."

청년의 얼굴이 밝아졌다. 하나 고개를 돌려 낭떠러지 아래를 돌아보던 그의 얼굴이 다시 굳어졌다.

"설마 저길 뛰어내리자는 말은 아니겠지?"

"뛰어내리지 않으면 결국 죽지만 뛰어내리면 혹시 사는 수도 있을 거야."

"하지만 밑이 보이지도 않는데?"

"확실히 죽는 길과 그래도 혹시 살아날지도 모르는 길이 있다면 어느 걸 택하겠어? 빨리 결정하라구. 놈들이 거의 다 왔으니까!"

능비령의 목소리는 작지 않았다. 마치 아직까지 살아남아 있는 병사들과 용병들 전체에게 말하는 것 같았다.

청년이 새삼 낭떠러지를 돌아보며 질린 음성으로 입을 열었다.

"저기로 떨어지는 것도 거의 죽는 게 확실할 것 같은데?"

"그럼 넌 남아! 난 갈 테니!"

팟!

능비령은 계속 밀려오고 있는 밀승들을 바라보고 서 있는 자세 그대로 뒤로 몸을 날렸다. 순식간에 짙은 어둠이 그의 시야를 덮었다.

제2장
악연(惡緣)의 시작

1

악몽(惡夢)을 꾼 느낌이었다. 진저리 칠 정도로 불쾌하고 공포스러운. 하지만 그 내용은 전혀 생각나지 않았다.

능비령은 자신이 잠을 깬 이유가 악몽 때문이라는 것은 알고 있었지만 굳이 그 내용을 떠올리려 하지는 않았다. 생각해 보았자 아무것도 떠오르지 않으리라는 것을 잘 알고 있었기 때문이다.

"끄응……."

나른함에 몸을 맡긴 채 좀 더 누워 있을까 하다가 능비령은 결국 상체를 일으켰다. 무언가 알 수 없는 향(香)이 코를 찌르고 있는 데다가 주위가 너무 조용해 불현듯 자신의 막사가 아닌 느낌을 받은 때문이었다.

"여긴……?"

주위를 둘러보던 그의 눈이 커졌다. 능비령이 깨어난 곳은 과연 막사도 아니었고 정찰 중이던 숲도 아니었다.

그의 눈에 가장 먼저 들어온 것은 은빛을 뿌려내고 있는 창밖의 만월이었다. 그리고 두 번째로 눈에 들어온 것은 반원 형태의 문과 역시 반원 형태로 만들어진 창문들, 그리고 창문과 창문 사이의 벽면에 양각(陽刻)되어 있는 알 수 없는 문자들과 석상들이었다.

중원과는 전혀 다른 형태의 불전(佛典)이었다. 넓이는 방원 십여 장 정도 되어 보였고 그 전체적인 형태가 원형으로 이루어져 있었다.

능비령이 벌떡 일어나며 습관처럼 허리의 검을 찾은 것은 제단 앞에 두 줄로 오와 열을 맞춰 가부좌를 틀고 앉아 있는 열두 명의 밀승들을 발견한 뒤였다.

나이를 짐작할 수 없을 정도로 피폐해 보이는 검은 가사의 노승(老僧)들은 능비령에게 등을 보인 채 제단을 향해 앉아 있었다. 그제야 능비령은 자신이 밀승들에게 쫓기다가 절벽 아래로 떨어진 뒤 이제야 정신을 차린 것임을 깨달을 수 있었다.

'죽지는 않은 모양인데… 이렇게 되면 오히려 호랑이 굴로 떨어진 거잖아?'

능비령은 팔다리를 움직여 보며 몸을 점검해 보았다. 다친 곳은 없는 듯했다, 그 높은 곳에서 떨어졌음에도 불구하고. 처음부터 부상을 입지 않았는지, 아니면 눈앞의 노승들이 부상을 치료해 준 것인지 종잡을 수 없었다. 심지어 자신이 얼마 만에 깨어난 것인지도 짐작조차 되지 않았다.

'근데 이 노인네들… 지금 뭐 하고 있는 거야?'

어느 정도 머리 속에서 자신이 처한 상황에 대한 정리가 끝나자 능비령은 새삼 노승들을 바라보았다.

노승들은 두 줄로 제단 앞에 앉아 어떤 의식을 진행하고 있는 듯했다. 창을 통해 쏟아져 들어오는 달빛뿐인지라 제단을 향해 앉아 있는 그들의 모습은 그 형태만이 흐릿하게 시야를 파고들 뿐 선명하지 않았다.

불경 소리도 들리지 않았고 목탁 소리도 들리지 않았다. 그들은 능비령에게 일체 관심조차 보이지 않은 채 완벽한 정적을 유지하고 있었다. 능비령은 어떤 장엄함에 이끌려 더 이상 움직이지 못한 채 제자리에 못박혀 노승들을 바라보았다.

어느 한순간, 앞줄에 앉아 있던 노승 여섯 명이 동시에 몸을 일으켰다. 이어 두 명씩 한 조를 이뤄 합장을 한 채 대전의 입구로 걸음을 옮기기 시작했다.

여섯 명이 모두 대전을 빠져나가는 모습을 지켜보던 능비령이 자연스럽게 그 뒤를 따르기 시작했다. 그러자 그의 뒤에 다시 두 명씩 따라오기 시작했다.

자신도 모르게 노승들의 행렬 중간에 끼어든 능비령은 내심 크게 놀라지 않을 수 없었다.

'어? 뭐야? 내가 왜 이 사람들을 따라가고 있지?'

노승들 중 어느 누구도 능비령에게 따라오라고 입을 연 사람은 없었다. 어떤 무형의 압박을 받은 것도 아니었다. 능비령은 단지 그래야 할 것 같은 기분이 들어 자신도 모르게 그들 행렬의 중간에 끼어든 것뿐이었다.

'에라! 모르겠다! 지금까지 살려둔 걸 보니 죽이지는 않을 테고, 기왕에 따라가는 거 마음이나 편히 먹자구!'

능비령은 스스로의 행동에 불가사의함을 느꼈지만 더 이상 생각하지 않기로 했다.

불전 밖으로 나와 보니 멀리 아름드리 거목들이 빽빽이 들어찬 숲이 사방을 둘러싸고 있는 게 눈에 들어왔다.

대략 방원 오백여 장에 달하는 숲 사이의 넓은 공터에는 둥근 지붕에 첨탑이 올려져 있는 십여 채의 건물들이 있었고 그 정중앙에 구층으로 이루어진 원형의 탑이 있었다. 마치 주위의 다른 건물들과 숲 전체를 내려다보는 듯 하늘로 우뚝 솟아 있는 원탑은 어쩐지 보는 이로 하여금 경외감을 느끼게 만들었다.

노승들이 능비령을 인도해 가고 있는 곳은 바로 그 원탑이었다. 탑의 하단부에는 거대한 철문이 있었는데, 이미 철문은 활짝 열려져 노승들을 기다리고 있는 듯했다.

철문 안으로 들어서자 나선형의 계단이 있었다. 비스듬히 올라가고 있는 계단은 탑 위로 오르는 계단이었고 반대로 아래쪽으로 내려가고 있는 계단은 탑 내부의 지하로 이어져 있는 듯했다.

노승들은 능비령을 인도하며 탑의 지하로 내려가기 시작했다.

얼마쯤 내려갔을까? 지하로 내려갈수록 점점 어두워지기 시작해 음산하기 그지없었다.

나선형의 계단은 끝없이 지하로 이어져 있었는데 그 끝이 보이지 않았다. 보이는 것이라고는 어둠뿐이었고 그 어둠의 가장자리에 희미하게 나선형의 계단이 빙빙 돌아가며 어둠 속으로 빨려 들어가 있는 형태였다.

노승들의 걸음이 멈춰진 것은 근 반 시진가량 지하 계단을 따라 내려온 뒤였다. 반대쪽 석벽에 하나의 석굴이 있었는데 굵은 철 창살이 내려져 입구를 막고 있었다.

'세상에! 이 탑의 지하가 과연 어디까지 연결되어 있기에 근 반 시진을 내려와도 끝이 보이지 않는단 말인가?'

능비령은 나선형의 계단 밖으로 고개를 내밀어 본 후 내심 혀를 내둘렀다. 그는 지하 계단이 여전히 밑으로 이어져 있다는 사실에 새삼 놀라지 않을 수 없었다.

철컹!

노승 중 한 명이 석굴의 입구를 막고 있는 철 창살 문을 열었다. 석굴은 안으로 다시 십여 장 정도 길게 이어져 있었다. 그리고 석굴 끝에는 방원 이십여 장에 달하는 넓은 석실이 있었다.

작은 광장을 방불케 하는 넓은 지하 석실의 중앙에는 한 개의 포단이 놓여 있었는데 그 위에 좌화(坐化)해 있는 한 노승의 유해가 있었다.

어깨와 머리 위로 먼지가 두텁게 내려앉아 있었고 걸치고 있는 검은 가사는 손만 대면 바스러질 듯 낡아 있다. 하지만 그 얼굴에는 갓난아이처럼 은은히 홍기가 감돌고 있었다. 피부 또한 아직도 생전의 그것인 양 윤기를 지니고 있었다.

노승의 유해 옆에는 한 여인이 유해를 향해 무릎을 꿇고 앉아 있었다. 두 손을 앞으로 내밀어 지면을 짚고 머리를 숙인 자세였다.

대략 이십 대 중반쯤 되었을까?

긴 머리카락이 얼굴을 가리고 있어 여인의 용모는 확인할 수 없었다. 하지만 능비령은 그 여인 또한 살아 있는 사람이 아니라는 걸 알 수 있었다. 여인의 머리와 어깨 위에도 오랜 세월의 잔해가 먼지가 되어 두텁게 쌓여 있었기 때문이다.

노승들은 능비령과 노승의 유해를 중심으로 원진을 형성하며 가부좌를 틀고 앉았다. 능비령은 자신을 중심으로 원을 그리며 앉아 있는 노승들을 둘러보며 어리둥절 무엇을 해야 할지 몰랐다.

이때였다. 그는 자신의 의사와는 상관없이 자신의 몸이 제자리에 앉혀지는 것을 느꼈다. 항거할 수 없는 힘, 보이지 않는 손이 그를 제자리에 가부좌를 틀고 앉게 만들고 있었던 것이다.

노승들은 능비령이 깨어난 후 이곳 지하 석실로 올 때까지 어느 누구도 입을 연 사람은 없었다. 지금도 마찬가지였다. 어느 누구도 그에게 앉으라는 말을 하지 않았지만 능비령은 자신도 모르게 노승들의 원진 중앙에 앉지 않을 수 없었다.

능비령은 좌화해 있는 노승의 유해 앞에 가부좌를 튼 형태로 앉아 어리둥절 주위를 둘러보았다.

소년이여, 너에게 만상의 이치를 받아 법(法)을 전하니…….

환청(幻聽)이었을까?

능비령은 머리 속에서 무슨 소리를 들은 느낌을 받았다. 벼락이 머리 속에서 내리치는 듯했고 또한 먼 산이 울리는 듯한 느낌이기도 했다.

그것은 한순간이기도 했으며 또한 영겁 같기도 했다. 동시에 기이한 힘이 뇌전처럼 능비령의 백회혈을 타고 흘러 들어오기 시작했다.

계류(溪流)에 전신을 내맡긴 느낌이 이러할까? 어찌 보면 거대한 창이 몸을 꿰뚫는 고통 같았지만 또한 전신이 청량하기 그지없었다.

…나모 아따 시지남 삼먁 삼못다 구치남 옴 아자나 바바시 지리지리 훔…

42 흑첨향

…나모 아따 시지남 삼먁 삼못다 구치남 옴 아자나 바바시 지리지리
훔…….

열두 명의 노승들이 일제히 알 수 없는 주문을 영창하기 시작했다.
장엄하되 속되지 아니했고, 머물러 있으되 요란하지 않았다. 법열(法
悅)이 가득하되 또한 담백했다.

모든 것이 영겁(永劫)처럼 왔다가 일수유(一須臾)처럼 사라졌다.

능비령이 어떤 환청을 듣는 순간 알 수 없는 존재가 그의 몸을 관통
했고, 그 순간 12명의 노승들이 우렁차게 주문을 영창했다. 그리고 그
주문이 허공에 떠도는 느낌을 받은 순간 이미 석실은 다시 정적으로
잠겨들었다.

'뭐야? 도대체 무슨 일이 있었던 거지?'

능비령은 어리둥절해 눈을 들었다. 변화가 있었는지, 아니면 애초부
터 아무 일도 없었던 것인지 그는 미망 속을 헤매지 않을 수 없었다.

능비령은 주위를 둘러보다가 하나의 변화를 눈으로 찾아낼 수 있었
다.

자신의 앞에 좌화해 있던 유해가 어느 사이에 해골만이 남아 있었던
것이다. 마치 잠들어 있는 듯 얼굴에 홍기마저 띠고 있던 모습이 한순
간에 삭아들어 한 무더기의 뼈만이 그 자리에 흩어져 있을 뿐이었다.
손만 대면 바스러질 듯 낡아 보이던 가사 역시 먼지로 흩어져 보이지
않았다.

'웃! 이건 또 뭐야! 이거 분명히 내 손이 맞는데 왜 내 말을 안 듣는
거냐구?'

이때, 능비령은 자신의 오른손이 저절로 허공에 수평으로 들려지고

있는 것을 느낄 수 있었다.

팟!

돌연 수평으로 들려진 능비령의 오른손 검지 끝 부위가 저절로 찢겨져 나가며 가늘게 피가 솟구쳐 나왔다.

실처럼 가늘게 솟구치고 있는 피는 바닥으로 떨어지지 않은 채 곧바로 허공을 가로질러 무릎 꿇고 앉아 있는 여인의 이마로 뻗어가기 시작했다.

이어 선명한 핏줄기는 여인의 이마에 닿으며 속(屬)이라는 글귀로 변화되었다.

능비령은 자신의 손가락 끝에서 뻗어 나간 가느다란 핏줄기가 여인의 이마에 닿으며 부적 형태의 글귀를 이루었다가 다시 여인의 이마 속으로 스며드는 광경을 보며 크게 놀라지 않을 수 없었다.

그리고… 환각(幻覺)이었을까?

번쩍!

여인이 눈을 뜨고 고개를 돌려 능비령을 바라보았다.

그 순간 능비령은 전신이 한순간에 타버리는 듯한 엄청난 고통을 느끼며 아득히 의식을 잃어갔다. 그가 본 것은 단 하나, 심연처럼 깊은 여인의 눈뿐이었다.

2

어디선가 웅성거리는 소리가 들려왔다. 가까이에서 들려오는 것 같
기도 했고 아주 먼 다른 세계에서 들려오는 것 같기도 한 음성들이었
다.

"어이구! 머리야……!"

능비령은 머리가 쪼개지는 듯한 통증을 느끼며 눈을 떴다.

그의 눈에 가장 먼저 들어온 것은 시퍼런 하늘이었다. 너무나도 맑
아 오히려 현실감이 느껴지지 않을 정도였다. 두 번째로 능비령의 눈
속으로 파고든 것은 무언가 정체를 알 수 없는 시꺼먼 물체였다.

"우악! 이게 뭐야."

능비령은 자신도 모르게 벌떡 일어나며 소리쳤다. 그리고는 좌우를
두리번거린 후에야 자신이 본 게 사람의 얼굴이라는 걸 깨달을 수 있
었다. 시꺼먼 턱수염으로 뒤덮인 얼굴을 지닌 사내 한 명이 누워 있던

능비령의 바로 옆에 앉아 있는 바람에 제일 먼저 수염만이 보인 것이다.

"어… 이제 깨어났군."

"거봐! 저 자식은 절대로 안 죽는다고 했잖아!"

"야! 비령! 도대체 어떻게 된 거냐?"

누워 있던 능비령이 벌떡 일어나 턱수염이 얼굴을 덮다시피 한 사내를 괴물 보듯 바라보다 멍청해지자 여기저기에서 반가워하는 음성들이 터져 나왔다.

능비령은 그의 좌우에 눕거나 앉아 있는 사내들을 어리둥절해 둘러보았다. 그가 깨어난 곳은 비스듬한 언덕으로 이루어져 있는 숲 언저리였다.

십여 채의 전각으로 이루어져 있던 사원은 완전히 폐허가 된 채 아직도 곳곳에서 연기가 피어 오르고 있었다.

사원의 중앙에 위치해 있는 구층의 원탑 주위에는 수십여 명에 달하는 병사들이 마치 탑을 포위하듯 둥그렇게 탑을 감싼 채 삼엄한 경계를 서고 있었다.

능비령의 주위에는 오십여 명의 용병들이 사원과는 다소 떨어진 숲 언덕에 모여 앉아 휴식을 취하고 있었는데 한눈에 보기에도 전투가 이미 마무리 된 상황이었다.

'뭐야? 이게… 어떻게 된 거지?'

능비령은 이곳저곳에서 아는 체를 하며 말을 걸어오는 사내들을 무시한 채 상황을 정리하기 위해 맹렬히 머리를 굴리기 시작했다.

'가만… 그러니까… 난 분명히 사원의 불전에서 정신을 차렸다가 늙은이들과 함께 어떤 지하로 내려갔고, 그리고 어떤 귀신 같은 여자를 본 것 같은데?

능비령은 목덜미를 만지며 머리를 이리저리 움직여 보았다.

'흠, 너무 자주 기절하는 것도 좋지 않은 모양이군. 아무래도 머리가 이상해진 것 같아. 도대체 뭐가 어떻게 된 건지 정리가 안 되잖아!'

능비령은 결국 스스로 지금의 상황을 유추해 내는 것을 포기하기로 결정했다. 아주 간단한 방법이 생각난 것이다.

"내가 왜 여기 있는 겁니까?"

능비령은 옆에 쪼그려 앉아 있는 털보사내에게 질문을 던졌다. 털보사내가 능비령을 바라보았다. 어리둥절해하는 눈빛이었다.

"오히려 우리가 물어봐야 되는 거 아냐? 그걸 우리에게 물어보면 어쩌자는 거냐."

"글쎄… 그게 도무지 어떻게 된 건지 알 수가 없단 말입니다."

"우리가 이곳에 도착했을 때 넌 저쪽 계곡에 쓰러져 있었어. 척후를 맡았던 삼십 명 중 살아남은 건 너뿐이야."

털보사내의 얼굴이 어두워졌다. 능비령과 함께 척후에 나섰던 동료들이 생각난 듯했다.

'내가 계곡에 쓰러져 있었다고?'

능비령의 눈빛이 다시 멍청해졌다.

"넌 삼 일 만에 깨어난 거야. 뭐, 죽을 만치 큰 부상을 입은 것도 아닌데 영 깨어나질 않아 이상하다고 생각하고 있었지."

능비령은 어쩐지 머리가 아파져 머리로 손을 가져갔다.

넓은 불전과 열두 명의 노승들, 끝없이 지하로 이어져 있는 나선형의 계단, 무릎 꿇고 두 손으로 바닥을 짚은 자세로 죽어 있다가 눈을 뜨고 자신을 바라보던 여인.

'설마… 꿈이었다는 건가? 그렇게 선명한 꿈도 있는 걸까?'

아무리 생각해 보아도 꿈 같지가 않았다. 하지만 꿈이 아니면 지금의 상황을 달리 설명할 방법이 없었다.

'자자, 꿈이면 어떻고 꿈이 아니면 무슨 상관이냐구! 어쨌든 살아 있다는 게 중요하지 않겠어?'

좋은 게 좋다고 능비령은 더 이상 골머리를 썩히지 않기로 작정했다. 한번 모르는 일은 아무리 머리를 쥐어짜도 결국 알 수 없는 법인 것이다.

"한데 저 친구들, 저 탑에서 도대체 뭘 하는 겁니까?"

능비령은 탑 주위를 완벽하게 둘러싼 채 삼엄한 경계를 펼치고 있는 병사들을 내려다보며 질문을 던졌다. 이번에도 대답은 털보사내의 몫이었다.

"글쎄, 본진에서 나온 일행이 저 탑 안에 들어간 후 다른 사람들은 일체 탑 근처에 얼씬거리지도 못하게 지키고 있으니 뭔가 수상쩍긴 한데 그게 뭔지 우리가 알 게 뭔가."

능비령의 오른쪽에 비스듬히 누워 있던 다른 용병이 입을 열었다.

"무언가 엄청난 보물이 있는 게지. 그렇지 않다면야 이까짓 이름도 알 수 없는 사원을 공격하기 위해 이 많은 병력을 출동할 이유가 없을 테니까!"

"하긴……."

털보사내가 고개를 끄덕인 후 팔베개를 한 채 뒤로 벌렁 누웠다. 정화군이 찾고 있는 것이 무엇인지는 몰라도 자신과는 관계가 없다는 듯한 태도였다.

정화군은 그 뒤로 열흘 간이나 움직이지 않았다. 본진에서 나온 정체를 알 수 없는 인물들이 원탑의 지하로 내려간 뒤 열흘 만에야 올라왔기 때문이었다.

그들은 지난 열흘 동안 탑의 지하 계단을 따라 내려가며 지하에 있는 모든 밀실들을 수색했지만 아무것도 찾지 못한 게 분명했다. 소문에 의하면 원탑의 지하 계단을 따라 장장 열흘이나 내려갔어도 지하 계단이 끝나지 않았다고 했다.

성조(成祖) 영락 삼년(永樂三年, 1405)부터 출사하기 시작하여 장장 이십칠 년 동안 이어진 정화군(鄭和軍)의 서역 출병은 결국 선종(宣宗) 선덕 칠년(宣德七年, 1432)에 이르러 최후의 정벌군이 귀환하면서 막을 내리게 된다.

후세의 사가(史家)들은 성조(成祖)가 정화의 출병을 명한 원인에 대해서는 다음과 같이 결론 짓고 있었다.

첫째, 성조는 스스로 폐위시켜 버린 혜제(惠帝)가 죽지 않고 바다로 숨지 않았는가 의심하여 정화의 병단을 파견해 찾아보도록 하였으며, 그리고 둘째로는 골육상잔의 병란 끝에 스스로 제황의 보위에 오른 자신의 강함을 선전하기 위함이었다.

하나 정화군의 서역 출병에는 출병을 명한 황제의 의지와는 또 다른 힘[力]이 은밀히 개입되어 있었으니……

용병들은 본래 정화군 중군(中軍)에 속해 있었다. 사원을 공격했던 부대와 용병대가 중군에 합류한 것은 그로부터 다시 열흘이 흐른 뒤였다. 그들이 합류할 무렵 중군 전체의 분위기는 매우 어수선했다. 회군(回軍)에 대한 소문이 떠돌고 있었던 것이다.

그리고 과연 삼 일 후에 회군 명령이 떨어졌다. 병사들과 용병들은 고향에 갈 수 있다는 생각에 모두들 들뜨지 않을 수 없었다.

숙영지(宿營地)의 밤이 깊어가고 있었다. 열대림 속에 펼쳐져 있는 수많은 군막(軍幕) 위에 파르스름한 빛을 흘려내고 있는 여인의 눈썹 같은 잔월(殘月)이 떠올라 있었다.

능비령은 자신의 막사에서 잠들어 있었다. 십여 명이 한꺼번에 잠을 잘 수 있는 대형 막사의 한구석이었다.

규율이 엄한 정규군과는 달리 용병들은 요즘 들어 회군의 분위기에 들떠 저녁마다 술잔치를 벌이곤 했는데 오늘도 예외없이 모두들 술에 취해 곯아떨어져 있었다.

깊은 잠에 빠져 있던 능비령이 문득 잠에서 깨어난 것은 무언가 섬뜩한 감촉이 손에 느껴진 때문이었다.

평소에도 잠버릇이 고약한 능비령이었다. 아침마다 잠을 자기 시작했던 자리가 아닌 엉뚱한 곳에서 눈을 뜰 정도였다. 옆에서 함께 자고 있는 사람의 배 위에 다리를 올리는 것은 약과이고, 심지어는 남의 몸을 요로 삼아 깔고 자다가 굴러 떨어진 적도 한두 번이 아니었다. 때문에 동료들 중 어느 누구도 능비령의 옆에서는 잠을 자려 하지 않았다.

한데 오늘따라 누군가 그의 옆에 누워 있었다. 단순히 누군가 옆에 있다는 것으로 잠에서 깨어날 능비령이 아니었다. 그가 잠에서 깨어난 것은 옆에 누워 있는 사람의 몸이 시체처럼 싸늘했기 때문이었다.

'뭐가 이렇게 차가운 거야?'

능비령은 자신도 모르게 옆에 누워 있는 누군가를 더듬으며 비몽사몽간에 상체를 일으켰다.

다음 순간, 그의 눈이 찢어질 듯이 부릅떠졌다.

놀랍게도 능비령의 옆에는 한 여인이 천장을 바라보는 자세로 반듯하게 누워 있었다. 두 눈은 감겨져 있는 상태였고 두 손은 허리 옆에 얌전히 놓여 있었다. 가슴의 기복이 전혀 없었고 몸이 얼음처럼 차가웠다.

"우아아악! 이게 뭐야?!"

능비령은 기겁해서 앉은 자세 그대로 뒤로 물러났다. 정신없이 자다가 깨어보니 자신의 옆에 여인의 시체가 놓여 있다면 천하의 누가 놀라지 않을 수 있겠는가.

"무슨 일이야?"

"어떤 자식이 잠 안 자고 이 밤중에 애를 때리는 거야?"

능비령의 비명 소리에 놀라 여기저기에서 용병들이 몸을 일으켰다. 그들은 엉거주춤 앉아 있는 능비령을 향해 사나운 눈길을 돌렸다.

하나 그들의 눈은 능비령에게 오래 머물러 있지 않았다. 능비령의 옆에 반듯하게 눕혀져 있는 여인의 시체를 본 것이었다.

"어? 여자 아냐?"

"여자라니? 이곳에 무슨 여자가 있다고… 으잉? 정말이잖아?"

어느새 같은 막사 내의 십여 명에 달하는 용병들이 모두 일어나 능비령 옆의 시체 앞으로 몰려들었다.

"여자는 여잔데… 죽은 여자구만."

"맙소사! 여자 시체가 왜 여기 있는 거야?"

여자 시체 앞에 모여든 용병들은 이 해괴한 광경에 모두들 어이가 없는 표정이었다.

그들 중 한 명이 능비령을 바라보았다. 능비령이 펄쩍 뛰며 손을 흔들었다. 거의 결사적인 표정이었다.

"왜 날 그런 눈으로 보는 겁니까? 난 아니라니까! 자다 보니까 이 여자가 옆에 누워 있었다니까요! 정말이란 말입니다!"

"표정을 보니 거짓말은 아닌 것 같은데?"

능비령을 빤히 바라보던 용병들 한 명이 고개를 갸웃했다. 용병들 중 누군가가 귀찮다는 듯 내뱉었다.

"어떻게 된 일인지는 모르지만 빨리 내다 버려! 정화군 친구들이 알게 되면 괜히 우리가 오해받게 돼."

난데없이 여인의 시체가 막사 안에서 발견된 것이 괴이쩍기는 했지만 그 문제를 깊이 생각할 용병은 아무도 없었다. 그저 누군가 장난 삼아 가져다 놓았다고 대수롭지 않게 여긴 것이다.

잠시 후, 두 명의 용병이 여인의 시체를 밖으로 끌어냈다.

용병들의 막사는 정화군의 막사와는 다소 떨어져 있었지만 숙영지 외곽에는 정화군의 병사들이 보초를 서고 있었다. 그 보초들의 눈을 피해 시체를 운반하는 일은 그리 쉬운 일만은 아니었다.

두 명의 용병이 멈춰 선 곳은 숙영지에서 오십여 장 벗어난 숲 속이었다.

"이게 무슨 해괴한 일인지 모르겠구만. 어떤 자식이 이런 못된 장난을 친 건지……."

"대충 버리고 가지."

다소 나이가 들어 보이는 삼십 대 초반의 용병이 시체를 버리고 돌아서려다 문득 입을 열었다.

"뭐, 자세히 보니 기가 막힌 미인이야. 살아 있을 때 남자들 여럿 잡았을 미모야."

"그러면 뭐 해. 이미 죽은 시체인걸."

먼저 입을 열었던 용병의 눈이 기이하게 빛을 발했다.

"가만있어 봐. 자다 말고 시체를 나르는 궂은 일까지 겪었는데 뭔가 보상이 없으면 곤란하지 않겠어?"

몸을 돌려 걸어가려던 용병이 고개를 돌려 여인의 시체를 자세히 내려다보았다. 그의 눈빛 역시 어느새 기이하게 번뜩이고 있었다.

"하긴 죽은 시체이긴 하지만 보면 볼수록 기가 막힌 미인이로군."

동료마저 동조의 빛을 보이자 먼저 말을 꺼낸 용병은 거침없이 시체를 향해 몸을 구부렸다. 이어 그는 시체의 상의를 벗겨내기 시작했다.

이때 막 상의를 벗겨낸 뒤 그 안에 가슴을 동여매고 있던 천을 벗기려던 용병의 몸이 흠칫 굳어졌다. 등 뒤로부터 서늘한 살기가 뿜어져 오고 있음을 감지한 때문이었다.

"자, 자네……!"

"그, 그게 아니라 우리는 그냥…….."

획 몸을 돌려 뒤를 확인한 두 용병이 더듬거리며 뒷걸음치기 시작했다.

그들의 뒤에는 언제부터인가 능비령이 우뚝 서 있었다. 그의 오른손은 검의 손잡이를 쥐고 있었는데 당장이라도 검을 뽑아내 그들을 베어버릴 듯한 살기가 그의 전신에 넘실거렸다.

"꺼져!"

평소에 그들이 알고 있던 능비령이 아니었다. 마치 이빨을 드러낸 늑대가 상대의 목줄기를 물어뜯기 위해 노리고 있는 듯한 압박감이 느껴지고 있었다.

두 명의 용병은 능비령의 기세에 질려 황급히 몸을 돌려 사라져 갔다.

"휴우……!"

두 명의 용병이 사라지자 능비령이 길게 한숨을 토해냈다. 하마터면 같은 동료들을 베어버릴 뻔했던 것이다. 격하게 솟구쳐 오르던 살의(殺意)를 잠재우기 위해 심호흡을 한 후 능비령은 여인의 시체를 내려다보았다.

"아무래도 어디선가 본 얼굴이었단 말이야?"

능비령은 여인의 시체를 향해 몸을 구부린 채 손을 뻗어 여인의 얼굴을 반쯤 덮고 있던 산발된 머리카락을 한쪽으로 쓸어냈다.

그의 입에서 깜짝 놀란 듯한 음성이 흘러나왔다.

"이 여자는……?"

그렇다! 능비령의 눈앞에 반듯하게 누워 있는 여인의 얼굴은 바로 그가 이름도 모를 사원의 지하 석실에서 본 그 여자 시체의 얼굴이었다.

'귀신 곡할 노릇이구나. 분명히 그때 그 지하 석실에서 본 그 여자 시체가 맞는데 이 시체가 왜 내 옆에 누워 있었지?'

능비령은 사원에서의 일이 더 이상 꿈이 아니라는 사실을 깨달을 수 있었다. 하지만 그뿐이었다. 자신에게 무슨 일이 일어난 것인지, 이 여자의 시체가 어떻게 해서 그의 옆에 누워 있게 된 것인지 아무것도 알아낼 방도가 없었다.

능비령이 여인의 시체를 묻어주고 막사로 돌아온 것은 근 한 시진이 지난 뒤였다. 땅을 팔 연장이 없어 검으로 대충 땅을 쑤셔놓은 뒤 손으로 구덩이를 파내느라 시간이 많이 지체된 것이다.

잠을 설친 뒤에 중노동까지 한 탓인지 능비령은 무척이나 피곤했다. 해서 막사에 돌아오기 무섭게 무너지듯 자리로 쓰러졌지만 기이하게도 잠은 오지 않았다.

무엇인가 알 수 없는 것이 뇌리 깊은 곳에서 조금씩 모습을 드러내려는 느낌이랄까?

'뭐지? 뭔가가 생각이 날 듯 말 듯한데 도대체 뭐지?'

능비령은 두 손으로 머리를 마구 털면서 내심 중얼거렸다.

무엇인가가… 어떤 상념 하나가 마치 무의식의 수면 밑에서 어른거리다가 어느 한순간 한꺼번에 수면 밖으로 머리를 내밀 것 같은 느낌이었다.

'에라! 잠이나 자자!'

얼마 동안 자신의 머리를 쥐어뜯던 능비령은 결국 포기한 듯 벌렁 천장을 보고 누우며 눈을 감았다. 그 소리가 들려온 것은 바로 그 순간이었다.

…소년이여… 너에게 만상의 이치를 받아 법(法)을 전하니… 법신검(法身劍)을 계승한 자로서 사명을 잊지 말 것이며…….

능비령은 자신의 머리 속에서 울린 어떤 음성을 느끼며 벌떡 일어나 앉았다.

그리고 그 순간, 자신의 옆에 그가 조금 전에 묻고 온 여인의 시체가 다시 똑바로 눕혀져 있는 것을 발견하고 아연실색하지 않을 수 없었다.

"어… 어… 떻게… 이따위… 일이……."

너무도 놀라 말이 이어지지 않았다.

"무슨 소리야?"

잠들어 있던 용병들 중 한 명이 벌떡 일어나며 좌우를 두리번거렸다.

"내가… 내가 분명히… 묻… 묻었는데……."

능비령은 여인의 시체를 손짓하며 더듬거렸다.

일어나 앉아 능비령을 바라보던 용병이 신경질적으로 내뱉었다.

"왜 또 그래? 괴이한 일이기는 하지만 아까 그 일은 그만 잊어버리고 잠이나 자둬."

능비령의 눈이 다시 멍청해졌다. 너무 놀라 이번에는 오히려 놀랍지도 않았다.

잠이 깬 용병은 분명히 능비령을 보며 말을 하고 있었다. 한데 괴이하게도 그의 눈에는 여인의 시체가 보이지 않는 듯했다.

'이 시체가… 보이지 않는 건가?'

능비령은 새삼 자신의 옆에 똑바로 눕혀져 있는 여인의 시체를 내려다보았다.

바로 그 순간, 여인이 눈을 뜨며 입을 열었다.

"멍청이! 죽지도 않은 사람을 묻어버리다니……."

"누구……?"

능비령의 입에서 이번에는 제대로 된 말이 흘러나왔다. 너무도 놀라 오히려 담담해진 것이다.

"내가 누구냐고? 정극풍천(正極風天)의 그 늙은이들이 아무것도 가르쳐 주지 않았다고 하더니 사실이었군."

여인이 일어나 앉으며 손으로 머리를 한쪽으로 쓸어 내렸다. 산발된 머리가 얼굴의 반을 덮고 있을 때보다는 확실히 사람 같아 보였다.

능비령이 다시 멍청히 막사 안을 둘러보았다. 분명히 시체가 살아나 입을 열었는데 아무도 잠에서 깨어나는 사람이 없었다.

여인의 입에서 얼음 가루가 날릴 듯 차가운 음성이 이어졌다.

"다른 자들에게는 신경 쓰지 않아도 돼. 지금은 내 모습을 보고 내 목소리를 들을 수 있는 건 너뿐이니까."

"그런 말도 안 되는……?"

하지만 말이 되고 있었다. 분명히 아무도 일어나지 않고 있었던 것이다.

능비령의 맞은편에는 잠이 오지 않는 듯 처음부터 멍하니 앉아 있던 용병이 한 명 있었다. 아마도 곧 돌아갈 고향 생각에 설레어 잠을 자지 못하고 있는 게 분명했다. 한데 놀랍게도 그조차 여인의 존재를 전혀 눈치 채지 못하고 있었다.

"놀랄 거 없어. 몸을 감추는 은신술 정도는 환법(幻法)을 익힌 사람에게는 기초적인 것이니까. 하지만 내가 펼치고 있는 것은 공령(空靈)이라고 부르는 것으로써 수둔(水遁)이나 지둔(地遁) 따위와는 다른 것이긴 하지."

여인이 다시 입을 열었다. 어딘가 낮게 살기가 깔려 있는 음성이었다. 그 살기는 능비령을 향한 게 분명했다.

여인이 몸을 일으켜 막사 밖으로 걸음을 옮기기 시작했다.

"나야 상관없지만, 네 녀석은 아무래도 주위에 신경이 쓰이는 눈치로군. 밖으로 나와."

여인은 숙영지를 벗어나 숲 쪽으로 가고 있었다. 숙영지의 외곽에는 정화군의 보초들이 있었지만 아무도 여인의 모습을 보지 못했다.

보초들 중 한 명이 여인의 뒤를 따라 멍청히 걷고 있는 능비령을 향해 반갑다는 듯 손을 흔들었다.

"잠이 오지 않는 모양이지? 하긴 몇 년 만에 집으로 돌아가는 것일 테니 설레기도 하겠지."

그가 능비령을 향해 말을 거는 순간 여인은 바로 그의 코앞을 스쳐 가고 있었다. 그럼에도 불구하고 병사는 전혀 이상한 느낌을 받지 못한 게 분명했다.

여인이 걸음을 멈춘 곳은 능비령이 그녀를 묻었던 바로 그 장소였다.

"난 너에게 귀속(歸屬)되어 버린 사람이야."

"귀속?"

문득 능비령의 뇌리로 자신의 손가락 끝에서 뻗어 나간 핏줄기가 여인의 이마에 부적을 형성한 후 스며들었던 지하 석실에서의 광경이 스쳐 갔다.

"피의 낙인. 고대로부터 정극풍천에 내려오는 밀법(密法) 중 하나지. 그 밀법에 당하면 피의 주인을 벗어날 수가 없어."

쉬익!

말과 함께 여인의 몸이 번뜩였다. 그녀의 손이 갈고리 형상으로 변화된 채 어느새 능비령의 목줄기를 잡아오고 있었다.

"이게 무슨⋯⋯!"

능비령의 신형이 옆으로 굴렀다. 그에게는 지옥에서 살아남은 경험이 있었다. 야수의 본능(本能)이 일깨워져 있어 어떤 상황에 처하더라도 몸이 자연적으로 반응하도록 훈련되어 있었다.

능비령은 지면을 한 바퀴 굴러 여인의 공격을 피한 후 어느새 검을 뽑아 들어 이어지는 여인의 공격을 막아갔다.

꽈직!

검날이 여인의 손을 막는 순간 부서져 나갔다. 능비령의 신형이 쓰러질 듯 휘청거렸다. 손을 막아낸 검이 오히려 부서져 나갈 줄은 전혀 예상하지 못한 것이다.

퍼억!

그의 어깨에서 옷과 함께 살점이 뜯겨 나갔다. 동시에 회돌아 온 여인의 손이 그의 얼굴을 강하게 때렸다.

능비령은 일 장이나 튕겨져 지면에 나둥그러진 후 간신히 몸을 일으켰다.

여인은 더 이상 공격하지 않은 채 능비령을 노려보았다.

"역시 법신검의 진체(眞諦)를 아직 얻지 못했군."

능비령은 입가로 흘러내리는 피를 손등으로 문지르며 입을 열었다.

"무슨 짓이야!"

능비령이 조금도 기가 죽지 않고 대뜸 반말을 던져 내자 여인은 의외라는 눈빛으로 빤히 바라보았다. 그녀의 전신에서 강렬한 살기가 뿜어져 나왔다.

"잘 들어!"

"듣고 있어."

"네가 죽어 버리면 나는 너에게 속해 있기 때문에 나 역시 죽어. 그 때문에 싫어도 네 몸에 심어져 있는 법신검을 노리는 다른 환법사나 무상자(無上者), 또는 음양사(陰陽師), 그리고 숙요사(諏妖師)들로부터 너를 지켜주어야만 하는 게 내 입장이지."

'뭐시라? 내 몸에 뭐가 심어져 있다고? 그리고 환법사라는 건 대충 무슨 말인지 알겠는데 무상자니 음양사니 또 숙요사라는 게 도대체 뭐라는 거야?'

능비령이 멍청히 여인을 바라보았다. 여인의 차가운 음성이 이어졌다.

"하지만 한 가지 네가 반드시 알고 있어야 할 게 있어. 난 정극풍천의 늙은이들이 내 몸에 심어놓은 낙인의 밀법인 귀속박주(歸屬搏呪)를 언젠가는 풀 수 있어. 그때가 되면 난 널 죽이고 법신검을 빼앗을 거야."

여인의 신형이 돌연 안개처럼 흩어지기 시작했다.

"명심해! 네가 살 수 있는 유일한 방법은 내가 귀속박주를 풀기 전에 법신검의 진체를 체득하는 것뿐이야."

몸의 외곽선부터 차츰 공기 중에 녹아드는 것 같더니 이내 그녀의 전신이 허공 중에 녹아들어 보이지 않았다. 마지막 음성이 들려온 건 그 뒤였다.

"내기라고 생각해도 괜찮겠지. 내가 먼저 귀속박주를 풀고 널 죽여 법신검을 빼앗느냐, 아니면 네가 먼저 법신검의 진체를 얻어 살아남느냐 하는! 호호호홋!"

여인이 사라진 뒤 능비령은 오랫동안 제자리에 서 있었다. 뭔가 골똘히 생각에 잠겨 있는 표정이었다. 잠시 후, 그는 고개를 저으며 혼자 중얼거렸다.

"음… 아무래도 이 시점에서 상황을 정리해야 할 필요가 있을 것 같단 말이야. 법신검이니 정극풍천이니 하는 무슨 말인지 모르는 말이 더 많았지만 몇 가지는 알아들었다구."

'분명히 날 더러 피의 주인이라고 했겠다? 피라는 말이 어감이 영 안 좋기는 해도 뭐, 분명히 주인은 주인이라는 뜻인데… 우선은 귀신 인지 아닌지 그것부터 알아낸 뒤 노예인지 시종인지로 부려먹어도 부 려먹어야 하는 거고…….'

생각을 마친 듯 능비령은 번쩍 고개를 쳐들었다. 이어 그는 주위 허 공을 두리번거리며 버럭 소리를 질렀다.

"어이! 이리 좀 나와봐! 멀리 안 간 거 다 알고 있으니 빨리 나와보 라구. 나한테 귀속되었다고 했으니 멀리는 가지 않았을 거 아니냐구!"

달빛만이 내려 비치고 있는 교교한 깊은 숲 속에서 혼자 소리치고 있는 능비령의 모습을 누군가 보았다면 그가 정상이 아니라고 믿어 의 심치 않을 상황이었다.

하지만 능비령은 분명히 머리가 이상해진 게 아니었고 과연 그가 소 리치기 무섭게 사라졌던 여인이 다시 눈앞에 모습을 드러냈다. 마치 공간을 열고 불쑥 튀어나오는 듯한 광경이었다.

"왜 반말이지?"

"그쪽이 먼저 하대했잖아. 그리고 난 귀신한테까지 꼬박꼬박 존댓말 을 하고 싶지는 않아."

여인의 눈에 어이없어하는 빛이 떠올랐다. 그녀는 흥미를 느낀 듯한 표정으로 입을 열었다.

"누가 귀신이라는 것이냐?"

능비령은 여인의 자신의 말에 휘말려들기 시작한 것을 보며 내심 쾌 재를 부른 후 말을 이었다.

"그쪽이 귀신이라는 증거는 꽤 많아. 첫째, 내가 그 알 수 없는 지하 석실에서 처음 봤을 때는 분명히 죽은 시체였어. 내 옆에 나타났을 때도 분명히 시체였고. 그리고 결정적인 증거는 바로 다른 사람들의 눈에는 보이지 않는다는 점이야."

여인이 피식 미소를 떠올렸다. 전신을 휘감고 있던 싸늘한 냉기도 그에 따라 적지 아니 감소되었다.

"정극풍천에서는 금제를 당한 상태였어. 다른 사람이 보기에는 시체 같았겠지만 정확히 말하면 죽은 건 아니었다. 그저 가사 상태였다고 할 수 있지. 네 옆에 누워 있을 때는 장난을 친 거고."

능비령의 얼굴이 환해졌다.

"그러니까 분명히 귀신은 아니라는 말이렷다? 좋아, 그럼 그건 됐고… 만약에 말이야, 그쪽이 정말로 내게 귀속되어 있다면 앞으로도 꽤 오랫동안 함께 지내야 할 것 같은데 뭐라고 불러야 하지?"

여인의 전신에서 다시 차가운 기류가 일어났다.

"아무래도 상관없다, 네가 뭐라고 부르든. 어차피 난 널 죽일 사람이니까."

"이씨! 자꾸 재수없이… 좋아, 그럼 아무렇게나 불러도 되는 거야? 예를 들면 귀낭낭(鬼娘娘)이라던가, 그게 싫으면 여보라는 말도 있을 테고."

여인의 얼굴이 확 일그러졌다. 그는 능비령의 입에서 더 이상 해괴한 호칭이 튀어나오지 않게 하려는 듯 서둘러 입을 열었다.

"팔십 년 전에는 모두들 날 흑화고(黑花姑)라 불렀다."

능비령은 깜짝 놀란 표정으로 새삼 여인, 흑화고를 이리저리 훑어보았다.

'끄응, 팔십 년 전이라면 도대체 지금 몇 살이라는 거야? 그러니까

껍데기만 묘령의 처녀이고 속은 파삭 늙은 노파라는 얘기야?'

능비령이 더듬거리듯 입을 열었다.

"에… 그러니까 사람은 초지일관(初志一貫)이라고 한번 서로 하대를 했으면 계속 하대를 해야 하는 거고… 그러니까 서로의 말투에 대해서는 앞으로도 그냥 그렇게 넘어가기로 하고… 한데 도대체 그때 그 사원의 지하 석실에서 내게 무슨 일이 벌어진 거지?'

흑화고가 빤히 능비령을 바라보았다. 그리고 그가 과연 아무것도 모른다는 것을 깨달은 듯 한숨을 내쉬며 입을 열었다.

"그때부터 넌 전혀 다른 세계에 들어가게 된 거야. 비검, 도술, 선진, 요법, 기문둔갑 등등… 밀법(密法)을 계승하고 있는 우리들은 이 세계를 일러 흑첨향(黑甛鄕)이라고 부르지."

"흑첨향?'

"네가 살고 있던 세상에서 보면 흑첨향은 그저 허상이야. 꿈속의 세계이고 존재하되 존재하지 않는 거지. 물론 흑첨향 쪽에서 보면 네가 사는 세상이 또한 허상이야. 하지만 밀법을 익히고 그 성취가 깊어지면 흑첨향을 넘나들 수가 있어."

"……!'

"보통 사람들은 평생 동안 알지도 못하고 접할 수도 없는 곳. 앞으로 네 주위에서 믿기 어려운 일들이 계속 일어나겠지만 모든 것이 현실이야. 또한 꿈속의 세계인 흑첨향의 일이기도 하고."

능비령으로서는 흑화고가 하는 말을 실감할 수 없었다. 그저 귀신인지 아닌지 헷갈리는 여인인 흑화고만을 만났을 뿐 아직까지는 별다른 일이 없었기 때문이다.

"그럼 아까 내 몸 안에 법신검이니 뭐니 하는 게 심어졌다고 했는데 그건 또 뭐지?"

능비령의 질문에 흑화고가 고개를 저었다. 무척이나 귀찮다는 표정 같았지만 그녀는 부드럽게 입을 열었다.

"법신검에 대해선 나도 정확히 몰라. 고대 밀종(古代密宗)의 총본산 인 정극풍천의 역대 교주들에게 계승되는 법(法)이랄까? 쉽게 말하면 일종의 힘이야."

"힘? 난 그런 거 받은 적이 없는데?"

"아직 네 몸에 융화되지 않았을 뿐 분명히 너에게 계승되었어. 법신 검은 일정한 형체가 없어. 지닌 사람이 검(劍)을 생각하면 검이 되고, 도(刀)를 생각하면 도가 되지. 만악(萬惡)과 만사(萬邪)를 제압한다고 해서 일명 수라검(修羅劍)이라고도 불리운다."

"그렇다면 그들이 왜 나에게 법신검을 줬지? 곧 정화군이 공격해 올 것이기 때문에 아무나 준다는 게 내가 걸린 거야?"

"인과율(因果律)의 연(緣)이 너와 닿았기 때문이야."

'꽤나 그럴듯하고 어렵게 말했지만 결국 쉽게 말하면 인연이 닿았다 는 거 아냐?'

"정극풍천에서는 지난 일백여 년 동안 법신검의 계승자를 찾았지만 끝내 찾아내지 못했어. 제자들 중 선기(仙氣)를 지닌 자를 골라 계승시 키는 일도 아직 성공하지 못했고, 다시 말해 네가 정극풍천에 오게 된 것은 우연이 아니라 복잡한 인과율에 의한 필연이었던 거야."

흑화고의 표정이 엄숙해졌다.

"기왕에 말을 꺼냈으니 정극풍천의 그 늙은이들이 네게 전하라는 사 명을 일러주겠다."

"사명?"

"잘 들어."

"듣고 있어."

"법신검을 계승한 너의 사명은 정극풍천에서 갈라져 나간 수많은 유파(流波)들 중 정극풍천 본래의 종지(宗志)를 망각한 채 사악에 빠져버린 문파와 그 문도들을 찾아내 제거하는 것이다."

능비령이 피식 웃었다. 그는 말도 안 된다는 표정으로 빤히 흑화고를 바라보며 입을 열었다.

"난 용병이야. 싸움뿐이 아니라 그 어떤 일도 돈이 안 되는 일은 차라리 그냥 죽으면 죽었지 안 해."

흑화고의 입가에 미소가 떠올랐다. 빙글빙글 웃으며 능비령을 바라보는 그 표정이 무척이나 재미있어하는 표정이었다.

"네가 피하려 해도 그들이 너에게로 올 것이다. 네가 법신검을 지니고 있다는 사실을 결국은 그들이 알게 될 테니까."

"누가 날 찾아온다고? 그들이 누구지?"

"법신검은 밀법을 계승하고 있는 사람들에게는 꿈속에서조차 갖고 싶어하는 무상지보야."

'그러니까 난 내가 뭘 가졌는지도 모르면서 음양사니 환법사니 하는 괴상한 사람들의 목표가 되었다는 건가? 으… 이런 건 정말이지 싫은데…….'

능비령의 얼굴이 일그러졌다. 자신이 원하지도 않는 골치 아픈 일에 휘말렸다는 것을 깨달은 때문이었다.

제3장
귀환(歸還)

1

정화군의 병단이 중원으로 귀환한 것은 그로부터 한 달 뒤였다. 삼군(三軍)으로 나뉘어진 대선단은 세 곳의 항구로 나뉘어 입항했는데 그중 능비령이 속해 있는 중군이 닻을 내린 곳은 뇌주반도(雷州半島)의 유사항(流沙港)이었다.

그곳에서 군역(軍役)에서 해제된 사람들을 제외한 나머지 병사들은 다른 곳으로 배속이 되었고, 용병들은 해체되어 뿔뿔이 흩어졌다.

동료들과 헤어진 능비령은 험한 산지(山地)를 택해 북상하기 시작했다.

일반적으로 관도를 따라 여행하는 것이 편할 듯하지만 지금의 능비령에게는 산지를 통해 여행하는 것이 더 편했다. 지난 5년 동안 서역 정벌군을 따라 열대림을 누비며 생활한 습관 때문이었다.

인적이 드문 숲과 험준한 산악을 통과해 능비령이 보름 만에 도착한 곳은 운남성(雲南省) 북쪽에 위치한 무정(武定)이라는 곳이었다.

무정은 본래 만이(蠻夷)의 땅이었으나 원(元) 때 예속되어 무정로(武定路)와 화곡주(和谷州)를 두었고, 명대에 이르러 무정부(武定府)로 개명된 곳이었다. 운남과 사천, 서강, 3성을 연결하는 교통의 요지인 까닭에 언제나 많은 사람들로 붐비는 대도(大都)였다.

성내로 들어서자 좌우로 상가와 객점, 기루들이 줄지어 늘어서 있고 그 중앙 대로에는 그야말로 수많은 사람들이 분주히 오가고 있었다.

쉬지 않고 바쁘게 오가는 행인들과 상점마다 그득히 쌓여 있는 온갖 상품들, 그리고 양쪽의 점포에서 손님을 부르는 소리…….

능비령으로서는 이런 대도를 접해본 것은 실로 오랜만이었다. 그야말로 정신이 하나도 없었다.

"비령……!"

능비령이 주위의 소음과 눈에 뜨이는 온갖 현란한 것들에 정신이 팔려 잠시 멍청히 서 있는 순간, 어디선가 들어본 것 같은 음성 하나가 그의 귀를 찔렀다.

능비령은 흠칫 놀라 주위를 돌아보았다. 하나 주위에는 그를 부른 사람이 아무도 없었다.

'처음 와본 이곳에 날 아는 사람이 있을 리가 없고… 내가 잘못 들었겠지.'

능비령은 수많은 사람들로 소란스러운 와중에 자신이 잘못 들었다고 판단했다. 그는 고개를 흔든 후 다시 걸음을 옮기기 시작했다.

"비령, 부탁이 있다!"

그 순간, 예의 음성이 다시 들려왔다. 그제야 능비령은 자신을 부른 음성의 주인이 누구인지 깨달았다. 바로 흑화고의 음성이었던 것이다.

지난 한 달 보름여 동안 흑화고는 단 한 번도 그의 앞에 모습을 드러내지 않았고 말을 건 적도 없었다. 해서 능비령은 차츰 흑화고와 사원의 일을 잊어가고 있던 중이었다.

"무슨 부탁이지?"

능비령은 자신의 주위에 늘 흑화고가 몸을 숨기고 있을 것이라는 사실을 새삼스럽게 떠올리며 꺼림칙한 표정으로 입을 열었다.

"먼저 포목점에 들러 내 옷을 한 벌 산 뒤에 객점에 들러 방을 얻어."

흑화고의 모습은 일체 보이지 않았다. 하지만 그녀의 음성은 능비령의 바로 옆에서 들려왔다.

"내가 왜 그래야 하지?"

능비령은 관심없다는 듯 시큰둥해하는 음성으로 입을 열었다. 지나가는 사람들에게 혼자 중얼거리는 미친 사람으로 오해받기 싫어 최대한 목소리를 낮춘 음성이었다.

"지금 내가 입고 있는 옷은 80년 전에 입던 옷이야. 낡기도 낡았지만……."

흑화고는 무슨 말을 할지 망설이듯 뜸을 들인 후에 말을 이었다.

"무엇보다도 유행이 지났단 말이다. 게다가 난 80년 동안 씻지도 못하고 화장도 못했으니 객점에 들어가자고 한 것이다."

'낡은 건 둘째 치고 유행이 지나서 새 옷을 사야 한다고? 훗! 그리고 보니 귀신 같기만 한 이 여자도 여자는 여자였군.'

능비령의 입가에 짓궂은 미소가 떠올랐다. 그는 짐짓 이해가 간다는 표정을 한 채 질문을 던졌다.

"호, 그래서 힘들게 자꾸 공령인가 뭔가 하는 은신대법을 펼쳐 계속 허공 속에 숨어 있었던 거야?"

"만물의 기를 받아들였다가 내 몸과 동화시켜 내뿜으며 허공에 몸을 감추는 거니까 알고 보면 별로 힘들지도 않고 공력 소모도 많은 편은 아니야."

흑화고의 음성은 처음 나타났을 때와는 달리 매우 부드러웠다. 아마도 능비령이 곧 새 옷을 사주고 방을 잡아줄 것이라는 믿고 있는 것 같았다.

흑화고가 말을 끝내기 무섭게 능비령이 단호하게 입을 떼었다.

"힘들지 않으면 계속 몸을 감추고 다녀. 아깝게 돈을 써가면서 새 옷을 살 필요도 없네 뭐."

"⋯⋯!"

능비령이 단호하게 말하자 흑화고는 말문이 막힌 듯 더 이상 음성이 들려오지 않았다. 하지만 그녀가 몸을 감추고 있는 듯한 능비령의 바로 옆 허공 한곳에서 화악 하고 살기가 솟아났다.

잠시 후, 당장이라도 덮쳐들 듯한 기세가 지워지며 허공 중에서 그녀의 한숨 소리가 들려왔다.

"비령, 내가 정중히 부탁해도 안 되는 거야? 정화군에 용병으로 5년이나 있었으면 돈도 제법 많이 벌었을 텐데 죽으면 갖고 갈 생각이냐고."

그녀의 말투가 무척 부드러워졌다. 처음 나타났을 때와 좀 전의 오만했던 말투는 찾아볼 수 없었다. 마치 나이 차이가 별로 없는 누이가 남동생에게 오히려 애교를 떠는 듯한 음색이었다.

능비령이 고개를 저었다. 냉정하기 이를 데 없는 태도였다.

"목숨을 담보로 번 돈이야. 함부로 쓸 수 없다구."

"이 자식……!"

허공이 갈라지는 기이한 음향과 함께 하나의 손이 불쑥 능비령의 코 앞에 나타났다. 몸은 보이지 않고 손만이 나타나 그를 쳐오고 있었던 것이다.

능비령은 그 손을 막지도 않았고 피하지도 않았다. 죽일 테면 죽여 보라는 태도 같았다.

과연 흑화고의 손은 능비령의 코앞에서 뚝 멈춰졌다가 누군가 볼까 두렵다는 듯 황급히 허공 속으로 사라져 버렸다.

'흠, 제대로 풀려가고 있는 것 같군. 이 기회에 누가 주인인지 확실히 가르쳐 주지.'

능비령은 내심 쾌재를 부르지 않을 수 없었다. 잘만 진행되면 흑화고의 오만한 태도를 고칠 수 있을 뿐만 아니라 제대로 주인 대접을 받을 수도 있을 것 같았다.

능비령은 내심 콧노래를 흥얼거리며 바로 옆의 식당으로 들어가 소면 한 그릇을 시켰다. 대번에 그의 귀로 흑화고의 음성이 흘러 들어왔다.

"왜 한 그릇만 시켰지?"

능비령은 식탁에 앉아 멀뚱멀뚱 딴청을 하며 태연히 대꾸했다.

"넌 새 옷을 입기 전에는 다른 사람들 앞에 모습을 드러낼 수 없다고 했잖아."

능비령의 말은 의미심장했다. 뭔가 흑화고가 알아서 하지 않는 한 옷을 사주지 않는 건 둘째 치고, 계속 굶길 수도 있다는 암시였다. 능비령의 이런 태도에 흑화고는 어이가 없었던지 더 이상 아무 말도 들려오지 않았다.

능비령은 잠시 후에 식탁에 놓여진 소면 한 그릇을 맛있게 먹은 후 다시 콧노래를 부르며 식당을 나섰다.

능비령으로서는 이곳 무정(武定)에 특별한 볼일이 있는 것은 아니었다. 해서 그는 여행에 필요한 몇 가지 물품을 구입한 후 떠날 생각이었다.

어느덧 석양이 내리고 있었다. 능비령은 서둘러 여행에 필요한 물품을 사기 위해 사람들에게 길을 물어 저잣거리로 들어섰다.

저잣거리는 그야말로 인산인해였다. 상인들과 물건을 사려는 손님들로 붐벼 서로 어깨를 부딪치지 않고서는 걸음을 옮길 수 없을 정도였다.

능비령은 사람들을 뚫으며 자신이 필요한 물품들을 파는 점포들을 찾기 시작했다.

"멍청이!"

문득 능비령의 귀로 다시 귀에 익은 음성이 들려왔다. 그는 예의 음성이 흑화고의 것임을 깨닫고 짐짓 퉁명스럽게 반문했다.

"뭐가 불만이지?"

"불만은 없어. 네놈이 멍청하게 은자 주머니를 소매치기당하고도 희희낙락하고 있으니까 멍청이라고 부른 것뿐이야."

능비령의 눈이 커졌다. 그는 지나가던 행인들이 사람들이 보든 말든 황급히 자신의 품속을 뒤졌다. 과연 소매 속에 넣어두었던 은자 주머니가 감쪽같이 사라지고 없었다.

능비령은 크게 당황해 주위를 둘러보았지만 수상하게 느껴지는 사람은 찾을 수 없었다.

낭패도 이런 낭패가 없었다. 그 은자 주머니에는 그가 지난 5년 동안 용병 생활을 하며 번 은자가 고스란히 들어 있었다. 어지간한 일가족이 5년은 먹고 살 수 있는 큰 액수였다.

능비령은 계속 주위를 두리번거리며 입을 열었다.

"왜 그때 이야기해 주지 않았지?"

"내 돈이 아니니까. 게다가 어차피 쓰지도 못하는 돈이잖아."

"으… 안 돼! 그게 어떤 돈인데… 5년 동안 죽어라 하고 모은 돈이야. 죽어도 그 돈은 안 돼!"

능비령이 어쩔 줄 몰라 하며 비명처럼 소리를 질렀다. 빙글빙글 웃음을 참는 듯한 흑화고의 음성이 들려왔다.

"찾아주면 얼마 줄 거야?"

"뭐야? 그 소매치기를 잡을 수 있다는 거야? 정말이야? 좋아. 내 은자 주머니를 찾아주면 밥을 사주지."

"새 옷과 몸을 씻을 수 있는 잠자리도 포함시켜. 물론 앞으로 내 음식도 책임져야 하고."

"끄응, 알았어, 알았다구!"

능비령이 힘없이 고개를 끄덕였다. 흑화고의 장난기 어린 음성이 이어졌다.

"한데 그 소매치기 말이야, 잡으면 다시는 그런 짓 못하게 손을 잘라주고 올까?"

"그건 좀 심하잖아."

"그럼 남의 물건을 훔치지 못하게 눈을 뽑을까?"

능비령이 깜짝 놀라 손을 내저었다.

"됐네, 이 사람아! 그냥 돈만 다시 돌려받으라구."

능비령 주위의 공기가 흔들리는 느낌이 들었다. 어디선가 한줄기 미풍이 불어온 듯한 미미한 움직임이었다.

능비령이 불안해하며 주위를 두리번거리는 순간 우피(牛皮)로 만든 검은색의 가죽 주머니 하나가 불쑥 능비령의 코앞에 들이밀어졌다. 물론 그 가죽 주머니를 쥐고 있는 손은 바로 흑화고의 손이었다.

"이거 맞지?"

능비령은 멍청히 은자 주머니를 받아 들며 고개를 갸웃거렸다.

'한데 뭐가 이렇게 빨라? 아무래도 이상한데?'

하지만 약속은 약속이었다.

능비령은 저잣거리를 뒤져 여행에 필요한 물품과 흑화고의 새 옷을 한 벌 구입한 후 할 수 없이 객점에 들렀다. 1층은 술과 음식을 먹을 수 있는 주청(酒廳)으로 되어 있고 2층은 객실로 꾸며진 그런 곳이었다.

능비령은 의심쩍어하는 눈초리를 보내는 점소이에게 곧 일행이 올 거라고 얼버무리면서 방 두 개를 잡았다.

잠자리는 편했다. 숲에서 노숙을 하는 것에 비할 바가 아니었다. 하지만 능비령은 어쩐지 흑화고에게 오히려 당한 것 같은 기분인지라 별로 편안하지 못했다.

"비령."

억지로라도 잠이 들려는 순간 누군가가 문을 두드렸다. 바로 흑화고였다.

"넌 식사를 했지만 난 아직 안 했어. 식당으로 가."

"으……!"

능비령은 울상이 되지 않을 수 없었다. 하지만 어쩌겠는가!

억지로 몸을 일으켜 객방을 나서던 그의 눈이 커졌다. 능비령의 방문 앞에 서 있는 것은 과연 흑화고였다. 하지만 예전의 그 흑화고가 아니었다.

산발되어 있던 머리는 깨끗이 빗겨져 허리 아래에서 검은 흑단처럼 출렁인다. 홍의경장은 타는 듯 붉었는데 홍기 어린 얼굴과 어울려 화사하기 그지없었다.

소매 끝에 드러나 있는 새하얀 손은 이 순간 더욱 하얗게 빛을 뿌리고 있는데 이 세상 사람의 것 같지가 않았다. 버릇인 듯 그녀의 표정은 얼음처럼 차가웠지만 그 냉랭함이 그녀의 미모를 감추지는 못했다. 오히려 빙결 같은 맑음이 느껴져 그녀의 미모를 더욱 돋보이게 하고 있을 뿐이었다.

"댁이… 그 귀신 같은 여자가 맞는 거야?"

능비령의 눈이 멍청해졌다. 그는 자신의 눈을 믿을 수가 없었다.

"배고파. 빨리 내려가."

흑화고는 능비령이 얼굴을 붉히고 자신을 멍청히 바라보는 모습을 대하고 기분이 나쁘지 않은 듯 부드럽게 입을 열었다.

능비령이 고개를 저었다. 그의 입에서 저절로 한숨이 새어 나왔다.

'제기랄! 예뻐도 너무 예쁘잖아.'

능비령은 흑화고가 눈부시게 아름다운 여인이라는 것을 알고 난 뒤 자신이 왜 위축되는지 그 이유를 알 수 없었다.

주청은 한가한 편이었다.

"이 식당에서 제일 잘하는 음식이 뭐지?"

흑화고는 구석진 자리에 앉기 무섭게 점소이를 불러 대뜸 값비싼 요리를 주문했다. 능비령의 입에서 다시 한숨이 새어 나온 것은 너무도 당연한 일이었다.

잠시 후, 보기에도 그럴듯한 요리들이 나오자 능비령은 울상이 되지 않을 수 없었다.

'돈을 갖고 있는 사람은 간신히 소면 한 그릇으로 때웠는데 얻어먹는 사람은 황제처럼 먹는구나.'

누군가 음식을 먹고 있을 때 그 앞에 앉아 지켜보고 있는 일은 남이 보기에도 궁색해 보이고 또한 처량한 일이었다.

능비령은 음식 값을 치르고 객방으로 올라가기 위해 몸을 일으켰다. 멍청히 앉아 그 값비싼 음식들이 흑화고의 입 안으로 사라져 가는 모습을 지켜보고 있을 심정이 아니었던 것이다.

"앉아. 할 이야기가 있어."

능비령이 일어나려는 것을 보고 흑화고가 손을 흔들었다.

할 말이 있다는 데야 어쩌겠는가. 능비령은 다시 제자리에 앉지 않을 수 없었다.

흑화고는 음식을 다 먹을 때까지 입을 열지 않았다. 결국 능비령은 남이 음식을 먹고 있는 것을 지켜보는 세상에서 가장 궁색하고 처량해 보이는 일을 겪지 않을 수 없었다.

밥 한 끼 지을 시간쯤 되어서야 저를 내려놓은 흑화고는 점소이에게 물 한 그릇을 시켰다. 맑은 물이 담겨 있는 그릇이 도착하자 그녀는 물을 마시지 않고 물 그릇을 들여다보기 시작했다.

"뭐 하는 거야? 물은 먹으라고 있는 거지 들여다보라고 있는 게 아니라구."

"조용히 해. 방해되니까."

흑화고의 표정은 엄숙했다. 능비령은 그녀가 장난을 하는 게 아님을 깨닫고 의혹의 눈으로 그녀가 들여다보고 있는 물 그릇을 바라보았다.

얼마의 시간이 흘렀을까?

흑화고가 들여다보고 있는 그릇 속의 물에 기이한 변화가 일어나기 시작했다. 바람 한 점 없는데 물의 표면에 파문(波紋)이 일기 시작했다. 파문은 점점 작은 소용돌이로 변하기 시작해 이내 그릇 속의 물들이 맹렬히 회전하고 있었다.

"누가 날 불렀느냐?"

그릇에 담겨 있는 물의 표면에 하나의 얼굴이 나타난 것은 그 소용돌이가 멈춰진 뒤였다. 고목의 껍질처럼 굵은 주름살들이 얼굴을 온통 뒤덮고 있는 중년 남자의 얼굴이었다.

능비령은 깜짝 놀라 자신도 모르게 고개를 들어 주위를 휘둘러 보았다. 주청 안은 한가한 편이었는데다 그들이 앉아 있는 곳은 구석진 자리여서 다른 사람들은 물 그릇의 변화를 아직 눈치 채지 못하고 있었다.

수면에 얼굴만 비쳐지고 있는 사내가 짜증스러워하는 표정으로 눈을 이리저리 굴렸다. 이어 그의 눈이 흑화고의 얼굴에서 멈춰졌다.

"설마… 흑화고 부경령(復冧翎)?!"

사내의 얼굴에 떠올라 있는 것은 극심한 공포의 빛이었다. 그는 자신의 눈을 믿을 수 없다는 듯 흑화고의 얼굴에 눈을 고정시킨 채 몸을 떨고 있었다.

"네놈 따위가 입에 올릴 수 있는 이름이 아니다."

흑화고의 입에서 싸늘한 음성이 흘러나왔다. 사내의 눈에 떠올라 있는 공포의 빛이 더욱 짙어졌다.

"부(復) 저저(姐姐:소저의 높임 말)를 대합니다."

다음 순간, 흑화고를 향해 무릎을 꿇은 사내의 전신이 수면에 비쳐지고 있었다. 전신을 부들부들 떨고 있는 게 공포에 짓눌려 어찌할 바를 모르는 태도였다.

"여기가 어딘지는 알고 있겠지?"

흑화고가 차갑게 입을 열었다. 수하를 대하듯 오만하기 이를 데 없는 태도였다.

"거긴… 운남성의 무정(武定)이로군요."

사내가 주위를 확인하듯 눈을 떼구르르 굴린 후 대답했다.

"이곳에 무기를 살 만한 곳이 있느냐?"

"무기라시면 법력(法力)이 깃들어 있는 것을 말하시는 겁니까?"

"당연하지."

수면에 비쳐지고 있는 사내가 뭔가 생각하듯 눈을 굴렸다. 잠시 후 그는 고개를 끄덕이며 입을 열었다.

"예. 다행히도 그곳에도 법력 무기들을 파는 곳이 있습니다. 위치는 지금 계신 객점에서 나가서 오른쪽으로 오십여 장 떨어진 곳에 있는 골목 안입니다."

"됐어."

흑화고가 고개를 끄덕이자 수면 위의 사내는 무릎을 꿇은 자세로 정중하게 절을 한 후 그 형체가 희미해지기 시작했다.

막 형체가 희미해지며 사라져 가던 사내의 눈이 짧은 순간 능비령의 얼굴을 스쳐 갔다. 그의 눈이 찢어질 듯이 커졌다. 무엇인가 엄청난 것을 발견한 듯한 경악의 빛이 그 눈에 하나 가득 담겨 있었다.

"설마……!"

사내가 신음처럼 중얼거리자 흑화고가 아미를 찌푸렸다. 그녀의 얼굴이 굳어드는 것을 대한 사내가 황급히 손을 내저었다.

"저, 저는… 아무것도 못 보았습니다. 정말이지 아무것도 못 보았습니다!"

황급히 소리친 사내의 모습이 점차 흐려져 갔다. 수면에 파문이 일고 다시 소용돌이가 친 후 사내의 모습은 완전히 사라져 보이지 않았다.

흑화고는 사내의 모습이 완전히 사라진 물 그릇을 집어 들어 물을 한 모금 마시며 능비령을 바라보았다.

'그걸 먹어?! 어째 내가 찜찜한 기분이 드는 걸까?'

능비령은 지금까지 흑화고가 보여준 광경에 그야말로 어리둥절해져 정신을 차릴 수 없었다. 사람의 모습이 물에 비쳐지고 그 사람과 이야기까지 나눈 것이다.

"혹시나 했는데 수경망(水鏡魍) 고랍(枯臘)이 널 알아봤어. 아니, 정확히 말하면 네 몸 안에 있는 법신검을 알아보았다고 해야겠지."

'수경망 고랍? 아까 그 물에 비쳐졌던 사람인가?'

흑화고는 생각에 잠겨 있었다. 무언가 걱정스러운 일이 있는 듯 표정이 밝지 않았다. 그러나 몸을 일으켰을 때는 이미 다른 사람인 양 화사한 표정으로 바뀌어 있었다.

"일어나. 갈 곳이 있어."

"어, 어딜?"

능비령은 엉겁결에 흑화고를 따라 일어나며 더듬거리다 불현듯 한 가지 생각을 떠올리고 인상을 찌푸리지 않을 수 없었다. 이어지는 흑화고의 말에 능비령의 자신의 불안이 고스란히 적중했음을 알 수 있었다.

"다행스럽게도 이곳에도 법력 무기를 파는 곳이 있다는군."

'이래서 또 내 돈만 축나게 생겼군.'

능비령은 반항을 포기하기로 했다. 그녀를 길들이기 위해 어설픈 짓을 했다가 오히려 자신이 호되게 당한 조금 전의 경험을 떠올린 것이었다.

심증은 가지만 물증은 없었다. 하지만 능비령은 소매치기 사건이 혹화고가 조작한 것임을 거의 확신하고 있었다.

2

거리에는 아직도 많은 사람들이 오가고 있었다. 밤이 이미 깊었지만 달이 환하게 비추고 있는 데다 대로 양쪽의 기루와 객잔에서 등(燈)을 내걸어 전혀 어둡지 않았다.

"한데 아까 그게 무슨 술법이지?"

흑화고와 함께 무기점을 찾아가며 능비령이 질문을 던졌다.

"별거 아냐. 내가 알고 싶은 정보가 있어서 흑첨향의 수많은 이계(異界) 중 환환수계(幻幻水界)의 사람을 불러냈던 거야."

흑화고는 정말이지 대수롭지 않다는 태도였다. 능비령은 묻고 싶은 게 많았지만 흑화고의 태도가 너무 심드렁해 더 이상 질문을 던질 수가 없었다.

문득 능비령은 기이한 느낌을 들어 주위를 돌아보다가 깜짝 놀랐다.

지나가던 사람들은 모두 흑화고를 바라보고 있었다. 심지어 어떤 사람은 가던 걸음을 멈추고 멍하니 그녀만을 바라보고 있었다. 모두들 그녀의 아름다움에 빠져 제정신을 차리지 못하는 것 같았다.

'끄응, 내 이럴 줄 알았다니까.'

능비령은 내심 고개를 저은 후 흑화고를 돌아보았다.

"안 되겠어."

"뭐가?"

"도로 숨어. 이렇게 남의 이목을 끄는 상태로는 길을 갈 수도 없잖아."

"호호호호……!"

흑화고의 낭랑한 웃음소리가 밤하늘에 울려 퍼졌다.

중앙 대로를 벗어나 골목 안쪽으로 들어가자 과연 허름한 대장간이 보였다. 한데 문 앞에 진열되어 있는 것들은 대부분 낫이나 쟁기 같은 농기구들뿐이었고 그나마 몇 개 나와 있는 검과 도는 간신히 구색을 갖추기 위해 섞여 있는 듯이 보였다. 쓸 만한 병기를 고른다는 게 거의 불가능하게 느껴지는 곳이었다.

대장간 안으로 들어서자 화로 앞에 등이 휘어진 노인 한 명이 앉아 있었다. 눈이 짓물러 앞도 제대로 보이지 않는 듯한 초라한 행색의 노인이었다.

노인은 불길이 이글거리는 화로 앞에 앉아 한 자루 도(刀)를 정성스럽게 닦고 있었다.

노인이 기름 먹인 면건으로 닦아내고 있는 도의 형태는 실로 특이했다. 도신의 넓이만 해도 무려 한 자에 가까웠다. 게다가 도신의 길이는 또한 보통 사람의 키보다 훨씬 큰 칠 척에 달하고 있었다. 전체가 검은

빛으로 뒤덮여 있었고 무척이나 투박해 보였다.

노인은 흑화고와 능비령이 들어서자 별로 반갑지도 않다는 태도로 닦고 있던 참마도(斬馬刀) 형태의 거대한 도를 내려놓고 천천히 일어나 다가왔다.

"뭘 사시겠수?"

"좋은 게 있나 모르겠군."

흑화고는 노인에게는 신경도 쓰지 않은 채 대장간 안을 둘러보기 시작했다. 안쪽에도 역시 병기보다는 농기구들이 더 많았다. 능비령이 보기에도 쓸 만한 병기는 아예 찾아볼 수가 없었다.

흑화고의 눈이 노인이 닦고 있던 거대한 도에 머물렀다.

"됐어. 마침 쓸 만한 게 있었어."

거침없이 도를 집어 들어 이리저리 살피던 흑화고가 흡족하다는 듯 고개를 끄덕였다.

일순 노인의 눈에서 예리한 신광이 번뜩였다. 하나 그 눈빛은 너무도 빠르게 사라져 어느 누구도 발견할 수 없을 듯했다.

"그 물건은 파는 게 아니라우."

다시 앞도 제대로 보이지 않는 초라한 모습으로 돌아온 노인이 고집스럽게 고개를 저었다.

"그런 쓰레기는 버려."

흑화고는 노인을 무시한 채 능비령의 허리에 걸려 있는 검을 보며 퉁명스럽게 내뱉었다.

능비령은 깜짝 놀라지 않을 수 없었다. 무기를 산다고 해서 그녀 자신의 무기를 사러 온 줄 알았는데 알고 보니 능비령의 무기를 사러 온 것이 아닌가!

능비령이 고개를 저었다.

"이 검이 어때서? 난 이 검이 편해."

능비령이 지니고 있는 청강검은 가장 평범한 무기였다. 정화군에서 병사들에게 지급하는 보급품이었고 무림에서도 흔히 볼 수 있는 병기였다.

능비령은 일부러 특이한 무기를 선택하지 않는데 그것은 오랜 용병 생활 끝에 얻어진 지혜였다.

자신만의 독특한 병기를 선택해 손에 익숙해지면 전투에서 유리하다는 점은 능비령도 잘 알고 있었다. 하지만 손에 익은 그 병기가 부서지거나 분실되면 오히려 그만치 더 불리해지는 것이다.

수없이 전투를 치러야 하는 용병들은 전투 중에 병기가 부서지는 일이 많이 생긴다. 능비령은 그때마다 죽은 병사의 검을 주워 싸우기 위해 일부러 자신만의 병기를 고집하지 않았다.

"그 도는 제대로 들고 다니기도 힘들게 생겨먹었잖아. 게다가 파는 물건이 아니라는 말도 듣지 못했냐구?"

그렇다. 넓이는 둘째 치고 도신의 길치가 칠 척에 달하는 병기를 들고 다니는 것은 그 자체만으로도 큰일이었다.

휘익!

흑화고가 들고 있던 거대한 도를 능비령에게 던졌다. 마치 종이장을 던져 내는 듯 가벼운 손놀림이었다.

"어이쿠!"

엉겁결에 도를 받아 들던 능비령은 저절로 비명을 터뜨리지 않을 수 없었다. 너무도 무거워 하마터면 떨어뜨릴 뻔했던 것이다. 크기를 보고 대충 무거울 거라고 예측은 했지만 도의 무게는 그의 예측을 벗어나도 한참 벗어날 정도로 무거웠다.

흑화고는 도를 능비령에게 던져 준 뒤 다시 대장간 안을 둘러보고 있었다. 눈앞의 노인이 당황해하는 모습 따위는 아예 눈에 들어오지도 않는다는 태도였다.

이때였다. 노인의 눈이 새삼 흑화고의 얼굴을 유심히 바라보다 한순간 딱 멈춰졌다.

"혹시… 흑화고 부 저저가 아니십니까?"

대장간 안을 둘러보던 흑화고가 노인을 향해 눈을 돌렸다.

"어떻게 날 알지?"

"제가 아주 어렸을 때… 먼발치에서 한번 뵌 적이 있었습니다. 여전히 그때의 모습이신지라 처음에는 어리둥절했습니다."

노인이 깊숙이 허리를 숙인 채 들지 못했다. 반갑기도 하지만 또한 공포스러워 몸도 가누기 어렵다는 듯한 태도였다.

'저 노인은 보기에 육순도 훨씬 넘어 보이는데 어렸을 때 먼발치에서 보았다니? 도대체 저 여자의 나이가 몇이라는 건지 모르겠군.'

능비령이 내심 혀를 내둘렀다.

흑화고가 부드럽게 고개를 끄덕였다.

"기특하군, 날 알아보다니."

흑화고의 표정이 부드럽게 바뀌자 노인의 얼굴이 밝아졌다.

"혹시 부 저저께서 쓰실 무기를 고르시는 거라면 이 늙은이, 아니, 제가 골라드리겠습니다."

노인은 대장간 안쪽의 방으로 가서 뭔가 주섬대더니 한 개의 상자를 들고 왔다. 상자 안에는 똑같은 형태의 비수가 다섯 개 들어 있었다. 종이장처럼 폭이 가는 비수였다.

다섯 개의 비수를 대한 흑화고의 눈이 예리하게 빛나기 시작했다. 마치 어린아이가 좋아하는 장난감을 발견했을 때의 눈빛 같았다.

흑화고는 한참을 다섯 개의 비수에서 눈을 떼지 못한 채 황홀해하는 표정이었다. 누가 보아도 그 다섯 개의 비수가 마음에 들었음을 알 수 있었다.

"맘에 드십니까?"

"응, 제법 잘 만들었어. 네가 직접 만든 것이냐?"

"아닙니다. 우연히 구한 것인데 마음에 드신다면 제가 선물로 드리겠습니다."

"아니야. 돈은 있어."

흑화고는 말을 하며 능비령을 바라보았다.

능비령의 가슴이 철렁 내려앉았다.

기실 그는 두 사람이 나누는 대화를 듣다 보니 정신이 다 혼몽해지던 참이었다. 겉보기에 할아버지뻘 되는 사람이 정중하게 존칭을 하는데 그 손녀뻘 되는 흑화고는 어린 동생을 대하는 태도였다. 두 사람의 태도가 너무도 자연스러워 능비령은 민망하다 못해 어지러움을 느낄 정도였다. 그러다 그 와중에 일격을 당한 것이었다.

'안 받겠다는 돈을 굳이 주려는 이유는 또 뭐냐구!'

능비령은 버럭 소리를 지르고 싶었지만 노인 때문에 그러지 못했다. 곧 관 안으로 들어갈 것 같은 노인도 동생처럼 행동하고 있는 흑화고에게 소리를 지른다는 것이 어쩐지 노인을 욕보이는 것 같은 느낌이 든 때문이었다.

노인이 환하게 웃으며 손을 내저었다.

"돈을 받자면야 은자 오천 냥은 받아야 하지만, 어찌 감히 부 저저께 돈을 받을 수 있겠습니까? 그저 받아주시는 것만으로도 감사할 뿐입니다."

"고마워."

흑화고가 다섯 개의 비수를 상자에서 꺼내 품속에 갈무리하며 고개를 끄덕였다. 그녀의 간단한 그 한마디에 능비령은 자신의 은자가 축나지 않게 되었음을 깨닫고 내심 긴 안도의 한숨을 내쉬었다.

하지만 능비령은 그저 쇳덩어리로 크게만 만든 도와 다섯 자루의 작은 비수가 그렇게 엄청나게 비싼 물건이라는 사실에 내심 크게 놀라고 있었다.

아침이 되자 능비령은 다시 길을 재촉했다. 무정성 내를 벗어나자 그는 관도를 따라가지 않고 다시 숲으로 발길을 돌렸다.

능비령이 관도를 따라가지 않고 다시 숲으로 접어들자 흑화고가 입을 열었다. 그녀는 아침이 되자 능비령의 부탁대로 허공에 몸을 감추었다가 인적이 없는 곳에 이르자 다시 몸을 드러냈다.

"팔십 년 만이야, 내가 세상에 나온 게. 하루 이틀도 아니고 장장 팔십 년이란 말이야."

"그래서?"

"어디로 가는지는 몰라도 기왕이면 길다운 길로 좀 가지 않고 왜 이런 곳으로만 가는 거지? 제발 사람 사는 데로 가잔 말이야."

"그건 안 돼."

"왜?"

능비령이 단호하게 고개를 젓자 흑화고는 어이가 없다는 듯 그를 바라보았다.

능비령이 천천히 입을 열었다.

"난 이게 편해. 그리고 무엇보다도 돈이 안 들잖아. 배고프면 산짐승을 잡아먹을 수도 있고, 어두워지면 아무 데서나 잘 수 있으니까."

능비령이 간단하게 대꾸한 후 흑화고가 무어라 불평을 토해도 들은 척도 하지 않았다. 계속 조르던 흑화고는 결국 포기하지 않을 수 없었다.

흑화고가 억지로 골라준 도는 너무도 무겁고 커서 허리에 찰 수도 없었고 들고 다닐 수도 없었다. 방법은 하나, 오른손으로 손잡이를 쥔 상태로 오른쪽 어깨 위에 걸쳐 놓는 것뿐이었다.

객점을 나설 때 이미 그 점을 깨달은 능비령은 포목점에 다시 들러 면포를 산 뒤 도신을 둘둘 말아 날을 감춘 채 어깨에 걸쳐 메고 걸음을 옮기는 중이었다.

험한 산속을 자신의 키보다 더 큰 도를 어깨에 메고 다니는 것은 힘들기도 하지만 무엇보다도 귀찮기 이를 데 없었다. 능비령은 점차 도의 무게에 짓눌려 어깨가 뻐근해지기까지 했다.

"힘들더라도 그 도를 몸의 일부로 만들어둬야 해. 네가 쓰던 그 따위 검으로는 법신검을 노리는 자들을 상대할 수 없어. 물론 네가 법신검의 진체를 얻게 되면 무기 따위는 필요없게 되겠지."

능비령이 도를 귀찮아하는 기색을 보이자 흑화고가 다짐하듯 입을 열었다.

능비령이 별안간 고개를 돌려 그녀를 빤히 바라보았다.

"한 가지만 솔직하게 말해 줘."

"뭘?"

"설마 날 골탕 먹이기 위해 일부러 이렇게 엄청 무겁고 무식하게 생긴 무기를 골라준 건 아니지?"

흑화고의 눈에 어이없어하는 빛이 솟아났다.

"그건 법력 무기야. 보통 사람들은 구할 수도 없는 보물이란 말이다."

능비령이 고개를 끄덕였다.

"좋아. 그 말을 믿기로 하지. 사실 귀찮기는 해도 엄청나게 비싼 물건이라는 걸 알았으니까 절대로 버릴 생각은 없어. 말하지 않았어도 이놈을 기왕에 들고 다닐 거라면 친해지기로 작정한 참이야."

능비령은 말과 함께 도를 들고 이리저리 휘두르며 걷기 시작했다. 처음에는 걸음을 옮기며 오른손으로 휘두르다 오른손에 힘이 빠지면 왼손으로 휘둘렀다.

흑화고는 능비령이 계속 거대한 도를 휘두르며 걸음을 옮기는 모습을 보고 은근히 놀란 빛을 떠올렸다.

그녀는 이미 그 도의 무게가 어느 정도인지 잘 알고 있었다. 어지간한 사람은 그냥 들고 있는 것만으로도 금세 지칠 정도로 엄청난 무게였다. 한데 능비령은 그렇지 않아도 힘든 산로(山路)를 가면서 무기와 적응하는 훈련을 하기 시작한 것이다.

능비령과 흑화고가 맑은 계류가 흐르는 어느 계곡에 당도한 것은 정오 무렵이었다.

능비령은 그곳에서 잠시 쉬어가기로 하고 품속에서 건량을 꺼냈다. 흑화고는 능비령이 나눠준 건량을 불평없이 맛있게 먹었다. 건량을 먹고 나니 목이 말랐다. 능비령은 계곡으로 가 물을 마신 후 흑화고에게도 가져다 주었다.

흑화고는 물을 마신 후 담담한 표정으로 입을 열기 시작했다.

"잘 들어."

"듣고 있어."

"밀교 본래의 종지를 망각하고 사악에 물든 자들을 응징하는 것도 네 사명 중 하나이지만, 너에게는 그보다 더 중요한 사명이 있어."

"뭐야? 사명이라는 게 하나도 아니고 둘씩이라는 거야? 하긴 뭐, 결국 난 그 따위 일을 하지 않을 거니까 둘이 아니라 열이 되도 상관은 없겠지. 한데 사명이니 뭔지는 나중에 얘기해 주고 먼저 고대 밀종이니 밀교니 하는 게 뭔지 말해 줄 수 있어?"

"흔히들 비교(秘教), 비밀교(秘密教), 진언밀교라고 불리우는 고대밀종은 법신불(法身佛) 대일여래(大日如來)가 자기 내중의 법문을 개설한 법종이었어. 그 교법이 심밀하고 유현하여, 여래의 신력을 힘입지 않고서는 터득할 수 없기 때문에 처음부터 그런 이름이 붙여진 것이지."

"좀 쉽게 말해 줄 수 없어?"

"더 이상 어떻게 쉽게 설명해. 모르면 모르는 대로 그냥 들어두기나 해."

"끄응······!"

"고대 밀종은 원래 금태양부(金胎兩部)의 대일경, 금강정경(金剛頂經)을 그 성전으로 하는 불경에 전념해 왔는데 후대로 계승되어 오면서 변화되기 시작해 끝내 온갖 저주의 술법과 사악에 빠져 버린 거야."

"그러니까 원하지도 않는 법신검을 준 그 늙은이들이 내게 덮어씌운 사명이라는 게 정극풍천에서 갈라져 나간 유파의 후예들 중에서 나쁜 자들을 골라 혼내주라는··· 뭐, 그런 건가? 한데 또 다른 사명이라는 건 뭐지?"

능비령이 시큰둥하니 입을 열었다. 이 모든 일이 아직까지는 자신과 상관없는 일이라고 치부하고 있는 듯한 표정이었다.

"언젠가 탄생될 이계칠군(異界七君)을 제거해야 돼. 그것이 법신검을 지닌 자의 진정한 사명이야."

'이계칠군!'

일순, 능비령의 몸 깊은 곳에서 알 수 없는 감응(感應)이 일어났다. 그의 체내에 심어져 있다는 법신검이 반응을 한 것인지, 아니면 그 자신이 반응을 한 것인지 종잡을 수 없는 느낌이었다.

제4장
자문정(刺文庭)

1

자문정(刺文庭)이라 함은 이마[庭]에 문신을 새긴다는 의미이다.

살(殺)이라는 글자가 보기 흉하게 이마에 문신된 상태로는 다른 사람들 앞에 나설 수가 없다. 자문정의 살수가 되었다 함은 이미 그 자신을 버린 것이다. 때문에 천하제일의 살수니 뭐니 하는 칭호는 적어도 자문정의 살수들에게는 존재할 수 없었다.

단지 문파의 이름만 남을 뿐, 자문정의 살수들은 입문하는 그 순간부터 자신의 존재를 세상에서 격리시켜야 한다. 감춰져 있다는 것, 비밀에 가려져 있다는 것 자체가 병기로써의 가치를 높이기 때문이었다.

자문정의 살수들은 오랜 시간 철저하고도 혹독한 지옥 훈련을 거치지만 그들에게 주어지는 임무는 일생 동안 한두 번에 지나지 않는다. 하지만 평생 단 한 번의 임무밖에 주어지지 않는다고 해도 그 단 한 번이 평생을 걸 만큼 중요한 것이기도 했다.

대가는 크다. 그들이 스스로를 희생시킴으로써 삼백여 가구가 모여 사는 서하촌(西霞村) 전체가 편안한 삶을 누릴 수 있는 것이다. 그들 중에는 자신의 누이가 있고 어머니도 있으며 형제가 있다. 바로 그 때문에 자문정의 살수들은 기꺼이 자신을 버릴 수 있었다.

자문정 살수들의 공격 방법은 특이했다. 임무를 맡아 직접적인 살인에 나서는 것은 한 명이다. 하지만 언제나 세 명의 살수가 같이 움직인다.

두 번째 살수는 첫 번째 살수의 근접 거리에 몸을 감추고 있다가 동료가 실패할 경우에만 나선다.

두 번째 살수는 동료의 실패를 이용할 수 있었다. 누구라도 암습을 막아낸 뒤에는 자신도 모르게 어느 정도는 방심하는 법이다. 게다가 살아났다고 해도 거의 대부분 작은 부상이라도 입고 있는 상태인지라 두 번째 살수의 살인은 의외로 성공률이 높았다.

세 번째 살수의 임무는 앞의 두 동료가 실패하든 성공하든 일체 모습을 드러내지 않는다. 그의 임무는 두 명의 동료가 모두 실패했을 경우 그동안의 경과를 상부에 보고하는 것뿐이었다. 이것은 임무에 실패했을 경우 그 원인을 분석해 두 번 다시는 실패하지 않기 위한 대책이었다.

첫 번째 살수가 실패한 경우는 적지 않았다. 하지만 곧바로 이어지는 두 번째 살수의 공격마저 실패한 적은 단 한 번도 없었다. 때문에 지금까지 세 번째 살수가 임무의 실패에 대한 분석 결과를 보고한 적은 없었다.

한데 자문정이 탄생한 이후 처음으로 실패에 대한 보고가 올라왔다.

사천성(四川省) 부강(涪江)은 가릉강의 지류로써 감숙성의 산지에서 발원하여 합천현에 이르러 가릉강과 합류된다. 뱃길이 편리하여 상류의 중패(中垻)까지 작은 배가 통할 수 있고 이것으로 중패에서 집산되는 약재를 반출할 수 있었다.

그 부강의 중류에 대화진(大和鎭)이 있고 대화진에서 동쪽으로 이백여 리 정도 들어가면 서하촌(西霞村)이라 불리우는 여(麗)씨 성만 모여 사는 집성촌이 있었다.

서하촌은 땅이 척박해 무엇을 심어도 잘 자라지 않았고, 뒤로 등지고 있는 산도 벌채나 약초 채집조차 할 수 없는 험산이었다. 때문에 서하촌 사람들은 대대로 빈곤을 벗어나지 못했다.

어찌 보면 아름답고 평화스러운 작은 고을이었다. 서하촌이라는 이름에서 알 수 있듯이 서쪽으로 해가 기울 무렵 서하촌에서 바라보는 저녁노을은 한 폭의 그림을 방불케 한다.

그 노을을 바라보며 두 사람이 대화를 나누고 있었다. 한 사람은 보기에도 칠순은 넘어 보이는 촌로였고 그 앞에 무릎 꿇고 있는 사람은 갓 이십을 넘겼을 듯한 청년이었다.

남들이 보기에는 힘든 밭일을 끝내고 해가 지기 전에 잠시 정자에서 쉬고 있는 부자지간 같았지만 그들 사이에서 오가는 대화는 결코 일개 농사꾼의 그것이 아니었다.

"으음, 실패했다고 했느냐?"

"처음부터 청부 금액이 너무 많았던 것이 마음에 걸렸습니다. 그 정도의 금액이면 능히 구파(九派)의 제자 중 한 명을 죽여달라고 해도 기꺼이 수락했을 액수가 아닙니까?"

"정화군에 속해 있던 일개 용병에게 걸린 청부 금액치고는 너무 과했지. 하지만 실패하다니……."

노인은 매우 허탈한 표정이었다. 자문정이 생긴 이래 최초의 실패였다.

청년이 담담히 입을 열었다. 이목구비가 또렷한 영준한 얼굴이었지만 그의 이마에는 문신이 깊게 새겨져 있어 섬뜩한 느낌이었다.

"보고드린 대로 그자에게는 접근이 불가능했습니다. 아무리 기척을 죽이고 접근을 해도 그자는 이미 알고 있는 것 같았습니다. 마치 누군가 옆에서 알려주는 것처럼 말입니다."

"우리가 죽여야 할 대상이 용병으로 5년이나 있었다고 하지 않았느냐?"

"예?"

"용병이라면 정규군과는 달리 정찰이나 매복, 침투(浸透)와 적장 암살 등의 특수 임무를 맡는 법이지. 그는 아마 그 과정에서 바람의 흐름이나 동물들의 움직임, 곤충이나 새의 울음소리 등으로 적의 동태를 파악하는 법을 저절로 몸에 익혔을 것이다. 이것은 내공으로 상대의 기(氣)를 읽어내는 것보다 오히려 더욱 효과적인 것이다. 심지어 오 리(五里) 밖의 적도 알아낼 수 있을 정도라는 말을 들은 적이 있었지."

"오 리 밖의 움직임마저 알아낼 정도란 말입니까?"

"사람들이 많은 곳이라면 불가능하지만 숲이라면 가능하다."

노인은 스스로를 납득시키려는 듯 고개를 끄덕였다. 하나 그 자신은 납득했을지 몰라도 청년은 전혀 납득하지 못한 표정이었다.

노인의 눈이 다시 청년에게 돌려졌다.

"그래서… 네 형들은 이미 상대에게 종적이 발각된 것을 알면서도 결국 무리를 할 수밖에 없었다는 게냐?"

노인은 서하촌의 촌장이자 자문정의 문주(門主)였다. 그의 음성에는 질책의 빛이 전혀 담겨 있지 않았다. 독백하듯 중얼거리는 그의 음성은 질문을 한다기보다는 실패하게 된 경과를 머리 속에서 음미하는 듯 담담하기만 했다.

청년이 다시 입을 열었다.

"결국 일호(一號)는 암습이 불가능하다고 판단해 정면 공격을 한 것입니다. 마침 인적이 없는 산속이기에 주위의 이목에 신경 쓸 필요도 없었습니다."

청년의 인상이 약간 일그러졌다. 그는 죽은 살수들에 대한 호칭이 스스로 마음에 들지 않는다는 듯한 태도였다. 죽은 일호는 기실 그의 친형이었던 것이다.

"한데 오히려 당했다?"

"야수의 감각을 지닌 자였습니다. 체계적인 무공이 아니라… 수많은 실전(實戰)을 통해 쌓여진 효과적인 전투 기술 같았습니다. 그는 자신의 몸 일부분을 내주는 대신 일호의 생명을 취했습니다."

"그렇다면 그는 부상을 당한 상태에서 다시 2호를 막았다는 것이냐?"

이미 모든 경위가 자세하게 기록된 보고서를 받은 상태였다. 노인은 그저 생각을 정리하기 위해 확인하고 있을 뿐이었다. 청년은 그 점을 잘 알고 있었지만 처음으로 보고하는 것처럼 차분히 말을 이었다.

"2호가 어떻게 당했는지는 저도 보지 못했습니다. 제가 보기에 2호는 목표에 접근한 순간 허공에서 저절로 몸이 갈라진 것처럼 보였습니다. 단 일 초도 펼치지 못한 상태로 말입니다."

"네 생각은 어떠냐?"

노인의 눈이 청년의 눈에 고정되었다.

청년의 얼굴이 굳어졌다.

"우리가 모르는 뭔가가 있습니다. 청부를 맡긴 그들이 우리에게 이야기해 주지 않은 게 있습니다. 청부를 완수하려면 좀 더 자세한 정보를 얻어내야 합니다."

노인의 눈이 다시 환상처럼 아름다운 노을을 응시했다. 마치 그 노을의 아름다움에 취해 모든 것을 잊은 듯했다. 그가 다시 입을 연 것은 적지 않은 시간이 흐른 뒤였다.

"능비령이라 했던가, 우리가 죽여야 할 소년의 이름이?"

"예."

"그에게 삼 개 조(組)를 보낸다. 기한은 없다. 임무를 완수하기 전까지는 돌아올 수 없다. 그리고 능비령이라는 소년에 대한 좀 더 많은 정보를 알아내는 일은 교아에게 맡겨라."

"여교(麗嬌)에게 말입니까? 그 말괄량이를 강호에 내보낸단 말입니까?"

"덜렁대기는 해도 실력은 믿을 만하지."

"예."

청년은 고개를 숙였다. 공손히 문주 앞을 물러나기는 했지만 그의 눈에는 이 순간 의혹의 빛이 솟아나 있었다.

그가 생각하기에 문주의 명령은 순서가 바뀐 것 같았다. 문주는 먼저 목표에 대한 좀 더 자세한 정보를 얻어낸 뒤에 형제들을 보내야 했다. 하지만 문주는 삼 조(三組)를 한꺼번에 보내면서 다시 여교를 시켜 목표에 대한 자세한 정보를 알아오라고 지시했던 것이다.

'문주께서는 설마… 새로 투입하는 형제들마저 실패할 가능성에 대비해 여교에게 정보를 알아내라고 따로 지시한단 말인가?

문주에게서 전이된 것일까?

청년은 어떤 섬뜩한 불안감에 자신도 모르게 몸을 떨지 않을 수 없었다.

2

"멍청이! 일어나! 누군가 오고 있어."

"알고 있어."

"알고 있으면서 왜 안 일어나지?"

"살기(殺氣)가 없잖아."

능비령은 모로 돌아누우려다 결국 상체를 일으켰다. 그가 잠들기 전에 피워놓은 모닥불 맞은편에 흑화고가 어둠처럼 앉아 있었다.

타닥— 타다닥—

모닥불은 아직 꺼지지 않은 채 둥그렇게 깊은 어둠을 밀어내고 있었다.

능비령은 모닥불 저쪽의 어둠을 바라보았다. 불현듯 약초 캐는 사람들조차 다니지 않는 이런 깊은 숲 속을 지나가는 사람이 누구일까 하는 호기심이 일었다.

흑화고의 눈에 의혹의 빛이 솟아났다.

능비령의 눈은 정확히 누군가 오고 있는 방향에 고정되어 있었다. 하지만 상대는 아직 백여 장 저쪽에 있어 흑화고로서도 간신히 기(氣)를 감지할 수 있을 정도였다.

"며칠 전 살수들이 암습해 올 때도 너는 내가 알려주기 전에 먼저 알고 있었어. 어떻게 그게 가능하지?"

"그냥… 용병으로 정찰이나 매복, 침투 따위의 일을 오래했더니 저절로 그런 능력이 생기더군."

"저절로 그런 능력이 생겼다니 말도 안 돼."

"매복 중에 제일 무서운 게 뭔지 알아?"

능비령이 흑화고를 바라보며 질문을 던졌다.

"그거야 당연히 적에게 발각되는 거 아닐까?"

흑화고가 아무 생각 없이 입을 열자 능비령이 고개를 저었다. 그의 눈빛이 음울하게 가라앉았다.

"쥐야, 매복 중에 가장 무서운 적은."

"쥐?"

흑화고는 어이가 없는 눈빛으로 능비령을 바라보았다. 하지만 능비령이 표정을 보니 절대 농담을 하는 것 같지 않았다.

"매복 중에 잠들어 버리면 쥐가 갉아먹지. 발이나 손을 갉아먹는 건 아무것도 아냐. 아침이 되었을 때 바로 옆에서 함께 매복하던 동료가 머리부터 갉아 먹힌 채 죽어 있는 것을 발견한 적도 있어. 그 뒤부터는 소리없이 다가오는 쥐의 움직임조차 알 수 있게 되더군."

흑화고는 일시지간 무어라 입을 열 수 없었다. 그녀가 중얼거리는 듯한 음성으로 입을 연 것은 짧은 시간이 흐른 뒤였다.

"지옥이었군. 한데 그런 지옥을 겪은 사람치고는 눈빛이 맑아."

능비령이 고개를 저었다. 놀랍게도 지금까지와는 달리 그의 눈에 어둠이 가라앉아 있었다.

"언젠가는 한번 그 지옥에서의 생활을 떠올려 본 뒤 내 손에 죽은 사람들을 생각하며 괴로워할 생각이야. 한 번 정도는 말이야. 하지만 아직까지는 그 모든 걸 마음 한구석에 넣고 닫아버렸어. 미치지 않기 위한 도피 방법이지. 싸움이 끝났을 때마다 살아남았다는 것만을 즐거워했어. 내 손에 죽은 사람들에 대한 생각은 싸움이 끝나는 순간에 깨끗이 지워 버렸고."

흑화고의 눈빛이 깊숙이 가라앉았다. 능비령의 내면의 슬픔을 엿본 것 같은 느낌에 그녀 자신의 마음도 알 수 없는 그림자에 짓눌리는 기분이었다.

흑화고는 기분을 전환하려는 듯 짐짓 밝은 음성으로 입을 열었다.

"얘기 좀 해봐."

"무슨 얘기?"

"네 이야기. 아무거라도 괜찮아."

"별거 없어. 열네 살 때 같이 살던 할아버지가 죽었어. 용병이 된 건 할아버지가 죽으면서 강해지라고 한 말 때문이기도 하지만 우선 먹고 살기 위해서였어. 그 어린 나이의 소년이 할 수 있는 건 아무것도 없었으니까."

"열네 살 때? 그렇다면 너 지금 몇 살이라는 거지?"

흑화고의 눈에 문득 기이한 빛이 스쳐 갔다. 불안해하는 것 같기도 하고 안도하는 것 같기도 한 기이한 눈빛이었다.

능비령은 그녀의 눈빛을 보지 못한 채 대수롭지 않다는 표정으로 입을 열었다.

"열아홉."

"뭐야? 그렇게 어려 보이는 얼굴을 해갖고 열아홉이나 먹었다는 거야? 내가 팔십 년 동안 가사 상태에 빠져 있던 것을 빼면 나와 별 차이도 없잖아."

흑화고가 깜짝 놀라 새삼 능비령을 바라보았다. 기실 흑화고는 가사 상태에 있던 기간을 빼면 능비령보다 겨우 한 살이 많았던 것이다.

"내 얘기만 들을 게 아니라 흑화고도 얘기 좀 해봐. 왜 팔십 년 동안이나 가사 상태로 있게 된 거지?"

"정극풍천에 법신검을 탈취하기 위해 들어갔다가 법신검에 제압당했던 거야. 그저 한잠 자고 일어난 것 같은데 팔십 년이 흘러버렸다는 것을 알고 나서 정극풍천의 중 놈들을 모조리 때려죽이려고 했는데 그때 정화군이 공격해 왔어. 너 때문에 깨어나긴 했지만 또 너에게 귀속되어 버렸으니 고맙다고 해야 할지 원망을 해야 할지 나도 잘 모르겠어."

능비령의 질문에 흑화고가 밤하늘을 올려다보며 천천히 대답했다. 그녀의 표정은 우울하기 그지없었다.

"어찌해야 마음을 티끌 없는 거울처럼 맑게 닦아서 욕망의 찌든 때를 씻어버리고 그릇됨이 없어질 수 있을 것인가……."

이 순간, 능비령이 응시하고 있는 어둠 저쪽에서 노랫가락 같은 웅얼거리는 음성이 들려왔다. 사람의 모습이 보이기 전에 꽤나 시끄러운 누군가의 음성이 먼저 밤의 정적이 깨며 들려온 것이다.

"어찌해야 명백하게 드러남이 사면팔방을 관통함에도 헤아릴 수 없는 앎으로써 신명에 도달할 수 있을 것인가能嬰兒乎 滌除玄覽 能爲雌乎

明白四達]······."

숲 저쪽에서 한 사람이 모습을 드러냈다.

키는 칠 척에 달할 듯 컸고 그 거대한 전신이 근육으로 뭉쳐져 있는 듯 단단해 보였다. 머리에는 도관(道冠)을 썼지만 옷은 평범한 청의였다. 허리에는 검이 두 자루나 걸려 있었다.

안정된 걸음걸이와 흐트러지지 않는 호흡, 거대한 철탑이 미끄러져 오듯 다가오는 것만으로도 어쩐지 위압감이 느껴지는 사내였다.

"누가 감히 뭇 사람들의 혼탁한 본성(本性)을 가지고 고요한 가운데 서서히 맑아지도록 할 수 있을 것인가. 누가 감히 원초적인 평안함이 오래 머물도록 유지됨을 허물지 아니하면서 생성(生成)의 원활함을 그대로 보존할 수 있을 것인가."

대략 이십 대 중반으로 보이는 사내는 능비령을 향해 거침없이 다가오면서 쉬지 않고 떠들고 있었다. 자세히 들어보니 노자(老子)의 도덕경(道德經)에 나오는 구절 같았는데, 워낙 시끄럽게 웅웅거려 무슨 말인지 정확하지 않았다.

도인(道人)인지 아닌지 알 수 없는 복장을 한 사내는 능비령의 세 걸음 앞에 이르러서야 혼자 떠들던 것을 멈추고 다시 입을 열었다. 마치 술에 취한 사람처럼 혼자 머리를 저으며 떠들던 모습과는 달리 정중하기 그지없는 태도였다.

"무량수불! 불빛을 보고 반가움에 서둘러 오긴 했지만 정말 이런 곳에서 노숙하고 있는 사람이 있을 줄은 몰랐습니다."

모닥불 가까이 다가 온 사내는 능비령 혼자 모닥불 옆에 앉아 있는 모습에 놀란 듯한 눈빛이었다. 사내의 모습이 보일 때쯤 흑화고는 다시 허공에 몸을 감춘 상태였다.

능비령이 씨익 웃으며 입을 열었다.

"저도 이런 곳을, 더구나 이런 어둠 속에서 여행하는 사람이 있을 줄은 몰랐습니다."

어딘가 멋쩍어하는 듯한 미소, 부끄럼 많고 숫기없는 소년이 낯선 사람 앞에서 간신히 호의를 드러내 보이는 듯한 미소였다.

능비령의 그 미소에 사내는 친근감을 느낀 듯 물어보지도 않고 모닥불 앞에 앉았다.

"빈도는 막능여(莫能與)라 합니다."

스스로를 소개하는 사내의 태도는 정중해도 너무 정중해 오히려 상대로 하여금 불편함을 느끼게 만들 정도였다.

"아, 예, 능비령입니다."

능비령은 엉겁결에 이름을 밝힌 후 사내, 막능여를 바라보았다.

"저어… 그것이 도호(道號)입니까, 아니면 본명이십니까?"

"아직 도사가 되지 못했으니 도호라 할 수는 없고 그냥 이름이라고 생각해 주시면 됩니다."

능비령은 자신도 모르게 질문을 던졌다가 내심 아차 했다. 하지만 막능여는 별로 개의치 않는 것 같았다.

능비령이 질문은 던진 이유는 사내의 이름이 너무 기이했기 때문이었다. 막능여(莫能與)라 함은 더불어 능히 경쟁할 상대가 없다는 의미를 지닌 말이었다. 실로 광오한 이름인 것이다.

하지만 노자의 도덕경에 의하면 그 의미가 정반대로 해석된다.

바다가 능히 바다로써 존재할 수 있는 까닭은 그것이 가장 낮은 자리를 차지하고, 온갖 하천의 물길을 모아 받아들이기 때문이다.

이러한 자연 법칙에 미루어 성인(聖人)은 반드시 먼저 자기를 낮추고 남과 대립되어 다투지 않음을 근본으로 삼는다. 때문에 세상에는 성인과 더불어 능히 경쟁할 수 있는 상대가 있을 수 없는 것이다.

그러니까 사내의 이름은 너무도 광오한 이름이기도 했지만 또한 스스로를 낮추어 물러서는 겸양(謙讓)을 뜻하는 이름이기도 했던 것이다.

막능여의 눈이 문득 능비령의 옆에 놓여 있는 도에 멈춰졌다. 들고 다니기도 힘들 만큼 거대한 도였다.

일순 막능여의 눈에 노골적으로 탐욕의 빛이 솟아났다. 과연 그는 자신의 마음을 감추지 않은 채 입을 열었다.

"저 도(刀)는… 무척 귀한 것이로군요. 하지만 아무래도 빈도에게 더 잘 어울릴 것 같은 병기입니다."

능비령은 쓴웃음을 머금지 않을 수 없었다. 막능여의 태도가 너무 솔직한 탓도 있었지만 그의 말을 듣고 보니 그 도는 과연 거대한 체구를 지닌 막능여에게 안성맞춤일 듯싶었다.

막능여가 별안간 자신의 허리에 있는 두 자루의 검을 풀어냈다. 두 자루 모두 검집 안에 들어 있어 확인할 수는 없었지만 검집만 보더라도 명검임을 알 수 있었다.

"아니지, 아니야! 이까짓 검과 바꾸자고 하면 큰 실례가 될 거야."

잠시 자신의 검을 내려다보던 막능여가 고개를 저으며 다시 두 자루의 검을 허리에 찼다. 이어 그는 능비령을 향해 진지한 태도로 입을 열었다.

"저어, 이렇게 하는 게 어떻겠습니까? 빈도가 나중에 그 도에 못지 않은 좋은 병기를 구하게 되면 서로 바꾸는 것 말입니다."

"그, 그건……?"

능비령은 다소 어이가 없는 기분이었다.

막능여는 아직 도와 바꿀 만한 병기를 구하지도 못한 상태이다. 게다가 능비령과 그는 또 언제 서로 만날 수 있을지도 모르는 사이였다.

'사람이 좀 모자란 건지 아니면 순박한 건지 모르겠구나.'

능비령은 내심 중얼거린 후 흔쾌히 고개를 끄덕였다.

"좋습니다."

"감사합니다. 정말 감사합니다. 소형제는 착한 분이로군요."

능비령이 허락하자 막능여는 매우 기뻐했다. 마치 곧 능비령의 도가 수중에 들어오기라도 하는 듯 체구에 어울리지 않게 허리를 깊숙이 숙이며 고마워했다.

"그건 그렇고… 말씀을 편하게 하세요. 부담스럽군요."

막능여가 고개를 들어 능비령을 바라보았다.

"하지만 우리는 이제 처음 만났는데 어찌 그럴 수가 있겠습니까? 두 번째 만났을 때는 소형제의 부탁대로 편하게 말을 하겠습니다."

말을 마친 막능여는 별안간 무엇이 생각난 듯 벌떡 몸을 일으켰다. 이어 그는 처음에 왔던 방향으로 휘적휘적 걸어가기 시작했다.

능비령은 그의 뒷모습을 지켜보며 멍청해지지 않을 수 없었다.

'정말 이상한 사람이구나. 무척이나 예의 바른 것처럼 행동하더니 별안간 간다는 말도 안 하고 가버리다니.'

능비령이 이상하다고 느끼고 있는 순간 숲 저쪽에서 사라졌던 막능여의 모습이 다시 나타났다. 그는 휘적휘적 능비령에게 다가오며 무척이나 반갑다는 듯 한 손을 치켜들며 입을 열었다.

"능 소제 아닌가! 반갑네. 정말 반가워!"

"예에?"

능비령은 자신도 모르게 막능여처럼 한 손을 치켜들어 아는 체를 하다가 머쓱해져 손을 내렸다.

'그러니까… 이렇게 해서… 우린 벌써 두 번째로 만난 사이가 되는 거였구나.'

좀 어안이 벙벙하긴 했어도 막능여의 이런 태도가 싫지는 않았다. 능비령은 다시 입을 열었다.

"이곳에 오래 계실 겁니까?"

막능여의 눈에 언뜻 의혹스러워하는 빛이 스쳐 갔다.

"글쎄, 해뜨기 전까지라도 잠시 휴식을 취하고 떠날 생각이네만, 능소제는 내가 있는 것이 거북한 모양이군."

능비령이 고개를 저었다. 그는 품속에서 건포를 꺼내 막능여에게 나누어주며 입을 열었다.

"그게 아니라 저와 함께 있으면 번거롭게 될지도 모릅니다."

능비령이 건네주는 건포를 반가운 눈빛으로 받아 들던 막능여의 눈에 다시 어이없어하는 빛이 떠올랐다.

미처 건량조차 준비하지 못한 채 깊은 산속을 헤매게 된 그로선 능비령이 내미는 건포가 반갑기 그지없었다. 하지만 이어지는 능비령의 말은 축객령이나 다름없어 불쾌한 심사가 되지 않을 수 없었다.

"번거롭게 된다는 것은 혹시 내가 위험해질 수도 있다는 뜻인가?"

막능여의 음성이 다소 딱딱하게 굳어들었다. 그러다가 문득 그의 눈이 능비령의 어깨 부위에서 멈춰졌다.

놀랍게도 능비령의 왼쪽 어깨 부위에서는 조금씩 피가 흘러나오고 있었다. 그런대로 대충 조치를 취한 모양이었지만 완전하지는 않아 아직도 피가 흘러나오고 있었던 것이다.

"부상을 입었군."

막능여의 눈이 새삼 능비령의 전신을 훑었다. 이내 그의 눈이 커졌다.

능비령이 입고 있는 부상은 한두 곳이 아니었다. 옷에 가려져 있어 확신할 수는 없었지만 허벅지 쪽에도 상처가 있었고 허리에도 검상이 있는 게 확실했다. 그것도 오래된 상처가 아니라 불과 며칠 전에 얻은 상처인 듯했다.

"능 소제는 무림인인가?"

"아닙니다."

무인도 아니면서 특이한 도를 지니고 있고 여기저기 전신에 상처를 지니고 있는 소년. 능비령의 존재는 확실히 막능여에게 호기심을 지나 신비한 존재로 비쳐진 듯했다.

능비령이 돌연 좌측의 어둠 속으로 고개를 돌렸다.

"쩝, 벌써 늦었군요. 그들이 오고 있습니다."

누구라도 함께 대화하던 사람이 엉뚱한 방향을 보게 되면 자신도 모르게 같은 방향으로 눈을 돌리는 법이다. 막능여는 능비령이 보고 있는 좌측의 어둠 속을 바라보았지만 아무것도 눈에 뜨이지 않았다.

"누가 오고 있다는 것인가?"

막능여는 어리둥절해하며 질문을 던지지 않을 수 없었다.

그는 능비령의 말을 믿을 수가 없었다. 누군가가 오고 있다면 능비령보다는 자신이 먼저 감지해야만 했다. 그의 공력으로 감지하지 못하는 움직임을 능비령 같은 소년이 먼저 감지한다는 것은 있을 수 없는 일이었다.

한데 바로 그 순간, 막능여는 과연 능비령이 보고 있는 어둠 저쪽에서 무엇인가가 다가오는 기(氣)를 느낄 수 있었다.

누가 오고 있느냐 하는 것은 지금의 막능여에게는 별로 중요하지 않았다. 그가 궁금하게 여기는 것은 능비령이 어떻게 알았느냐는 것이었다.

"믿을 수가 없군. 믿을 수가 없어! 내가 보기에 능 소제에게서는 내가기공(內家氣功)을 익힌 흔적을 전혀 찾아볼 수 없네. 한데 어떻게 나보다 먼저 느낄 수 있는 거지?"

능비령의 눈은 계속 좌측의 어둠 속에 고정되어 있었다. 아직은 여유가 있다는 듯한 태도였다.

막능여가 슬쩍 숲 저쪽으로 고개를 돌렸다.

"좋지 않군, 좋지 않아. 저들은 살기를 갈무리하고 있네. 살수(殺手)들이야. 일반 무인들이라면 굳이 살기를 갈무리하지도 않고 그런 훈련을 받은 적도 없네."

막능여는 그제야 능비령이 자신과 함께 있으면 번거롭게 될지도 모른다고 한 말을 이해할 수 있었다.

"아직 여유가 있으니 먼저 떠나십시오. 내 싸움에 남을 끌어들이고 싶지 않습니다."

살기를 갈무리한 조심스러운 움직임은 계속 다가오고 있었다. 능비령의 오른손이 움직여 옆에 놓여 있는 도의 손잡이를 잡았다. 하지만 아직은 필요가 없다는 듯 그저 쓰다듬듯 만지작거릴 뿐이었다

막능여가 보기에 능비령은 허세를 부리는 것이 절대 아니었다. 순수하게 오히려 막능여를 염려하는 듯한 태도였다.

잠시 후, 능비령은 오히려 도의 손잡이에서 손을 떼었다. 막능여는 조금씩 다가오던 기의 흐름이 멈춰져 있다는 것을 깨달을 수 있었다.

살수들은 아마도 능비령이 혼자가 아니라는 것을 발견하고 더 이상

다가오지 않는 듯했다. 하지만 그렇다고 물러난 것도 아니었다. 보이지 않는 어둠 저쪽 미미한 기의 흐름이 멈춰져 있을 뿐이었다.

상황은 좋지 않았다. 모닥불을 피워놓고 둘러앉아 있는 이쪽은 고스란히 노출되어 있었고 상대는 어둠과 숲에 감춰져 있었다. 게다가 그 상대는 정식으로 도전해 오는 무인들이 아니라 수단 방법을 가리지 않고 생명을 노리는 살수들이었다.

"덕분에 오늘 밤은 싸우지 않아도 될 것 같군요. 잠시 눈이라도 붙이시지요."

환히 노출된 곳에서 누군가의 목표가 되고 있다는 것은 신경을 갉아먹는 일이 아닐 수 없다. 하지만 그 상태에서 능비령은 잠을 청하려는 듯 태평스럽게 모닥불 옆에 몸을 누였다.

태평스럽기는 막능여 역시 마찬가지였다. 그는 오히려 능비령보다 더 빨리 잠이 들어버렸다. 능비령이 채 잠이 들기도 전에 코 고는 소리가 요란하게 울려 퍼지기 시작한 것이다.

시간이 흘러 머지않아 여명이 움터올 시각이었다. 하루 중 기온이 가장 낮은 시간이었다. 그리고 그 시간은 또한 사람이 가장 깊이 잠들어 있는 시간이기도 했고, 깨어 있다고 해도 모든 신경이 느슨하게 이완되어 있을 시간이었다.

능비령이 잠에서 깨어난 것은 바로 그 시간이었다.

조금 전까지만 해도 깊이 잠들어 있던 능비령이 몸을 일으키는 순간, 막능여의 코 고는 소리가 칼로 자른 듯 멈춰졌다. 능비령이 몸을 일으키는 기척에 잠이 깬 것 같았다.

능비령은 거대한 도를 어깨에 걸친 채 소리없이 움직이기 시작했다.

마른 낙엽을 밟으면서도 일체 발걸음 소리가 들리지 않는 움직임이었다.

막능여의 눈에 놀람의 빛이 떠올랐다. 능비령은 오히려 자신을 노리고 있는 살수들을 공격하기 위해 움직이고 있었던 것이다.

살수들은 능비령의 주위에 또 다른 사람이 있다는 걸 알고 일단 물러난 상태이다. 아마도 막능여가 능비령과 헤어지기 전에는 공격해 오지 않을 것 같았다. 그렇다면 그들 역시 지금쯤은 어디선가 휴식을 취하고 있을 게 분명했다.

"도와주겠네."

막능여가 몸을 일으키며 입을 열었다. 능비령은 거절하지도 않았지만 그렇다고 반가워하는 기색도 아니었다.

능비령은 익숙한 솜씨로 숲을 미끄러져 나가기 시작했다. 그 움직임은 사냥감을 향해 소리없이 접근해 가는 늑대의 움직임처럼 영활했고 또한 은밀했다.

막능여는 기척을 죽이기 위해 공력을 끌어올린 상태로 능비령의 뒤를 따르기 시작했다.

일체의 기척도 없이 미끄러져 가고 있는 능비령의 모습을 대한 막능여의 눈에 또다시 감탄의 빛이 떠올랐다. 능비령의 움직임이 마치 숲과 동화된 듯이 은밀했기 때문이었다.

'한데 놈들을 어떻게 찾아낸다는 거지?'

능비령의 뒤를 따라가면서 막능여는 의혹을 금할 수 없었다. 이 넓은 숲 속 어딘가에 몸을 감추고 있을 살수들을 찾아낸다는 건 결코 쉬운 일이 아니었다. 하지만 능비령은 살수들이 자신을 지켜보고 있었을 듯한 장소에서 한번 걸음을 멈추었을 뿐 그 뒤로는 거의 달리는 듯한 속도로 실수들을 역추적하고 있었다.

그리고 과연 채 일각도 되기 전에 능비령은 자문정의 살수 세 명이 쉬고 있는 장소를 찾아냈다.

개중에는 나뭇등걸에 등을 기댄 채 잠들어 있는 인물도 있었고 맨바닥에 누워 있는 인물도 있었다. 능비령이 있던 곳과는 삼백여 장이나 떨어진 곳이었다. 능비령의 주위에 단 한 명의 감시자도 남겨놓지 않고 물러난 것은 언제 어느 때라도 추적할 수 있다는 자신감 때문인 듯했다.

그들은 모닥불도 피워놓지 않은 채 한 그루 거목을 중심으로 서로 흩어져 휴식을 취하고 있었는데 각자의 거리가 이십 장이 넘었다.

살수란 몸을 감추고 암습을 할 뿐이지 거꾸로 암습을 당하는 경우는 거의 없다. 자문정의 살수들이라고 예외는 아니었다. 그들은 능비령이 역으로 공격해 올 줄은 전혀 예상하지 못한 상태였다. 그나마 한 자리에 뭉쳐 있지 않은 것은 불의의 기습에 대한 최소한의 대비였다. 하나 이것이 그들의 실수였다.

사위는 어둡기 그지없었다. 하지만 눈이 어둠에 익숙해져 있을 때라면 지평선이나 능선(稜線) 같은 선상(線上)의 움직임은 눈에 띄는 법이다. 하나 능비령의 움직임은 한순간도 능선 위에 몸이 놓여지지 않는 움직임이었다.

어깨에 메고 있는 도의 도신은 천으로 감싸여 있어 도광조차 반사되지 않았다. 도를 천으로 감싸놓은 건 사람들의 눈을 피하기 위한 목적도 있었지만 바로 이런 때를 대비한 것이기도 했다.

능비령은 가장 외곽에 있는 살수부터 제거해 나가기 시작했다.

최대한 은밀히 움직이다가 도약할 만한 거리에 당도하는 순간 소리도 없이 덮쳐 가 그 거대한 도를 휘둘러 정확히 목을 베어낸다. 비명은 커녕 도가 목을 베고 지면에 부딪치는 소리조차 들리지 않았다.

팟!

지면을 박차는 듯한 미미한 음향을 느끼고 두 번째 살수가 고개를 돌린 순간 그림자 하나가 덮쳐 왔다. 이어, 능비령이 거대한 도를 휘두르는 모습이 그의 눈에 들어왔다. 하지만 그것뿐이었다. 미처 현실인지 아닌지조차 분간하지 못하는 그 순간에 그의 생명이 끊어진 것이다.

능비령은 자문정의 살수들이 이상한 기척을 느끼고 잠에서 깨어나기 전에 이미 두 명을 베어 넘겼다. 휴식을 취하던 자문정의 살수들에게 있어 느닷없이 공격해 오는 능비령의 존재는 사신(死神)이나 진배없었다.

하지만 자문정의 살수들 역시 평범한 인물들은 아니었다. 소리없이 두 명이 쓰러진 순간 세 번째 살수는 이미 완벽하게 대응 자세를 갖춘 상태였다.

세 번째 살수를 상대한 것은 막능여였다.

"아주 밝은 도(道)는 어둡게 보이고, 앞으로 나아가는 도는 뒤로 물러서고 있는 듯이 보이며, 평탄한 도는 울퉁불퉁하게 보이고, 아주 훌륭한 덕(德)은 변덕스러운 듯이 보이고, 그 본질까지 참다운 도는 더럽혀진 것같이 보이며……."

막능여의 입에서 다시 술 취한 주정꾼이 혼자 횡설수설하듯 노자의 도덕경이 흘러나오기 시작했다. 그 음성이 너무도 커 고래고래 소리를 지르는 것 같았다. 그러면서도 그의 움직임은 조금도 흐트러짐이 없었다.

막능여는 상대가 돈을 받고 살인을 하는 살수라는 이유 때문인지 손에 사정을 두지 않았다.

달빛 아래 검영이 난무했다. 놀랍게도 막능여는 두 자루 검을 한꺼번에 사용하고 있었는데 그 검영이 수십여 개가 되어 세 번째 살수를 휘감았다.

팟!

세 번째 살수는 막능여의 검세가 심상치 않음을 깨닫고 순식간에 몸을 빼냈다. 막능여의 검이 덮쳐 오는 것과 거의 동시에 처음에 있던 자리에서 몸을 굴려 일 장 밖에서 몸을 일으키고 있었던 것이다. 기민하기 이를 데 없는 움직임이었다.

하나 바로 그 순간, 상대의 모든 행동 반경을 예상하고 있었다는 듯이 막능여의 검이 날아들었다.

꽈직!

검이 그대로 부서져 나가며 그 검으로 막능여의 검을 막으려던 세 번째 살수의 몸이 갈라졌다.

"이마에 문신을 새긴 살수들이라… 들어본 적이 있는 것 같아. 자문정이라던가?"

막능여가 시신의 이마에 새겨져 있는 문신을 보며 중얼거리고 있을 때 능비령은 주위의 흔적은 세밀히 살핀 후 입을 열었다.

"더는 없는 모양입니다."

능비령과 막능여는 원래의 자리로 돌아왔다. 어느덧 여명이 움터와 대지를 붉게 물들이고 있었다. 모닥불은 완전히 사그라들어 재 속에 불씨만이 남아 있었다.

능비령은 주위를 돌며 마른 가지들을 주워 왔다.

막능여는 다시 힘을 얻어 타오르는 모닥불 앞에 앉아 새삼스러운 눈빛으로 능비령을 바라보았다.

살수들과 싸울 때 능비령이 보여준 솜씨는 확실히 놀라운 바가 있었다. 그의 공격은 빠르면서 정확했고, 그리고 또 잔혹했다.

단순히 무예의 경지로 따진다면 기실 능비령이 보여준 것은 무공이랄 수도 없었다. 만에 하나 암습하지 않고 정면으로 부딪쳤다면 죽을 사람은 오히려 능비령이었을 것이 분명했다. 상대는 무림인이었던 것이다.

막능여가 질문을 던졌다.

"왜 쫓기는 건가?"

"그걸 아직 모르겠습니다. 상대가 누구인지도, 그들이 나쁜 사람들인지 아닌지도 아직 모르겠습니다."

"무슨 소리! 그들은 살수들이네. 돈을 받고 사람을 죽이는 살귀(殺鬼)들이란 말일세."

"돈을 받고 사람을 죽인다고 해서 반드시 그들이 나쁜 사람들이라고는 할 수 없지요."

"특이한 사고방식을 지니고 있군."

막능여는 능비령의 말에 어이가 없다는 듯 중얼거렸다.

능비령이 다시 멋쩍어하는 미소를 머금었다.

"그건 아마 제가 용병(用兵)이었기 때문일 겁니다. 자의는 아니었지만, 정화군(鄭和軍)에 용병으로 있었습니다."

"오호, 용병이었단 말이지?"

막능여는 어느 정도 능비령에 대해 이해한 듯 고개를 끄덕였다. 무인이 아니라는 능비령의 말도 이제는 이해할 수 있었다.

능비령의 입에서 담담한 음성이 흘러나왔다.

"많은 전장에서 많은 적병들을 죽였지만 난 내가 나쁜 사람이라고는 생각해 본 적이 없습니다. 물론 내가 죽인 적병들이 나쁜 사람이라고 생각해 본 적도 없고요."

"그러니까… 음, 저 살수들은 나쁜 사람들이 아닐 수도 있다. 때문에 원한은 없다. 하지만 자신을 죽이려는 적이기 때문에 오히려 먼저 죽인 것이다. 뭐 이런 뜻인가?"

막능여는 다시 한 번 놀란 빛을 머금었다. 여간해서는 천하에 놀랄 일이 없다고 생각해 오던 그였다. 하지만 눈앞의 일개 소년에 불과한 능비령에게 그는 벌써 두 번이나 놀라고 있는지라 자신이 생각해도 신기했다.

제5장
말괄량이 살수(殺手)

1

소이루(蘇梨樓)는 항주(抗州) 북단에 위치해 있는 기루(妓樓)로써 항주에 존재하는 수많은 다른 기루들에 비하면 별로 알려져 있지 않은 곳이었다.

이 소이루에 특이한 방문객이 찾아온 것은 거리에 등(燈)이 내걸리기 시작한 늦은 저녁 무렵이었다.

대략 십사, 오 세? 무릎이 보이는 짧은 단삼에 두 갈래로 땋은 머리를 붉은색의 댕기로 질끈 묶어 한눈에 보기에도 귀엽기 이를 데 없다.

맑은 눈망울에 눈처럼 희디흰 피부. 여기에다가 약간 작은 듯한 체구는 진정 보는 사람으로 하여금 보호해 주고 싶은 충동을 느끼게 만드는 소녀였다.

"저어… 이, 이것을 이곳 주인이신 전 대인에게 보여주시면 절 만나주실 거예요."

기루의 대문 앞에서 들어서지도 못하고 머뭇거리던 소녀를 제일 먼저 마주친 사람은 가영이라는 기녀였다. 그녀는 얼굴을 붉힌 채 고개도 제대로 못 들고 간신히 배첩을 내밀고 있는 소녀를 보며 측은한 마음이 되지 않을 수 없었다. 그녀가 생각하기에 소녀는 스스로 기녀가 되기 위해 찾아온 게 분명했기 때문이었다.

가영은 소녀가 내민 배첩을 들여다보지도 않은 채 소녀를 주인에게 안내했다.

먼저 배첩을 주인에게 보낸 뒤에 허락을 얻는 게 순서였지만 그녀가 생각하기에 스스로 기녀가 되기 위해 찾아온 여자를 주인이 만나주지 않을 이유가 없었다. 더구나 가영이 보기에 소녀는 아직 어린 듯하지만 뛰어난 미모를 지니고 있어 주인이 무척이나 좋아할 게 분명했던 것이다.

가영의 뒤를 따라 기루 안으로 들어선 소녀는 모든 게 신기하다는 듯 연신 좌우를 두리번거리고 있었는데 버릇처럼 검지손가락 하나를 입에 물고 있어 실로 애처로우면서도 사랑스럽게 느껴졌다.

잠시 후, 가영이라는 기녀의 안내를 받으며 기루 안의 복도를 걷던 소녀의 눈에 점차 불안해하는 빛이 떠오르기 시작했다. 복도 좌우의 기방에서 그녀로서는 난생처음 들어보는 신음 소리가 들려왔기 때문이다.

아픈 환자가 앓는 소리 같기도 하고 고양이가 우는 소리 같기도 하다. 심지어 괴성에 가까운 비명 소리가 터져 나오기도 했다. 그 신음 소리들은 대부분 여자들이 내는 소리였는데 어떤 방에서는 남자가 숨넘어가는 듯한 비명을 터뜨리는 곳도 있었다.

소녀는 못내 불안해하는 표정이다가 가영의 소매를 슬그머니 잡으며 질문을 던졌다.

"저어… 이, 이게 무슨 소리인가요? 저 방에 아픈 사람들이 있는 건가요?"

가영은 소녀가 무슨 말을 하는지 의아해하다가 이내 웃음을 터뜨리지 않을 수 없었다.

"호호호호, 저 사람들은 아픈 게 아니야."

"하지만… 분명히 신음 소리 같은데요? 그게 아니라면 싸우는 게 아닐까요?"

"호호호호!"

가영은 너무도 순박한 눈빛으로 자신을 빤히 바라보는 소녀 때문에 배꼽을 잡고 웃지 않을 수 없었다. 너무 웃어 눈물마저 나올 지경이었다. 간신히 웃음을 멈춘 그녀는 자상스러운 말투로 입을 열었다.

"저건 남자와 여자의 비밀인데… 음, 동생도 며칠 뒤에는 무슨 일인지 알게 될 거야."

"남자와 여자의 비밀이요?"

소녀가 고개를 갸웃했다. 누군가가 죽어가는 신음 소리나 싸우는 소리가 아니라는 말에 무척이나 안도한 듯한 표정이었다.

소이루의 주인은 전곽(全郭)이라는 평범한 이름을 지닌 중년인이었다. 그 외모 또한 어느 곳에서나 흔히 볼 수 있는 이웃집 아저씨 같은 지극히 평범한 모습이었다.

전곽은 가영의 안내를 받아 자신의 맞은편에 다소곳이 앉아 있는 소녀를 무시한 채 배첩을 내려다보다가 흠칫 놀란 빛을 떠올렸다.

"자문정에서 왔다고 했느냐?"

"예."

"허어… 네가 자문정의 제자, 그러니까 살수란 말이냐?"

"예, 저는 여교(麗嬌)라고 합니다."

전곽이 의외라는 눈빛으로 질문을 던지자 소녀, 여교는 목덜미까지 붉힌 채 더욱 고개를 숙였다. 대답도 들릴락 말락 간신히 흘러나온 정도였다.

전곽은 수줍어서 고개조차 들지 못하는 여교를 보며 짓궂은 미소를 머금었다.

"듣기에 자문정의 제자들은 모두 이마에 문신을 한다던데?"

여교가 간신히 고개를 들어 전곽을 보며 입을 열었다.

"율법이라 어쩔 수 없이… 저도 했어요."

여교는 말과 함께 한쪽 이마에 늘어뜨려 있는 머리카락을 쓸어 올렸다.

그녀의 이마 한구석에는 아주 작은 크기로 '살(殺)'이라는 글자가 문신되어 있었다. 하지만 그 문신은 너무도 작아 어떻게 보면 점 하나가 찍혀 있는 것으로 보였다. 게다가 머리카락이 늘어지는 부위에 찍혀 있어 여간해서는 발견하기 어려울 정도였다.

"그렇군. 문신을 하긴 했군. 그렇다면 자문정의 살수가 맞긴 맞는 모양인데… 무슨 일로 날 찾아왔느냐?"

"저어, 대화진에 있는 중계인을 찾아갔더니 이번 청부는 자신이 직접 받은 게 아니라 다른 중계인이 있다고 해서……."

"쯧쯧쯧, 종가 그 친구 입이 싸군. 이 계통의 일은 원래 청부자를 밝히지 않는 법인데."

"죄, 죄송합니다."

여교는 자신이 큰 잘못을 저지른 듯 얼굴을 붉히며 고개를 숙였다.

전곽은 고개를 저으며 입을 열었다.

"뭐, 네가 죄송할 것까지는 없고… 종가 그 친구에게 졸라서 내가 청부했다는 걸 알아내 날 찾아온 모양인데 사실 내가 청부한 게 아니고 나 역시 또 다른 중계자에 지나지 않아. 도대체 여기까지 온 이유가 무엇이냐?"

"그건 이미 알고 있어요. 한데……."

머뭇거리던 여교는 눈을 들어 전곽의 눈치를 살피며 간신히 말을 이었다. 너무도 수줍어해 애처롭게까지 느껴질 정도였다.

"벌써 이 개 조가 실패했어요. 어른들께서는 본 문의 존폐 여부가 이 일에 달려 있다고 하시더군요. 실패했다는 소문이 퍼지기라도 하면 다음부터 누가 우리에게 청부를 맡기겠어요."

"그건 그렇겠지."

"해서 저희들은 이번 청부를 맡긴 진짜 청부자를 직접 만나고 싶어요."

전곽의 표정이 굳어졌다. 그는 고개를 저은 후 단호하게 입을 열었다.

"그건 곤란해. 이번 일을 맡긴 사람은 내게 청부를 맡기면서 일부러 또 다른 중계자를 내세우라고 지시했다. 이것은 곧 자신의 신분을 감추려는 의도가 아니겠느냐."

"하지만 저희 형제들은 청부한 사람의 신분을 알게 된다고 해도 절대로 입을 열지는 않아요."

여교가 불만스러운 표정으로 입을 내밀었다. 전곽은 그녀가 귀엽다고 생각하면서 입을 열었다.

"그 사람은 자신이 청부를 맡긴 사실을 죽여야 할 대상뿐이 아니라 그 일을 행할 살수 단체마저 알기를 원치 않는 것이다.”

“아⋯⋯!’

여교는 이제야 그 사실을 깨달았다는 듯 깜짝 놀란 표정을 했다. 이어 그녀는 듣는 사람의 가슴이 아플 정도로 긴 한숨을 내쉬었다.

“아아, 이제 어떡하지요? 난⋯ 난⋯ 본 문에서 이번에 처음으로 임무를 맡은 거예요. 물론 사람을 죽이는 일이 아니라 무척 기뻤어요. 한데⋯ 청부자의 신원을 알아내는 간단한 일조차 못해내면 식구들은 나를⋯ 나를⋯ 바보라고 할 거예요.”

혼자 중얼거리듯 입을 여는 여교의 모습은 실로 애처롭기 그지없었다.

전곽은 자신도 모르게 불쑥 청부자에 대해 입을 열 뻔한 충동을 받으며 내심 깜짝 놀랐다.

여교가 다시 애원하는 눈빛으로 전곽을 바라보았다.

“저어⋯ 제가 이렇게 부탁하는데 말씀해 주실 순 없나요? 절대로 청부자의 신원이 노출되는 일은 없을 거예요.”

전곽이 고개를 저었다. 더 이상 입을 열다간 여교가 불쌍해 자신도 모르게 말을 해줄 것 같아 아예 입도 열지 않았다.

여교가 매달리듯 다시 입을 열었다.

“저어⋯ 정히 곤란하시다면 뭐 청부자의 신원까지는 필요없고 단지 우리가 죽여야 할 그 용병의 신상에 대해 좀 더 자세한 것을 알아낼 순 없을까요? 아무래도 청부를 맡긴 사람은 그 용병에 대해 잘 알고 있지 않겠어요?”

“그러니까 날더러 청부한 사람을 만나 목표에 대한 자세한 정보를 얻어오라는 뜻이냐?”

"예, 그것만 있으면 돼요."

여교의 표정이 밝아졌다. 마치 전곽이 그 일 정도는 들어주겠지 하는 표정이었다.

전곽이 고개를 저었다.

"그것도 곤란해. 난 청부한 사람을 찾아갈 수 없다. 내가 찾아가는 걸 그쪽에서 원치 않기 때문이다."

전곽의 태도는 단호하기 그지없어 더 이상 부탁해 볼 여지가 없을 듯했다.

그 순간 여교의 눈이 희번뜩 돌아갔다. 놀랍게도 지금까지의 귀엽고 순진하기만 했던 그녀의 눈빛이 한번 해볼 테면 해보자는 눈빛으로 바뀐 것이다.

"내가 자문정의 살수라는 건 이미 말했었지요?"

여교가 고개를 들고 자신을 직시하며 입을 열자 전곽의 눈에 의아해하는 빛이 솟아났다. 그녀의 태도가 뭔가 바뀐 것 같은데 아직 확실치가 않았다.

여교의 말이 이어졌다. 더 이상 수줍어하며 더듬거리는 말투가 아니었다.

"절보고 다들 그러더군요, 한성질 한다고. 말이 나왔으니 말이지 제가 생각해도 성질이 좀 더러운 것 같더군요. 그래도 내숭 떠느라 얌전히 고개 숙이고 정중하게 물어보면 대답을 해줘야지, 끝까지 그런 식으로 나오면 나도 다 생각이 있다구요."

"엉?"

전곽은 이어지는 그녀의 말에 점차 정신이 없어지는 기분이었다. 자신이 잘못 들었을 거라는 생각 때문에 아직 화도 나지 않았다.

여교가 전곽을 똑바로 쏘아보며 앙칼지게 내뱉었다.

"수틀리면 앞뒤 안 가리고 막 나가는 수도 있어요. 어쩔래요? 좋은 게 좋은 거라고 좋게 말할 때 피차 피곤한 짓은 하지 말자구요!"

"으음, 내가 잘못 들은 게 아니었구만. 이거야 원."

전곽은 눈썹을 찡그리며 얼굴을 굳혔다. 그의 입에서 착 가라앉은 조용한 음성이 흘러나왔다.

"얘 좀 치워라."

전곽은 음성은 매우 낮았다. 하나 그 낮은 음성이 채 끝나기도 전에 문이 소리없이 열리며 두 명의 대한이 방 안으로 들어서고 있었다. 죽은 물고기의 눈처럼 무표정한 눈과 음습하게 번져 오는 죽음의 냄새를 지닌 인물들이었다.

두 대한은 방으로 들어서기 무섭게 여교의 양 옆에 섰다. 말은 하지 않았지만 볼썽사나운 꼴을 당하기 싫으면 일어나라는 무언의 암시였다.

여교의 눈이 더욱 희번뜩 뒤집혔다.

"뭐야! 우쓰… 이것들이 정말 뚜껑 열리게 만드네! 정말 이렇게 나온다 이거지? 좋아! 그럼 나도 막가기로 하지 뭐!"

살벌한 분위기를 풍기는 두 명의 대한을 보고도 눈 하나 깜빡이지 않는 여교를 보며 전곽은 어이없다는 듯 눈을 들었다.

여교가 양쪽에 석상처럼 서 있는 두 명의 대한을 둘러보며 입을 열었다.

"야! 이 자식들아! 니들은 원래 있던 곳에 가서 짱 박혀 있어! 그리고 너, 사람이 좋게 말할 때 말을 들으면 안 되냐! 꼭 내가 본색을 드러내야 하냐구?"

두 명의 대한을 향해 앙칼지게 내뱉은 여교가 다시 전곽을 향해 삿대질까지 하며 막말을 하자 전곽은 더 이상 참을 수 있는 기분이 아니었다. 그는 머리가 뜨거워지는 기분에 입도 열기 싫어 그저 한 손을 내저었다. 빨리 알아서 처리하라는 손짓이었다.

두 명의 대한은 양쪽에서 여교를 달랑 들어 올리려는 듯 허리를 숙이며 손을 뻗었다.

퍼퍽!

그 순간 여교의 소매 속에서 무언가 흰빛이 번뜩인 것 같았다. 섬전처럼 번뜩인 두 개의 빛은 곧바로 두 대한의 목줄기를 강타한 뒤 바닥으로 떨어져 내렸다.

전곽의 눈이 커졌다. 여교의 소매 속에서 뻗어난 암기가 이미 두 대한의 목줄기에 적중된 것을 보았던 것이다. 그 손속이 너무도 빨라 전곽으로서도 일체 손을 쓸 수 없을 정도였다.

"끄르르륵……"

두 대한의 입에서 가래 끓는 듯한 기음향이 흘러나왔다. 그들의 발밑에는 어느새 각기 한 자루씩의 단검이 떨어져 있었다.

단검은 결코 짧지 않았다. 한 자루가 족히 한 자 길이에 달해 여교의 그 작은 몸 어느 곳에 그렇게 큰 단검이 두 자루씩이나 감춰져 있었는지 신기하기 이를 데 없는 일이었다.

전곽은 두 자루 단검의 손잡이 뒷부분이 수하들의 목줄기를 강타한 뒤 바닥에 떨어진 것을 잘 알고 있었다. 만에 하나 반대쪽인 검끝으로 적중되었다면 두 대한은 이미 싸늘한 시체가 되어 있을 게 분명했다. 하지만 아무리 단검의 손잡이 끝 부위였다고 해도 그 충격 때문에 두 대한은 목을 감싸 쥔 채 기절하기 직전이었다.

쉬이익!

전곽이 아연해하는 순간 또다시 흰빛 두 개가 전곽의 머리로 뻗어왔다. 놀랍게도 여교는 어느새 한 자 크기의 작은 도끼 두 자루를 양손에 쥔 채 전곽을 향해 휘두르고 있었다.

'으악!'

전곽은 자신도 모르게 내심 비명을 터뜨렸다.

하나 두 자루의 도끼는 전곽의 몸에 적중되지 않고, 하나는 머리카락을 베어냈고 또 하나는 앉아 있는 전곽의 무릎 옆 바닥에 박혀 있었다.

"어? 오늘 되는 일 없네. 단검은 거꾸로 날아가고 도끼는 빗나가고……."

여교가 고개를 갸웃했다. 그녀는 주섬주섬 두 자루의 단검과 두 자루의 도끼를 회수하며 중얼거렸다.

"뭐, 오늘은 사람 죽이지 말라는 일진인가 봐. 그렇다면 한 살이라도 덜 먹은 내가 참기로 하지 뭐."

"으……."

전곽은 너무도 태연한 여교의 태도에 정신이 하나도 없었다. 이 순간 그는 여교로부터 더욱 놀라운 말을 들어야 했다.

"이곳에서 삼십 리 떨어진 전당강 상류에 한 채의 장원이 있더군. 그 장원에는 두 명의 아름다운 부인들이 예쁜 아이들과 늙은 시어머님을 모시고 오손도손 행복하게 살고 있는데 그 장원이 누구 장원인지 알아?"

"그, 그것을… 어떻게……?"

전곽은 입을 딱 벌리고 신음처럼 중얼거렸다.

"네 이름이 원래 전곽이 아니라는 것과 가족들을 아무도 모르는 곳에 숨겨두고 있다는 것 정도는 이미 알고 있어. 정확히 삼 일을 주지. 삼 일 뒤에 내가 그 장원으로 갈게. 거기서 보자구."

전곽은 자신도 모르게 황급히 고개를 끄덕이지 않을 수 없었다. 여교의 말은 삼 일 뒤에도 자신이 원하는 정보를 주지 않으면 무슨 짓인가를 하겠다는 노골적인 협박이었던 것이다.

전곽의 방을 태연히 나선 여교는 복도를 거쳐 마당으로 휘적휘적 걸어나갔다. 뒷짐을 진 채 팔자걸음으로 어기적거리는 걸음걸이였다.

"그나저나 삼 일 동안 뭘 하고 기다리지? 어디 주루에 처박혀 술이나 실컷 퍼마실까?"

고개를 갸웃하며 소이루의 마당을 가로지르던 여교의 몸이 한순간 멈춰졌다. 저 앞쪽에서 대문을 통해 두 명의 주객이 들어서고 있었다. 명문가의 공자들인 듯 화사한 비단옷을 걸친 청년들이었다.

여교는 수줍은 많은 소녀로 돌아가 고개를 푹 숙인 채 청년들이 지나가기만을 기다렸다.

"뭐야? 새로 온 기녀인가? 복장을 보니 아닌 것 같기도 하고……."

청년들 중 한 명이 무심코 여교 앞을 지나치려 걸음을 멈춘 채 여교를 빤히 들여다보기 시작했다. 여교는 수줍고 놀랍다는 듯 더욱 고개를 숙인 채 입도 열지 못했다.

자신의 방에서 창을 통해 마당을 내려다보던 전곽은 여교의 이런 모습에 정말로 기절하고 싶은 기분이었다.

삼 일 뒤, 여교는 전당강의 강변을 따라 상류로 거슬러 올라가고 있었다.

그녀가 찾는 장원은 이내 눈에 들어왔다. 야산을 등지고 운치있게 세워져 있는 장원이었다.

장원의 굳게 닫혀 있는 대문 앞에서 문을 두드리려던 여교의 손이 멈춰졌다. 무언가 이상했다. 조용한 것은 둘째 치고 장원 내에서 일체의 기척이 느껴지지 않았던 것이다.

"에이, 설마 그까짓 일 때문에 가족들을 몽땅 데리고 도망친 건 아니겠지?"

여교는 고개를 갸웃거린 뒤 소리없이 담을 뛰어넘어 장원 안으로 스며들었다. 몸이 수직으로 떠오른 뒤 다시 수평으로 일직선으로 뻗어가는 놀라운 신법이었다.

전각의 지붕 위에 내려섰다가 다시 밑으로 뛰어내리는 여교의 눈은 차갑게 가라앉아 있었다.

'피 냄새?'

장원 안으로 들어서기 무섭게 그녀의 코로 흘러든 것은 짙은 피비린내였다.

'설마……'

여교는 알 수 없는 불안감에 조심스레 좌우를 둘러보았다. 장원 안은 어둡기 이를 데 없었는데 여기저기 서너 구에 달하는 시체들이 널려 있었다.

여교는 몸을 움직여 마당 한쪽에 쓰러져 있는 시신 앞에 쪼그려 앉아 시신을 내려다보았다.

이십 대 후반의 청년이었는데 좌측 어깨로부터 왼쪽 하복부까지 길게 양단되어 있었다. 자신이 흘려낸 피 웅덩이 속에 쓰러져 있는 청년의 표정은 담담하기 그지없어 죽는 그 순간까지도 자신이 왜 죽는지 모르고 있었던 것 같았다.

'장원을 지키던 호위 무사들이야.'

여교는 이 장원을 황급히 빠져나가야 한다는 본능의 속삭임을 들을 수 있었다. 하지만 본능은 또한 자신이 이 장원을 결코 살아서 빠져나 갈 수 없다는 것을 일러주고 있었다.

고개를 숙이고 제자리에서 생각에 잠겨 있던 여교는 잠시 후 고개를 번쩍 든 후 거침없이 전각 안으로 걸어 들어가기 시작했다.

전각 안의 광경은 더욱 끔찍했다.

우선 통로에는 마당보다 더 많은 호위 무사들이 죽어 있었고, 부서 진 채 열려져 있는 방에는 무인들이 아닌 아녀자들과 어린아이들마저 죽어 있었다.

전곽은 가장 안쪽의 내실에 노모와 함께 죽어 있었다. 그의 시체를 대한 여교는 망연자실 제자리에 멈춰 서지 않을 수 없었다.

일체의 기척도 없다가 폭풍처럼 공세가 시작된 것은 바로 그 순간이 었다.

꽈꽈꽝!

천정과 창문이 동시에 터져 나가며 흑영들이 쏘아져 왔다. 그들의 공세는 너무도 절묘하고 완벽해 피할 방위도 없었고 막아낸다는 것 또 한 불가능했다.

"아악!"

여교는 창문을 뚫고 쏘아져 온 흑영의 검세를 피하기 위해 몸을 틀 었다가 천정에서 덮쳐 온 또 다른 흑영의 검에 의해 좌측 어깨로부터 하복부까지 길게 양단되어 바닥에 나뒹굴었다.

순식간에 시체가 되어버린 여교의 주위로 내려선 흑영들은 모두 세 명이었다. 머리끝에서부터 흑의 복면을 뒤집어쓴 흑영들의 기도는 결코 평범하지 않았다.

"가자!"

여교의 죽음을 확인한 흑영들 중 한 명이 몸을 돌리며 입을 열었다. 그러자 나머지 두 명도 천천히 걸음을 옮겨 내실을 빠져나가기 시작했다.

문득 가장 늦게 내실을 빠져나가던 한 흑영이 고개를 돌려 죽어 있는 여교를 바라보며 고개를 갸웃했다. 바로 천정에서 기습을 해 여교의 몸을 둘로 갈라 버렸던 흑영이었다.

"베어지는 감각이 없었던 것 같은데……."

그가 내려다보고 있는 여교의 몸은 왼쪽 어깨부터 하복부까지 일도양단되어 끔찍하기 이를 데 없었다. 이미 호흡과 완전히 끊겨 있었고 일체의 생기(生氣)도 느낄 수 없었다.

'내가 긴장을 했었던 건가?'

마지막 흑영은 잠시 여교의 시체를 바라보다 몸을 돌렸다.

잠시 후 장원 한쪽에 불길이 치숫아올랐다. 불길은 바람을 타고 이내 장원 전체를 휘감아 버리기 시작했다.

내실 한구석에 쓰러져 있던 여교의 시체에서 미미한 움직임이 시작된 건 불길에 휘감긴 전각의 지붕이 터져 나가며 기둥마저 무너져 내리는 순간이었다.

몸이 양단되어 내부의 장기마저 밖으로 흘러나와 있는 여교의 시신 위로 안개처럼 흐릿한 또 한 명의 여교가 모습을 드러냈다. 끔찍한 몰골로 쓰러져 있는 여교의 시체 위로 멀쩡한 여교의 모습이 환영처럼 겹쳐지기 시작한 것이다.

마치 파문이 번져 나가는 물위에 비쳐지는 듯한 영상이라고나 할까?

전신이 길게 베어져 양단되어 있는 여교의 모습이 점차 흐려지며 바닥에 똑바로 누워 있는 여교의 모습이 완연해지기 시작했다.

잠시 후, 시체의 모습이 사라진 자리에 멀쩡한 모습의 여교가 나타났다.

"흥! 베어지는 감각이 없었던 게 아무래도 이상했을 거야."

여교는 몸을 일으켜 옷에 묻은 먼지를 털며 중얼거렸다.

"하긴, 환영을 베었으니 감각이 있을 리가 없지. 하지만 그 환영이 마치 진짜 검에 베어진 것처럼 몸이 갈라지기까지 했으니 눈치 챌 리는 없지."

여교는 엄청난 불길이 휘감아오고 있는 주위를 둘러보며 아미를 찌푸렸다. 점점 거세지는 불길을 대하고도 전혀 당황해하는 태도가 아니었다.

"개자식들! 한번 죽인 것으로도 모자라 태워 죽이기까지 해? 그나저나 환법을 익힌 자가 한 명도 없어서 다행이었어. 하마터면 시집도 못 가보고 밥숟가락 놓을 뻔했다구."

문득 여교가 고개를 갸웃거렸다. 그녀의 눈 깊은 곳에는 은은히 경악의 빛이 떠올라 있었다.

"황실(皇室)의 무공이었어. 설마 일개 용병을 죽여 달라고 한 청부가 황궁 쪽에서 나왔다는 건가?"

스스슷─

여교의 신형이 제자리에서 흐릿해지기 시작했다. 잠시 후 그녀의 신형은 불길 때문에 치솟는 연기와 함께 사라져 버리고 없었다. 그녀가 서 있던 자리에 남겨진 것은 거세기 이를 데 없는 불길과 나직한 음성

뿐이었다.

　"한데 너무 잔인해. 이렇게까지 하면서 자신을 감춰야 할 필요가 있다는 건가? 이렇게 되고 보니 정말로 궁금해졌어. 그 용병이 과연 어떤 사람인지 말이야."

2

수많은 거목들이 미로와 같이 얽혀 있는 숲 속에 비가 내리고 있었다. 폭우였다.

비는 마치 양동이로 쏟아 붓듯이 쏟아지고 있어 하늘이 보이지 않을 정도였고, 지면에는 이내 엄청난 물이 계류가 되어 이리저리 흘러간다.

그 엄청난 폭우을 맞으며 부지런히 걸음을 옮기고 있는 두 사람이 있었다. 바로 능비령과 막능여였다.

능비령은 막막해하는 표정이었다. 비는 전혀 그칠 것 같지 않았다.

"도대체 얼마나 더 가야 하는 겁니까?"

능비령은 거칠게 쏟아져 내리는 비를 올려다본 뒤 한 걸음 앞서 부지런히 걸어가고 있는 막능여를 향해 질문을 던졌다. 막능여는 나뭇잎에 의해 빗줄기가 가로막히고 있는 거목 아래에 멈춰 서서 능비령을 돌아보았다.

"멀지 않았네. 그곳에 가면 자네에게 딱 맞는 무기를 구할 수 있다고 하지 않았는가. 그러니 제발 좀 그만 궁시렁거리고 얌전히 따라오게나."

능비령은 울상을 짓지 않을 수 없었다. 막능여가 능비령의 도와 바꿀 수 있는 무기를 구할 수 있다면서 막무가내로 능비령을 끌고 더욱 깊은 숲 속으로 들어온 지가 벌써 삼 일 째였다.

처음에는 막능여의 목적지가 어차피 능비령이 가는 방향과 같아 별 생각 없이 동행했는데 막상 막능여조차 정확한 지리를 모르는 것 같아 점차 불안해지던 참이었다. 게다가 폭우까지 쏟아지는데 비를 피할 생각도 하지 않고 강행군을 하자 능비령은 정말이지 지치지 않을 수 없었다.

"좋아요. 좋다구요! 가는 건 좋은데 우선 이 비나 좀 피한 뒤에 가자구요."

"그렇군. 아무래도 비를 피할 곳을 찾아봐야겠어."

막능여는 비가 쉽사리 그칠 것 같지 않자 그제야 주위를 두리번거리기 시작했다. 이어 비를 피할 수 있는 동굴 같은 곳을 찾아보겠다며 숲 안쪽으로 사라져 갔다.

막능여의 모습이 거센 빗줄기 저쪽으로 사라져 버리자 능비령은 좌측으로 고개를 돌리며 입을 열었다.

"왜 계속 모습을 감추는 거지?"

능비령이 보고 있는 좌측 허공에 흑화고의 모습이 나타났다. 놀랍게도 그 엄청난 폭우 속에서도 그녀의 옷은 물기 하나 묻어 있지 않았다.

"도사잖아."

능비령이 막능여와 함께 행동한 이후 흑화고는 식사조차 혼자 해결

하며 단 한 번도 모습을 드러낸 적이 없었다.

"그게 뭐 어때서?"

능비령은 의아해하지 않을 수 없었다. 흑화고가 싸늘하게 굳어진 표정으로 말을 이었다.

"저 사람에게서는 내가 알고 있는 문파만의 특이한 법력(法力)이 느껴져. 서로 부딪쳐서 좋을 게 없어. 내가 살아 있다는 게 저 사람의 문파에 알려지면 귀찮은 일이 생길지도 몰라."

"그럼 내가 저 사람과 함께 행동할 때까지는 계속 안 나타날 거야?"

흑화고가 문득 능비령을 빤히 바라보았다. 문득 장난기 어린 미소가 그녀의 입가에 맺혔다.

"설마 내가 보고 싶다는 건 아니겠지?"

"뭐, 뭐야?"

"정신 차려! 난 내 몸에 심어진 귀속박주를 푸는 순간 널 죽일 사람이란 말이야. 물론 너도 법신검의 진체를 얻게 되면 반드시 날 죽여야 해. 난 정극풍천의 늙은이들이 말하는 이단과 사악에 빠져 버린 좌도의 술사이니까!"

"끄응, 기껏 걱정이 되어 말을 걸었더니 좀 다정하게 말해 주지 않고… 알았어, 알았다구! 제발 다시는 내 앞에 나타나지 마."

능비령은 할 말이 없다는 듯 신음을 터뜨렸다.

흑화고의 신형이 연기처럼 흐릿해지기 시작했다.

"행여 함께 지내다 보면 정이 들 거라는 기대는 하지 마. 귀속박주가 풀리는 순간 난 어떤 일이 있어도 널 죽일 거니까."

능비령이 고개를 저었다. 아예 상대하기도 싫다는 듯한 표정이었다.

"능 소제, 이쪽으로 오게. 저 앞에 동굴이 있어."

그 순간 멀리서 막능여가 부르는 소리가 들려왔다. 능비령은 동굴을 찾았다는 그의 말에 안도의 한숨을 내쉬며 빗속을 치달리기 시작했다.

　거대한 절벽의 하단에 뚫려 있는 동굴은 넝쿨에 가려 있는 데다 입구가 좁아 언뜻 보기에는 동굴이 아니라 암석의 갈라진 틈새처럼 보였다. 하지만 일단 안에 들어가니 두 사람 정도가 나란히 서서 걸을 수 있을 정도로 넓었다.

　동굴은 안으로 계속 이어져 있었지만 능비령은 동굴 안으로 깊숙이 들어갈 생각은 없었다. 어차피 비를 피하기 위해 동굴을 찾았던 것이다. 한데 동굴 안에 들어선 뒤 막능여는 계속 동굴 안쪽을 바라보며 고개를 갸웃거리고 있었다.

　"이 동굴은 이상해."

　"뭐가 말입니까?"

　"밀력(密力)이 느껴져."

　능비령은 막능여의 말을 이해할 수가 없었다. 동굴 안쪽에서는 비릿한 짐승의 냄새가 흘러나오고 있었다. 한데 그 냄새는 미약하기 이를 데 없어 아마도 어떤 동물이 잠시 동안 보금자리로 삼았던 곳 같았다.

　잠시 후, 결국 막능여는 호기심을 참을 수 없다는 듯 동굴 안쪽으로 걸음을 옮기기 시작했다. 능비령은 혼자 있는 것도 따분해 할 수 없이 그의 뒤를 따라 걸어갔다.

　안쪽으로 십여 장이나 들어갔을까? 동굴은 점점 어두워져 종내에는 한 치 앞도 내다볼 수 없을 정도가 되었다.

　막능여는 소매 속에서 작은 대나무 통 하나를 꺼내 뚜껑을 열더니 허공에 대고 이리저리 흔들며 뭐라고 알 수 없는 주문을 웅얼거렸다.

대나무 통 속에서 작은 종이 조각들이 날아올라 동굴의 천장에 달라붙으며 환하게 빛을 발하기 시작했다. 종이 조각에는 각기 이상한 부호와 주문들이 적혀 있었다.

동굴 안이 대낮처럼 환해졌다. 마치 수십여 개의 야명주를 천장에 박아놓은 듯했다.

"와아! 정말 신기하군요."

능비령은 막능여가 보여준 이상한 술법에 감탄을 금할 수 없었다. 이 순간 그의 눈에 동굴 벽 이곳저곳에 붙어 있는 또 다른 부적들이 들어왔다.

"한데 언제 저런 부적까지 붙였어요?"

"내가 붙인 게 아니네."

능비령이 어리둥절해져 질문을 던지자 막능여가 고개를 저었다. 그의 얼굴은 긴장으로 굳어져 있었다

"내 뒤를 바싹 따라오게! 절대로 세 걸음 이상 떨어지면 안 되네."

막능여가 잔뜩 긴장한 채 동굴 안으로 다시 걸음을 옮기기 시작했다. 능비령은 그의 뒤를 바싹 따라가지 않을 수 없었다.

한데 온갖 괴이한 부적들이 벽면에 잔뜩 붙어 있는 지점을 지나 세 걸음 정도 들어간 순간 느닷없이 주위의 환경이 바뀌어 버렸다. 동굴은 간데없이 사라지고 막능여와 능비령은 놀랍게도 어떤 우거진 숲 속에 서 있었던 것이다.

비는 오지 않았고 하늘에는 손에 잡을 수 있을 듯이 거대한 달[月]이 낮게 떠 있었다.

능비령은 한순간에 주변의 풍물이 바뀌어 버리자 정신을 차릴 수가 없었다. 아무리 봐도 환영 같지는 않았다. 고개를 돌려 뒤를 보니 자신

들이 나온 동굴이 그 뒤쪽의 나무들이 보이는 반투명하게 희미한 형태로 눈에 들어왔다.

"이, 이게 어떻게 된 겁니까?"

"누군가가 밀법을 펼쳐 그 동굴을 이계와 연결되는 문(門)으로 만들어놓았네."

"이계의 문? 그럼 여기가 다른 세상이란 말입니까?"

"그렇네. 흑첨향의 수많은 이계 중 한 곳이지. 더 이상 깊이 들어가지 않기로 하세. 내가 만든 통로가 아니기 때문에 자칫하면 다시 돌아나갈 수 없게 될 수도 있으니……."

'흑첨향? 이 사람도 과연 흑첨향에 대해 알고 있었구나.'

능비령은 믿을 수도 믿지 않을 수도 없는 기분이 되어 새삼 주위를 휘둘러 보았다. 그러고 보니 숲을 가득 메우고 있는 나무들의 형태가 기이하기 이를 데 없었다. 잎사귀는 하나도 보이지 않고 이리저리 뒤틀린 줄기가 사방으로 뻗어 있는 나무들이었다.

거대한 달이 지면과 맞닿을 듯 낮게 떠 있는 것도 괴이했지만 그 나무들의 형태는 더욱 괴이했다.

이런 엉뚱한 상황 속에서도 막능여는 태연하기 그지없었다. 그는 가까이 있는 큰 나무의 밑둥에 등을 기대고 앉으며 태평스럽게 입을 열었다.

"뭐 좀 먹을 게 없는가?"

"이런 상황에서 먹을 생각이 납니까?"

"우리들이 사는 세상은 지금 비가 오고 있으니 비가 그칠 때까지 머물러 있다 다시 나가면 그만이네. 아마 한잠 자고 나가면 비도 그쳐 있을 것이네."

"끄응……."

능비령은 막능여의 옆에 앉으며 품속에서 건량을 꺼내 막능여에게 나눠 준 뒤 자신도 조금씩 뜯어 입 안에 밀어 넣기 시작했다. 사실 빗속을 걷느라 꽤 오랫동안 건량조차 먹지 못해 무척 시장하던 참이었던 것이다.

한참 정신없이 건량을 뜯어먹던 능비령이 돌연 좌측으로 고개를 돌렸다. 무엇인가가 자신을 바라보고 있는 듯한 기를 느낀 때문이었다.

과연 능비령과 삼 장 정도의 거리 저쪽에서 작은 동물 하나가 나무에 몸을 감춘 채 얼굴만 내밀고 능비령을 바라보고 있었다.

처음 보는 동물이었다. 긴 체형이 족제비를 닮았지만 족제비보다는 작았고 털이 풍성한 꼬리와 몸 전체에는 금빛과 검은빛이 회오리 형태로 얼룩져 있어 아름답기 이를 데 없다.

능비령은 처음 보는 그 괴이한 동물이 자신의 손에 쥐어져 있는 건량을 뚫어지게 바라보고 있는 것을 알 수 있었다. 먹고 싶어하는 눈치이면서도 감히 가까이 다가오지 못하는 태도였다.

능비령은 빙긋 웃으며 건량이 쥐어져 있는 손을 동물을 향해 내밀었다. 그러자 동물은 능비령의 얼굴을 한번 힐끔 보더니 다시 손을 보며 머뭇거렸다.

능비령은 계속 웃는 얼굴로 건량을 내민 손을 흔들었다. 해치지 않을 테니 와서 먹으라는 몸짓이었다.

알 수 없는 괴상한 동물이 나무 뒤에서 나와 머뭇거리며 다가오기 시작한 것은 꽤 시간이 흐른 뒤였다. 막능여는 능비령의 이런 행동에 관심없다는 듯 어느새 나무 밑둥에 등을 기댄 채 잠들어 있었다.

가까이에서 보니 회오리 문양처럼 전신을 맴돌고 있는 윤기 흐르는 털과 사슴의 눈처럼 순박한 눈이 진정 귀엽기 이를 데 없었다. 기이하게도 꼬리가 번개 문양으로 휘어져 있는 것이 특징적이었다.

능비령은 머뭇거리며 조심스레 다가온 괴상한 동물에게 건량을 내밀었다. 예의 괴상한 동물은 얼른 건량을 잡아채더니 쏜살같이 원래 있던 나무 뒤로 돌아가 버렸다.

"뭐가 뭔지는 모르지만 무척이나 귀여운 놈이군."

능비령은 흐뭇한 미소를 머금은 채 길게 몸을 뉘었다. 빗속에서 강행군을 한 탓에 무척이나 피곤했던 것이다.

제6장
이계(異界)의 문(門)

막능여가 잠에서 깨어난 것은 느닷없이 터져 나온 엄청난 괴성 때문이었다. 마치 상처 입은 야수가 울부짖는 것 같기도 하고, 또 놀란 짐승이 신음을 터뜨리는 것 같기도 한 괴상한 소리였다.

"뭐야?"

깜짝 놀라 벌떡 일어난 막능여의 옆에는 능비령이 망연히 앉아 자신의 턱을 매만지고 있었다.

능비령의 표정은 해괴하기 이를 데 없었다.

왜 자신에게 이런 일이 일어났느냐는 듯한 절망과 이런 일이 있을수 있느냐는 듯한 황당함, 꿈이겠지 하는 기대감 등등이 한꺼번에 표출되어 있는 정말이지 괴상한 표정이었다.

차라리 웃고 싶지만 웃을 수도 없다는 듯한, 거의 울 듯한 능비령의 표정을 보고 막능여가 고개를 갸웃하며 질문을 던졌다.

"조금 전의 그 괴성이 능 소제가 내지른 거였나?"

"으으으… 도대체 이게 뭐냐구요?"

능비령은 턱을 가리고 있던 손을 떼며 울 듯한 표정으로 막능여를 바라보았다. 막능여의 눈이 커졌다.

능비령의 오른쪽 턱 아래에 큼직한 혹이 달려 있었다. 어린아이 주먹만한 크기의 살덩어리가 축 늘어져 있었던 것이다.

"어떻게 된 건가?"

"모르겠어요. 자고 일어났더니 이런 게 턱에 붙어 있더라구요."

"원래 있던 게 아니고?"

"지금 무슨 소릴 하는 겁니까!"

막능여는 허리를 숙이고 얼굴을 바싹 들이민 채 능비령의 턱에 매달려 있는 혹을 자세히 들여다보기 시작했다.

잠시 후 몸을 일으킨 막능여가 고개를 끄덕였다.

"영류정(瘿瘤精)일세!"

"영류정? 그게 뭡니까?"

"뭐긴 뭐야, 그냥 혹이란 말일세."

"으으, 혹인 걸 누가 모릅니까! 왜 이런 게 별안간 생겨난 거냐구요!"

"몸에서 생긴 게 아냐. 어디선가 와서 목에 붙은 걸세."

능비령의 눈에 기대의 빛이 번뜩였다. 몸에서 생겨난 것이라면 몰라도 그게 아니라면 방법이 있을 것 같은 느낌이 든 것이다.

"그렇다면 뗄 수도 있습니까?"

"혈관에 뿌리를 내렸기 때문에 그냥 잘라낼 순 없네. 잘라내면 피가 멈추지 않아 결국은 죽게 되니까."

"으……!"

기대의 눈빛을 머금고 있던 능비령의 얼굴이 다시 일그러졌다.

막능여가 말을 이었다.

"영류정은 일종의 요괴야. 쉽게 말하면 혹이지만 인간계의 혹인 영류(癭瘤)와는 달리 약간 보기 흉하다는 것 외에는 별로 큰 해를 끼치지 않네. 숙주로 삼고 있는 인간의 몸에서 그야말로 미세한 양의 혈액과 영양분을 취할 뿐이니까."

"약간 보기 흉할 뿐이라고요? 이게 약간 흉한 정도냐구요! 난 아직 장가도 못 갔단 말입니다!"

능비령이 버럭 소리를 질렀다. 자신의 절박한 심정과는 달리 막능여의 태도가 너무 태평스러워 자신도 모르게 소리를 지르지 않을 수 없었다.

"뭐, 정히 그렇다면 떼어주겠네."

막능여는 소리 지르는 능비령을 이상한 사람 보듯 바라보다 선심 쓰듯 입을 열었다. 능비령은 깜짝 놀라 막능여를 바라보았다. 그는 매달리는 듯한 음성으로 최대한 부드럽게 입을 열었다.

"정말 뗄 수 있는 겁니까?"

"이미 말했지만 이 영류정은 몸에 기생해도 해는 없네. 오히려 잘만 이용하면 도움이 되지."

막능여는 말과 함께 능비령의 턱에 붙어 있는 혹을 이리저리 만지기 시작했다. 잠시 후, 살덩어리 같은 해면체가 꿈틀거리며 능비령의 턱 밑에서 뽑혀져 나왔다.

막능여는 해면체처럼 꿈틀거리는 한 무더기의 살덩어리를 능비령의 왼손 손등에 올려놓았다.

"뭐, 뭐 하는 겁니까?"

"솔직히 말하면 무척이나 욕심나는 놈이지만 자네 것이니까 할 수 없이 자네에게 주는 거네."

"엉? 싫어요! 갖고 싶으면 당신이 가지라고요!"

능비령은 기절초풍할 듯 놀라며 소리를 질렀다. 그 순간, 그의 손등에 놓여 있던 한 무더기 살덩어리 같은 물체가 피부 속으로 스며들기 시작했다.

막능여는 계속 능비령의 손등을 어루만지며 입을 열었다.

"이놈은 생명력이 질기네. 이놈을 손에 넓게 자리 잡게 만들면 그 손은 무쇠처럼 단단해지지. 수명이 얼마인지는 알 수 없지만 인간보다는 꽤 오래 사는 걸로 알고 있네."

능비령은 영류정이 손에 완전히 스며들어 손등과 손목은 물론 팔꿈치까지 퍼진 것을 느낄 수 있었다. 워낙에 넓게 퍼진 듯 원래의 손과 다른 점을 찾아볼 수 없었다.

막능여는 영류정이 완전히 넓게 스며든 것을 확인하듯 능비령의 왼손을 이리저리 살펴보며 입을 열었다.

"영류정은 기생하고 있던 숙주가 죽을 때가 다가오면 다른 숙주의 몸으로 이동해 가지. 물론 기생하고 있던 숙주가 죽기 전에 이동하지 못하면 이놈 역시 죽게 되니까, 아마 이놈들이 죽게 되는 건 그런 경우뿐일 걸세."

능비령은 자신의 왼손과 팔을 이리저리 돌려보았다. 원래의 손과 조금도 다르지 않았고 영류정이 스며든 느낌도 없었다. 신기하기 이를 데 없는 일이었다.

"능 소제는 복연을 만난 거야. 영류정이 기생하고 있는 그 손은 이제 금강불괴일세. 게다가 영류정의 힘까지 더해져 그 손은 괴력을 발휘할 수 있을 거야."

"예에? 그런 말도 안 되는……?"

막능여가 정말로 부럽다는 눈빛이었다. 그 태도가 워낙 진지해 능비령은 반신반의하지 않을 수 없었다.

"믿지 못하는군. 손을 이리 내보게."

막능여는 허리에서 한 자루 검을 뽑으며 막무가내로 능비령에게 손을 내밀라고 했다. 능비령이 우물쭈물하는 순간 어느새 검이 그의 손목을 쳤다.

능히 손목이 베어질 정도의 강력한 힘이었다. 하지만 능비령의 손목은 베어지지 않았고, 검이 손목을 강타한 충격도 전혀 느껴지지 않았다. 아마도 손과 팔에 스며든 영류정이 충격을 흡수해 버린 것 같았다.

"이제 복연을 만났다는 내 말을 믿을 수 있겠는가?"

막능여가 능비령을 보며 씨익 웃었다. 능비령은 오른손으로 자신의 왼손과 팔을 만지며 멍하니 서 있었다. 아직도 실감할 수는 없지만 막능여의 말이 사실이었던 것이다.

"가세. 저 문이 언제 닫힐지 모르니 이곳에서 오래 머무를 수가 없네."

막능여는 어안이 벙벙해 멍청히 서 있는 능비령을 뒤로한 채 반투명한 형태로 희미하게 떠올라 있는 동굴의 입구를 향해 걸어가기 시작했다.

막능여를 따라 이계와의 통로가 되어 있는 동굴 입구로 들어서던 능비령은 등 뒤에서 무엇인가가 다가오는 미미한 움직임을 느끼고 고개를 돌렸다.

잠을 자기 전에 건량을 주었던 괴상한 동물이 능비령을 쫓아오고 있었다.

이계의 문을 벗어나 원래의 동굴로 돌아온 뒤 동굴을 벗어나자 어느덧 비는 그쳐 있었다. 막능여와 함께 숲을 걸어가던 능비령이 문득 고개를 돌리자 이계에서부터 따라온 괴상한 동물이 여전히 따라오고 있었다.

"어? 쟤가 따라오는데요?"

"능 소제가 음식을 주었기 때문에 능 소제가 좋아진 모양이야."

막능여는 대수롭지 않게 대꾸한 뒤 부지런히 걸음을 옮기기 시작했다.

과연 괴상한 동물은 능비령을 끝까지 따라올 듯한 기세였다. 정확히 오 장 정도의 거리를 둔 채 능비령이 걸음을 멈추면 역시 걸음을 멈췄고 그가 다시 걸어가면 다시 따라왔다.

능비령은 걸음을 멈춘 채 괴상한 동물에게 가까이 오라고 손짓을 했다. 놀랍게도 능비령의 손짓을 이해한 듯 괴상한 동굴은 쪼르르 능비령에게 다가왔다.

"네가 내 말을 알아들을지 못 알아들을지는 몰라도 아무튼 넌 날 따라다니면 안 돼."

능비령이 말을 거는 동안 동물은 순박한 눈동자로 빤히 그를 올려다보고 있었다.

"네가 다른 사람들 눈에 안 뜨이게 쫓아다니면 혹시 모를까, 너와 함께 다니면 사람들이 놀란다구."

괴상한 동물은 능비령의 말을 알아들었다는 듯 고개를 갸웃했다. 다음 순간 동물의 모습이 눈앞에서 사라져 버렸다.

능비령이 깜짝 놀라 주위를 둘러보니 바로 옆에 서 있는 나무의 가지 위에 올라가 있는 것이 눈에 들어왔다. 하나 나뭇가지 위에 있던 동물은 이내 사라져 보이지 않았다.

능비령이 동물을 다시 찾은 것은 삼 장 뒤에 서 있는 한 나무의 뒤쪽이었다. 그 나무에 몸을 감춘 채 얼굴만 내밀고 능비령을 빤히 보고 있었다. 그 눈빛이 마치 다른 사람들 눈에 뜨이지 않을 자신이 있다는 눈빛 같았다.

"뭐야? 내 말을 알아듣는 거야? 정말 알아듣는 거냐구?"

동물이 고개를 끄덕였다. 어느새 그 동물은 능비령의 발치에 서 있었다. 빠르기가 그야말로 섬전 같아 움직이는 과정이 전혀 보이지 않을 정도였다.

"호! 좋아! 내 말을 알아듣는다면 앞으로 다른 사람들 눈에 뜨이지 않게 조심해. 그럼 데리고 다니지."

꺅!

동물의 입에서 괴성이 터져 나왔다. 제자리에서 껑충껑충 뛰어올라 몸을 뒤집으며 계속 낮은 괴성을 터뜨리는 것이 마치 좋아죽겠다는 몸짓 같았다.

"하하하, 네가 좋아하니 나도 기분이 좋은데."

능비령은 쪼그려 앉아 괴상한 동물의 목 어림을 손가락으로 간지럽히며 다시 입을 열었다.

"그런데 말이야, 음… 함께 다니려면 뭐 이름이 있어야 하지 않을까? 좋아! 앞으로 널 화고라고 부르지."

"너… 너!"

능비령의 말이 끝나기 무섭게 좌측 허공 한쪽이 일렁였다. 흑화고의 얼굴만이 허공에 나타나 매서운 눈초리로 능비령을 쏘아보고 있었다.

능비령은 빙글빙글 웃으며 태연히 반문했다.

"뭐가 어떻다고 그래. 넌 흑화고이고 쟨 그냥 화고라니까."

"끄응……."

허공에 나타나 있던 흑화고의 얼굴이 다시 사라져 버렸다. 앞서 걸어가던 막능여가 고개를 돌렸던 것이다.

"능 소제! 빨리 오지 않고 뭐 하고 있는가!"

"아… 예! 간다구요. 화고, 가자!"

이계에서 쫓아온 족제비를 닮은 괴이한 동물은 화고라는 이름이 마음에 들었다는 듯 능비령의 옆을 따라 걸으며 계속 알 수 없는 괴성으로 웅얼거렸다. 고양이가 기분 좋을 때 가르릉대는 듯한 소리였다.

2

누군가가 펼쳐 놓은 밀법에 의해 이계와 통하는 문으로 되어 있는 동굴 안에 한 사람이 나타난 것은 능비령과 막능여가 동굴을 떠난 뒤 반 시진 정도 흐른 뒤였다.

검은 수염은 턱 아래에서 짧게 잘라 단정하게 정리되어 있고, 얼굴 전체가 깊은 주름으로 뒤덮여 있다. 몸에 걸치고 있는 것은 새하얀 학창의였는데 먼지 한 점 묻어 있지 않아 단정하기 이를 데 없었다.

노인은 막 동굴을 걸어나오다 문득 걸음을 멈추고 동굴 안을 살펴보기 시작했다.

동굴의 바닥은 단단하고 바싹 말라 있어 발자국은 전혀 남아 있지 않았다. 막능여가 어둠을 밝히기 위해 천장에 붙여놓았던 종이 조각들도 이미 모두 회수하고 떠난지라 아무런 흔적도 없었다. 하지만 동굴 안을 살펴보고 있는 노인의 눈은 이 순간 예리하게 번뜩였다.

"누군가 있었는데?"

잠시 후 노인은 허공을 향해 손을 흔들었다. 그러자 벽에 붙여져 있던 온갖 부적들이 저절로 가루가 되어 흩어져 버렸다.

이계의 문을 닫아버린 노인은 동굴 안에 누군가 침범했던 일은 깨끗이 잊은 듯 담담한 표정으로 동굴을 빠져나갔다.

숲을 가로지르는 그의 걸음걸이는 빠르지도 느리지도 않았다. 아주 안정된 걸음걸이였다. 보폭의 간격이 자로 잰 듯 정확하고 시선을 앞으로 둔 채 단 한 번도 주위를 두리번거리지 않는다. 한눈에 보기에도 노인이 성격이 매우 침착하면서도 완고하다는 것을 알 수 있을 듯했다.

노인은 여전히 자로 잰 듯이 일정한 간격으로 걸음을 옮겨갔다. 하나 기이하게도 안정된 걸음걸이는 변하지 않았는데 그 속도는 점점 빨라지기 시작했다. 한줄기 연기가 돌풍을 타고 숲 속을 빠르게 흘러가는 듯한 속도였다.

노인이 숲을 벗어난 것은 불과 한 시진만의 일이었다.

숲이 끝나는 관도의 한쪽에는 낡은 사당이 있었는데 그곳에는 노인을 기다리는 한 대의 마차가 있었다. 노인이 마차에 오르자 마차는 곧바로 관도를 따라 치달리기 시작했다.

말을 바꿔가며 쉬지 않고 달린 마차가 이틀 뒤에 도착한 곳은 호북성(湖北省) 제일의 도시 무창(武昌)이었다.

무창의 북로(北路)에는 담장을 맞댄 채 수많은 장원들이 들어차 있었는데 마차가 들어간 곳은 그 장원들 중 한 곳이었다.

장원은 고적하기 이를 데 없었다. 어찌 보면 사람이 살지 않는 빈 장원 같았다. 하지만 화원은 잘 손질되어 있었고 전각의 단청도 새로 입힌 지 얼마 되지 않았으며, 구석구석 쉬지 않고 쓸고 닦아 정갈하기 그지없었다.

아마도 주인의 성품이 고적한 것을 좋아하는 것일 뿐 폐장원은 아닌 듯했다.

마차에서 내린 노인은 운치있고 평화스러우면서도 또한 무덤처럼 적막한 장원을 쓸쓸한 눈길을 돌아본 후 곧바로 별채로 들어섰다.

별채의 내실로 통하는 복도의 입구 좌우에는 두 명의 시비들이 서 있었는데 노인을 보자 허리를 숙여 인사를 했을 뿐 입을 열지는 않았다.

시비들은 발걸음 소리조차 들리지 않는 조심스러운 걸음걸이로 노인은 내실로 안내했다. 이어 내실에 이르자 노인이 도착했음을 알리려는 듯 그중 한 명이 안으로 들어갔다.

장원의 화원에는 온갖 꽃들이 만발해 있었고 뒤쪽의 가산에는 수목이 우거져 있었다. 하지만 풀벌레 소리도 들리지 않았고 심지어 새가 지저귀는 소리조차 들리지 않았다. 그야말로 완벽한 적막 속에 잠겨 있었다.

잠시 후, 내실로 들어갔던 시비가 다시 나와 고개를 끄덕였다. 그제야 노인은 내실 안으로 들어갈 수 있었다.

내실의 서탁(書卓) 앞에 한 명의 소녀가 앉아 있었다. 살결이 너무도 투명해 마치 몸 안에 있는 핏줄마저 모조리 보일 것 같은 착각이 들게 만드는 소녀였다.

대략 19세 정도 되었을까? 무엇을 생각하는지 알 수 없는 방심(放心)된 눈으로 창밖의 화원을 바라보고 있는 소녀의 용모는 이목구비가 또렷해 아름답기는 했지만 병색(病色)이 짙어 생명력이 느껴지지 않는 공허한 아름다움이었다.

"결국 혈왕란(血王卵)을 구해오셨군요. 수고하셨어요."

노인이 들어서자 소녀는 고개를 돌리며 희미한 미소를 머금었다. 애써 밝은 미소를 머금으려는 듯한 그녀의 태도는 보는 이로 하여금 오히려 저릿한 아픔을 느끼게 만들었다.

노인이 품속에서 작은 옥갑을 꺼내 서탁에 놓으며 입을 열었다. 병석에 누워 있는 손녀를 대하는 듯한 안타까워하는 눈빛이었다.

"꼭 이렇게 하셔야만 합니까? 혈왕란은 물론 공주님을 건강하게 만들어주겠지만 자칫하면……."

노인은 불길한 생각이 드는 듯 말을 끝맺지 못했다.

소녀가 고개를 저었다.

"어쩔 수 없어요. 법신검을 찾아내지 못했으니 혈왕의 정(精)을 받아들일 수밖에. 상 노사께서 무엇을 걱정하고 계신지 잘 알아요. 하지만 난 절대로 혈왕의 의지에 흡수당하지 않을 거예요."

소녀는 서탁 위에 놓여진 옥갑을 열었다. 옥갑 안에는 기이한 형태로 일그러진 둥그런 돌이 하나 놓여 있었다. 담황색을 띠고 있는 자갈 형태의 돌은 어찌 보면 길거리에 굴러다니는 흔하디흔한 돌멩이같이 보였다.

"자문정이 실패했다고 하더군요."

소녀는 혈왕란을 내려다보며 지나가는 말투로 입을 열었다. 노인의 눈에 언뜻 놀람의 빛이 스쳐 갔다.

"설마 그 용병이 법신검을 지녔을까요?"

탁탁!

문득 소녀가 손바닥으로 탁자를 가볍게 내려쳤다. 그러자 대기하고 있었다는 듯 두 시비가 조용한 걸음걸이로 들어와 소녀를 양쪽에서 부축한 후 침상에 눕혔다.

침상에 누운 소녀는 잠시 호흡을 고르다 힘겹게 입을 열었다.

"희박하긴 하지만 가능성은 있어요. 가장 먼저 정극풍천에 도착했고, 척후대 중 유일하게 살아남은 사람이니까요."

"공주님께서 혈왕의 정을 받아들이시면 반드시 법신검을 파괴해야만 합니다. 법신검은 이계칠군의 적입니다."

노인이 단호하게 입을 열었다. 당장이라도 조치를 취하기 위해 몸을 돌려 나갈 듯한 태세였다.

소녀가 고개를 끄덕였다.

"그렇지 않아도 이번에는 내가 직접 나설 생각이에요. 노사께서는 이제 삼보태감에게 돌아가 계세요."

"그, 그것은……."

노인이 망설이듯 더듬거렸다. 소녀가 그의 걱정을 잘 알고 있다는 듯 희미하게 웃으며 다시 입을 열었다.

"지금 당장은 아니지만 저도 곧 궁으로 돌아갈 거예요."

"명을 받들겠습니다."

노인은 어쩔 수 없다는 표정으로 고개를 숙여 보인 후 조심스럽게 내실을 빠져나갔다. 노인이 물러난 뒤 소녀는 창밖의 화원으로 눈을 돌리며 문득 한 가지 생각을 떠올렸다.

작은 상념 하나가 그녀의 뇌리에 스쳐 갔던 것은 벌써 한 달도 전의 일이었다. 무수히 솟아났다 순식간에 스러지는 폭포 밑의 포말처럼 이내 잊혀지고 말 작은 상념이었고, 다른 사람 같으면 고개를 저으며 지워 버렸을 그런 생각이었다.

그러나 그녀는 아무리 하찮은 것일지라도 단서가 될 수 있다면 집요하게 매달려야 하는 입장이었다. 때문에 그녀는 그 상념을 지울 수가 없었다.

그리고 그 상념의 결과가 자문정에 대한 살인 청부였다. 정극풍천을 찾아내는 임무를 맡았던 척후대 중 유일하게 살아남은 생존자에 대한 살인 청부는 그렇게 내려진 것이다.

일개 용병에 불과한 소년은 반드시 자문정에 의해 살해당할 것이라 생각했다. 그리고 살해당했다면 더 이상 그녀의 관심을 끌 수 없었을 것이다. 그리고 기실 그 결과를 보고 받기도 전에 그녀는 이미 그 일을 잊어버린 상태였다.

하지만 이제는 달랐다. 일개 용병에 불과한 소년이 놀랍게도 살수들의 손에서 살아남은 것이었다. 바로 그 점 때문에 소녀는 소년 용병 능비령에게 다시 관심을 갖지 않을 수 없었다.

3

이름도 알 수 없는 험산의 깊은 숲 속을 칠 주야나 헤맨 뒤에 막능여가 도착한 곳은 넓은 늪지대였다. 나무들이 빽빽이 우거져 있는 숲 속에 자리 잡고 있는 드넓은 늪지대의 중앙에 쓰러져 갈 듯한 한 채의 장원이 있었다.

큰 전각만 해도 서너 채에 달한다. 별채와 후원, 가산까지 갖춰져 있는 장원의 규모는 결코 작지 않았다. 하지만 대문은 뜯겨져 마당 한쪽에 나뒹굴고 있었고, 담장도 군데군데 무너져 있는 데다 별채를 빼고는 대부분의 전각들이 지붕부터 무너져 내린 상태였다.

"찾고 있는 곳이 저 장원이었습니까? 저런 곳에 과연 어떤 사람이 살고 있다는 겁니까?"

능비령은 늪지대 안쪽에 있는 장원을 보며 걸음을 멈추자 의아해하지 않을 수 없었다. 막능여는 이제야 목적지에 도착했다는 듯 안도의 눈빛이 되었다.

"내 고모님일세. 불쌍하신 분이지."

능비령이 새삼 늪지대 건너편의 장원을 바라보았다. 그가 보기에 아무리 보아도 사람이 살고 있는 것 같지 않았다.

잠시 후 막능여가 늪지대를 건너갈 방도를 찾느라 이리저리 헤매는 사이에 능비령은 마음의 한 가닥을 풀어 실처럼 가늘게 장원을 향해 뻗어내기 시작했다.

넓게 퍼뜨리면 주위 오 리(五里)까지는 퍼뜨릴 수 있었지만 당장은 눈앞의 장원에 사람이 살고 있는가 궁금했기 때문에 장원 쪽으로만 마음을 흘려보내고 있었다.

그것은 정확히 말하자면 기(氣)가 아니었다. 그는 내가기공을 익힌 적이 없기 때문에 체내에 내공이 쌓여 있지도 않았고 기를 운용할 줄도 몰랐다.

능비령의 이런 방법은 서역 정벌군의 용병으로 출정해 서역의 밀림에서 정찰과 매복을 하며 저절로 터득한 방법이었다. 하지만 이 방법은 결정적인 단점을 지니고 있었다. 깊은 숲에서만이 가능할 뿐 사람이 많은 곳에서는 불가능했던 것이다.

한 가닥 실처럼 풀려 나가 장원 안을 맴돌던 능비령의 마음은 과연 무너져 가고 있는 장원 안에서 한 사람의 기척을 잡아낼 수 있었다.

능비령은 마음을 거둔 채 막능여를 찾아보았다. 그는 장원으로 가기 위해 이리저리 늪지대 앞쪽을 헤매고 있었다.

늪지 속에는 발이 빠지지 않는 단단한 지면이 드문드문 존재했다. 하지만 그 단단한 지면은 이내 끊어져 더 이상 연결되지 않았다.

막능여는 포기하지 않은 채 미로처럼 얽힌 단단한 지면을 따라 계속 움직여 보고 있었다. 안쪽으로 나아갔다가 되돌아오기를 서너 번했을 무렵에야 겨우 그는 장원으로 이어지는 통로를 찾은 것 같았다.

"됐어! 능 소제, 나를 따라오게!"

과연 막능여를 따라가다 보니 이리저리 돌아가기는 했지만 조금씩 장원과 가까워지고 있었다. 눈앞에 보이는 장원에 도착한 것은 근 반 시진가량이 흐른 뒤였다.

장원의 무너진 대문 앞에 멈춰 선 막능여가 한숨을 내쉬었다.

"다행히 진법(陣法)은 설치하지 않으셨네. 여기다가 진법까지 설치했더라면 우린 눈앞에 보면서도 영원히 여기까지 오지 못했을 것이네."

어차피 두드릴 대문조차 없는 장원이었다. 막능여는 거침없이 장원 안으로 들어서 별채 쪽으로 다가들기 시작했다.

씨이이—

막능여와 능비령이 별채로 한 걸음 들어서는 순간 한 가닥의 긴 채찍이 날아들었다.

가늘고 긴 채찍은 하나의 화살처럼 막능여의 미간을 노리고 쏘아져 왔다. 이 채찍은 쏘아져 올 때 아무런 기척도 없어 마치 코앞의 공간을 열고 불쑥 튀어나온 것 같았다.

막능여가 깜짝 놀라 고개를 틀어 채찍을 피했다.

뒤로 뻗어갔던 채찍 전체가 크게 휘어지며 이번에는 능비령마저 공세의 범위 안에 가둔 채 휩쓸어왔다. 채찍을 쥐고 있는 사람은 보이지 않았다. 단지 허공 저쪽에서 하나의 가는 채찍이 길게 뻗어와 두 사람을 공격하기 시작한 것이다.

채찍의 끝이 마치 살아 있는 생명체인 양 이리저리 방향을 틀며 연

달아 능비령과 막능여를 공격해 왔는데 그 긴 채찍은 허공을 휙 돌면서 한 번도 엉키지 않았다.

"우악!"

능비령의 얼굴이 굳어졌다. 바늘처럼 예리한 채찍의 끝이 어느새 미간을 향해 쏘아져 오고 있었다.

능비령은 황급히 쓰러지듯 몸을 굴려 채찍을 피해냈다. 하나 그가 서 있던 지점을 스쳐 간 채찍의 끝은 순식간에 되돌아와 다시 쏘아져 왔다.

능비령은 그야말로 전력을 다해 땅을 구르기도 하고 납작 엎드리기도 하면서 정신없이 채찍을 피하기 시작했다.

"멍청이! 저 여자는 아무도 죽일 생각이 없어. 꼴사납게 이리 뛰고 저리 뛰지 말고 가만히 서 있어도 된단 말이야."

'여자?'

한참 정신없이 채찍을 피하고 있는 능비령의 귀로 흑화고의 음성이 파고들었다.

능비령은 채찍을 쥐고 있는 사람의 모습을 보지도 못했지만 흑화고의 말로 미루어 자신들을 공격하고 있는 사람이 여자라는 걸 알 수 있었다.

'하지만 저놈의 채찍이 분명히 죽일 듯이 덮쳐 오는데 어떻게 피하지 않을 수가 있느냐구!'

능비령은 흑화고의 말을 듣고도 가만히 서 있을 수가 없었다. 채찍이 날아오는 기세가 워낙 흉험해 한 번만 적중되면 비록 죽지는 않는다 하더라도 어딘가 부러져 나갈 듯했다.

기실 막능여는 몰라도 능비령에게는 이 공세를 감당할 능력이 없었다. 무림 고수의 공세를 일개 용병 출신의 능비령이 피하거나 막아낸다는 것 자체가 처음부터 불가능했던 것이다.

쉬익!

무언가 검은 물체가 능비령의 미간을 향해 쏘아져 오는 채찍을 향해 덮쳐 갔다.

능비령은 크게 놀라지 않을 수 없었다.

자신을 향해 날아오는 채찍을 몸으로 쳐내 방향을 바꾼 것은 놀랍게도 이계에서 능비령을 따라온 화고였다. 능비령이 장난 삼아 흑화고의 별호의 일부분으로 이름을 붙여준 이계의 동물은 지금까지 모습을 드러내지 않은 채 따라오고 있었던 것이다.

화고는 일단 능비령을 향해 뻗어오는 채찍에 몸을 부딪쳐 방향을 바꿨을 뿐 아니라 어느새 채찍의 끝을 입으로 문 채 채찍에 매달려 있었다. 채찍이 이리저리 움직여도 결코 놓지 않은 채 함께 움직였다.

채찍에 따라 허공 아득히 솟구쳐 올라가기도 하고 지면에 세게 부딪치기도 했지만 화고는 끄떡도 하지 않았다. 마치 장난을 치는 것 같았다.

"어이쿠! 졉니다. 막능여가 왔습니다!"

막능여가 이리저리 채찍을 피하며 다급히 소리쳤다.

순간, 채찍은 나타났을 때와 마찬가지로 일체의 기적도 없이 사라져 버렸다. 단지 채찍이 쏘아져 온 것으로 짐작되는 방향 저쪽 앞에 얼굴을 검은 면사로 가린 중년 미부가 서 있을 뿐이었다.

"십삼점(十三占)! 네놈이로구나!"

중년 미부는 무척이나 반가워하는 음성이었다.

막능여는 맨 바닥이라는 것을 개의치 않은 채 서둘러 무릎을 꿇고 절을 했다. 이어 능비령을 돌아보며 입을 열었다.

"능 소제입니다. 함께 오게 되었습니다."

중년 미부의 눈이 능비령에게 고정되었다. 면사로 가려져 있었지만 마치 바늘로 눈동자를 찔러오는 듯 날카로운 눈빛이었다.

"능비령이라고 합니다."

능비령이 정중히 포권을 취했다. 중년 미부는 대답도 하지 않은 채 능비령의 주위를 살피기 시작했다. 조금 전 자신의 채찍에 부딪쳐 방향이 바뀌게 만들고 채찍에 매달려 장난을 친 동물이 무엇인가 찾아보는 눈치였다. 하지만 화고는 어느새 몸을 감췄는지 보이지 않았다.

"따라오너라!"

중년 미부는 화고의 존재를 대수롭지 않게 여긴 듯 몸을 돌려 별채로 걸어 들어갔다.

능비령은 막능여의 뒤를 따라 걸으며 그를 향해 조그맣게 속삭였다.

"막 형님의 이름이 원래 십삼점이었습니까? 그럼 이제부터는 십형이라고 불러야 하겠군요(注:십삼점(十三占)=바보)."

막능여는 빙글빙글 웃고 있는 능비령을 돌아보며 험상궂은 표정이 되었다.

"음… 재미있는가? 재미있느냐구?"

"예? 아, 뭐… 사실은 사실이니까요."

능비령이 여전히 빙글거리며 대답했다. 막능여는 어쩔 수 없다는 듯 울상을 한 채 고개를 흔들었다. 능비령은 배를 잡고 웃지 않을 수 없었다. 그러는 사이에 그들은 어느새 별채의 전청에 당도할 수 있었다.

별채의 외관은 다른 전각들과 마찬가지로 한줄기 바람만 불면 허물어질 듯했다. 하지만 그 내부는 깨끗하게 정리되어 있었고 화려하기까지 했다.

막능여는 전청의 탁자에 마주 앉기 무섭게 품속에서 작은 옥병 하나를 꺼내 중년 미부에게 내밀었다.

"네가… 정말로 현음소정(玄陰素精)을 구해왔구나."

옥병을 받아 든 중년 미부의 몸이 격동으로 떨리기 시작했다. 그러다가 무엇을 생각했는지 눈을 들어 막능여를 바라보았다. 비록 면사에 가려 얼굴은 보이지 않았지만 면사 뒤로 흘러나오는 눈빛에는 안타까워하는 빛이 담겨 있었다.

"현음소정을 몰래 빼냈으니 이제부터 네가 힘들게 되었구나. 이로써 넌 절교(截敎)의 죄인이 된 것이다."

"원래 그걸 훔쳐 내려고 입문했던 것이니 이미 각오하고 있었습니다."

절교(截敎)라 하면 은나라를 일으킨 전설 속의 도가(道家) 일문으로 주로 사도(邪道)를 펼치던 곳이었다. 고대에는 그 절교에서 갈라져 나온 유파만 해도 수십여에 달했지만, 지금은 절교는 물론이고 그 유파들도 모두 절전된 것으로 알려져 있었다.

막능여가 아무렇지도 않다는 듯 손을 내젓자 중년 미부의 고개를 저었다.

"그들을 쉽게 보면 안 된다. 널 죽일 때까지 전 문도를 동원해 집요하게 추적할 테니 말이다."

막능여가 어깨를 편 채 중년 미부를 바라보았다. 그의 기도가 일신되어 지금까지와는 달리 위엄이 흘러나왔다.

"이래 봬도 무림의 하늘 십승관(十昇關)의 후계자 중 한 명입니다. 날 추적하다 보면 그걸 알게 될 테니 그들도 어쩔 수 없을 것입니다.

게다가 제가 현음소정을 훔쳐 내온 태방시원(太方始院)은 다른 절교의 후예들과 왕래가 전혀 없으니 절교 전체가 날 쫓는 건 아닙니다."

"그들은 십승관도 두려워하지 않는다. 하지만 그들로부터 쫓기지 않을 방법이 한 가지 있다."

중년 미부가 고개를 저으며 몸을 일으켰다. 그녀는 내실 쪽으로 갔다가 이내 돌아 나왔는데 그 손에는 낡은 죽간이 들려져 있었다.

"이것은 네가 현음소정을 훔쳐 내온 태방시원의 장문만이 익힐 수 있는 황언령(皇言令)이라는 선진(仙眞)이다. 네가 이걸 연성하게 되면 그들도 어쩔 수 없이 널 장문으로 인정할 것이다. 일단 장문이 되면 현음소정을 훔쳐 내온 죄를 물을 수 없다. 장문의 행동은 곧 법이니까."

대나무 십여 개를 얇게 깎아 서책으로 묶어놓은 죽간에는 깨알 같은 글귀로 비결이 적혀 있었다. 막능여는 죽간을 받아 들며 경악의 빛을 떠올렸다.

"황언령은 태방시원의 장문 비술(秘術)로 실전된 지 이미 백여 년이 넘었다고 들었습니다. 한데 이걸 어떻게 고모님께서……?"

"원래는 현음소정과 교환하기 위해 지난 십여 년 동안 사람을 시켜 간신히 구한 것이다만 그들이 황언령을 내놓아도 결코 현음소정과 교환하지 않을 것이라는 사실을 깨닫고 보관하고 있던 것이다."

"하면 고모님께서 황언령을 익혀 태방시원의 장문이 되면 현음소정을 취할 수도 있지 않았습니까?"

"난 황언령을 익힐 수 없었다. 이미 나이도 많은 데다 나와는 맞지 않았다. 게다가 몸의 금제 때문에 이곳을 떠날 수 없으니 소용없지 않느냐."

"아! 그렇군요."

"어서 떠나거라. 난 이제부터 현음소정을 이용해 몸의 금제를 풀 생각이다."

능비령은 깜짝 놀라지 않을 수 없었다. 명백한 축객령이었다. 칠 주야나 깊은 산속을 헤매며 간신히 찾아온 사람에게 식사는 물론이고 차 한잔도 내놓지 않고 내쫓고 있었던 것이다.

하지만 막능여는 이미 짐작하고 있었던 듯 섭섭해하는 빛이 아니었다. 그는 빙긋이 웃으며 입을 열었다.

"부탁이 하나 있습니다."

"말해 보거라."

"천잔(天殘)을 제게 주십시오."

중년 미부의 눈빛이 흔들렸다. 하나 그녀는 이내 오른손을 내밀었다. 그 손목에는 기이한 검은 묵환 하나가 채워져 있었다.

팔찌의 표면에는 한 쌍의 봉황이 정교히 수놓여져 있었는데 은은히 오광(烏光)을 발하고 있어 한눈에 보기에도 범상한 팔찌가 아닌 듯했다.

중년 미부가 검은 묵환을 끌러 내밀자 막능여는 멋쩍어하는 미소와 함께 받아 곧바로 능비령에게 건넸다.

"오른손에 차게. 대신 이제부터 자네의 그 도는 내 것이네."

"예?"

능비령은 막능여가 다짜고짜 자신의 손목에 천잔이라 불리우는 검은 묵환을 채워주며 도를 내놓으라고 하자 어리둥절하지 않을 수 없었다.

막능여가 부드럽게 미소했다.

"천잔의 사용법은 팔지 안쪽에 적혀 있네. 그 천잔이 자네의 도에 못지 않은 신병이기임을 보증할 수 있네."

"이게… 병기란 말입니까?"

능비령은 여인의 장신구처럼 아름답기만 한 묵환이 하나의 병기라는 말에 믿을 수 없다는 표정이었다.

중년 미부가 담담한 음성으로 입을 열었다.

"천잔이란 '하늘을 벤다' 라는 뜻이네. 공력을 운용하면 그 안에서 실처럼 가는 사검(絲劍)이 튀어나오는데 천하에 베어지지 않는 것이 없네."

'하늘을 벤다? 이름 한번 살벌하구나.'

능비령은 막능여가 천잔을 달라고 할 때 중년 미부가 잠시 갈등하던 모습을 새삼 떠올렸다. 그녀는 아직도 능비령의 오른손에 채워져 있는 천잔을 바라보고 있었는데 무척이나 아까워하는 눈빛 같았다.

제7장
신분의 비밀(秘密)

1

장원을 떠난 능비령과 막능여는 길을 재촉해 어둡기 전에 오십여 리를 강행군 한 뒤에 노숙할 준비를 했다.

능비령이 지니고 있던 건량도 다 떨어져 사냥을 해서 요기를 때워야 했다. 막능여가 사냥을 하기 위해 숲을 뒤지고 능비령은 모닥불을 피웠다.

"그러므로… 우적! 스스로 죽음을 부른다 해도… 쩝쩝! 자신을 학대하는 것이라고만 할 수 없으며… 우걱우걱! 또한 삶을 희구한다 해서 모두 스스로 어짊을 베푸는 것이라고만 할 수도 없으니… 끄윽……!"

고기가 다 구워지자 막능여는 거침없이 고기를 뜯으며 한편으로는 도덕경을 중얼거리기 시작했다.

'뭐, 도사들은 비린 것을 잘 먹지 않는다더니 확실히 막형은 가짜 도사가 맞는 모양이군.'

능비령은 이미 막능여가 현음소정을 훔쳐 내기 위해 태방시원이라는 도가 일문에 거짓 입문했다는 것을 들어 알고 있었다. 한데 막능여는 길을 걸으면서도 쉬지 않고 도덕경을 떠들어대고 있어 남이 보면 영락없이 도(道)에 심취한 사람 같았다.

어느 정도 시장기를 면한 뒤에 막능여가 능비령을 향해 질문을 던졌다.

"능 소제는 어디로 가는 중인가?"

"하북(河北)의 북당하(北塘河)에 갈 예정입니다."

"하북이라면 꽤 먼 곳인데 그곳이 고향인가?"

능비령이 고개를 저었다.

막능여는 그의 얼굴이 굳어진 것 같자 더 이상 질문을 던지지 않았다. 하나 능비령은 이내 아무렇지도 않다는 표정으로 입을 열었다.

"찾아야 할 사람이 있습니다. 이름도 모르고 그저 그림 그리는 장 노인이라는 것밖에는 모르지만 반드시 찾아야 합니다. 돌아가신 할아버님의 말씀에 의하며 내 부모님에 대해 알고 있는 유일한 사람이니까요."

"그렇다면 능 소제는 부모님에 대해 아무것도 모른다는 말인가?"

"예, 나를 키워준 할아버지는 친할아버지가 아닙니다. 제가 찾으려는 장 노인이라는 분이 맡겼다고 하더군요."

막능여의 눈에 놀란 빛이 떠올랐다. 능비령의 말에 의하면 그는 자신의 출신 내력을 모르고 있었던 것이다. 사람으로 태어나 스스로의 근본을 모른다는 것이 얼마나 고통스러운 일인지 막능여는 충분히 미루어 짐작할 수 있었다.

'그래서 그랬을까? 항상 밝다가도 가끔씩 얼굴에 그늘을 떠올린 이유가 그것이었나?

막능여는 내심 고개를 끄덕였다. 이어 과장된 몸짓을 하며 입을 열었다.

"그럼 함께 가기로 하세. 사실 난 집을 도망쳐 나왔기 때문에 갈 곳이 없네. 뭐 이곳저곳에서 쫓기는 신분이니 서둘러 인적이 없는 곳에 처박혀 황언령을 익혀야 할 입장이지만 그것도 급하진 않네."

능비령이 어이없어하는 표정으로 물끄러미 막능여를 바라보았다.

"출가한 게 아니라 가출을 했다는 겁니까? 그리고 태방시원이라는 문파에서 추적하고 있다는 건 나도 들어서 알고 있지만 이곳저곳이라면 또 다른 곳에서도 막형을 쫓고 있습니까?"

"그렇다네. 이미 말했지만 집에서 도망쳐 나오는 바람에 집에서도 날 찾아다니고 있네."

막능여가 멋쩍어하는 표정으로 뒤통수를 긁으며 말을 이었다.

"우리 집안은 십승관의 십대 세력 중 하나인 건곤철축(乾坤鐵築)이라는 곳인데, 어머니께서 날 같은 십대 세력 중 한 곳의 딸과 억지로 혼인을 시켰네. 이른바 정략결혼이라는 거지."

막능여는 힘든 말을 꺼내듯 땀까지 흘려가며 더듬더듬 말을 이었다.

"한데 내 부인이 된 그 여자가… 그 여자가… 휴우! 관두세. 어찌 그 여자 생각만 해도 몸이 떨리니 말일세."

"설마… 부인이 무서워서 집을 도망쳐 나왔다는 겁니까?"

막능여가 고개를 설레설레 저으며 입을 다물자 능비령은 눈을 휘둥그레 뜨며 질문을 던졌다.

막능여가 더욱더 더듬거리기 시작했다.

"음… 그게 뭐 꼭 그런 건 아니지만… 대충 비슷하네."

"못생긴 데다가 성질마저 무서운 모양이지요?"

"응? 그, 그래, 바로 그렇다네."

"그래도 그렇지, 다 큰 남자가 부인이 무서워 도망을 치다니 나원 참!"

막능여는 입을 다물었다. 능비령이 부인에 대해 은근히 캐물어도 더 이상 말을 하지 않았다.

분위기가 어색해진 데다 날이 이미 어두워져 능비령은 모닥불 옆에 몸을 뉘었다. 하지만 막능여의 일만 생각하면 실없이 웃음이 나오는 것을 참을 수 없었다.

날이 밝아오자 능비령과 막능여는 일직선으로 숲을 벗어나기 시작해 하루 만에 호북성(湖北省) 의도현(宜都縣)으로 들어섰다.

능비령은 의도현에 도착한 뒤에 막능여와 함께 헤맨 산이 형문산(荊門山)이라는 것을 알게 되었다.

의도현에 들어섰을 때는 이미 날이 어두워져 있었다. 능비령은 그동안 계속 노숙을 해온 터라 오랜만에 푹신하고 편안한 침상에서 잠을 자기 위해 서둘러 객잔으로 들어갔다.

각기 하나씩 방 두 개를 잡은 뒤에 막능여가 자신의 방에 들어가는 것을 확인한 능비령은 다시 은밀히 점소이를 불러 또 하나의 방을 잡았다. 바로 흑화고를 위한 방이었다.

밤이 너무 늦은 데다 쉬지도 않고 산을 빠져나오느라 지쳐 능비령은 식사도 하지 않은 채 곧바로 곯아떨어졌다. 정신없이 곯아떨어져 있는데 누군가가 방문을 두드렸다.

"소협, 문 좀 열어주십시오."

간신히 몸을 일으킨 능비령은 문을 두드리며 부르는 사람이 객잔의 점소이라는 걸 알고 의아해하지 않을 수 없었다. 다급하게 부르는 목소리를 들어보니 조금 전 방을 안내해 주었던 점소이의 음성이었던 것이다.

'무슨 일이지?'

능비령은 조금도 의심하지 않고 객방의 문을 열었다.

문 앞에 서 있는 것은 점소이가 아니었다. 이마에 살(殺)이라는 글자가 문신되어 있고, 군청색의 장삼을 걸친 냉막한 인상을 지닌 중년인이었다.

아직 미처 잠에서 덜 깬 능비령의 가슴으로 짧은 비수 하나가 파고들었다.

방심하고 있던 능비령으로서는 이 암습을 피할 수가 없었다. 하지만 능비령은 수많은 전투를 통해 몸으로 체득한 본능으로 순간적으로 왼쪽 팔을 내밀어 가슴을 보호했다. 동시에 그의 오른손이 살수의 턱을 쳤다.

이 순간, 뒤쪽의 창문을 통해 스며든 또 한 명의 살수가 능비령을 향해 검을 쳐냈다.

모든 것은 한순간이었다.

객방의 문을 열기 무섭게 자문정의 살수가 능비령의 가슴을 향해 비수를 뻗어냈고, 거의 동시에 뒤쪽 창문을 통해 또 한 명의 살수가 소리 없이 스며들어 검을 쳐왔다.

하나 두 번째 살수는 미처 능비령의 몸을 베지 못한 채 허공에서 몸이 둘로 갈라지며 피를 뿜어냈다. 두 번째 살수가 바닥으로 무너져 내리자 그 뒤에 흑화고가 모습을 드러냈다.

흑화고는 첫 번째 살수를 바라보았다. 능비령이 반사적으로 뻗어낸 오른손에 적중된 살수는 객방 앞의 통로에 쓰러져 있었는데 놀랍게도 얼굴이 턱을 경계로 깨끗하게 두 조각으로 베어져 있었다.

얼굴이 두 동강이 난 상태로 살아 있을 수 있는 사람은 아무도 없다. 능비령은 단지 두 번째 공격을 저지하기 위해 오른손을 쳐냈을 뿐인데 상대가 얼굴이 갈라져 죽어 있는 것을 보고 어리둥절하지 않을 수 없었다.

흑화고는 아직도 방 안에 있었다. 문 앞에 서 있던 첫 번째 살수와의 중간에는 능비령이 서 있었기 때문에 그녀가 손을 쓸 공간이 전혀 없었다.

"이게 어떻게 된 거지?"

흑화고는 첫 번째 살수가 얼굴이 둘로 베어진 채 죽어 있는 모습을 보며 능비령에게 질문을 던졌다. 능비령은 막 흑화고에게 똑같은 질문을 던지려다가 입을 딱 벌렸다.

"그럼 흑화고가 한 게 아니었단 말이야?"

멍청히 반문을 던지던 능비령은 문득 한 가지 생각을 떠올리고 자신의 손목을 내려다보았다.

'혹시 이것 때문에?'

능비령은 시험 삼아 힘껏 오른손을 휘둘러보았다. 하나 묵환에서는 아무런 변화도 없었다.

'흠, 천잔은 공력을 운용해서 펼치는 것이라 했는데 한 줌의 공력도 없는 내가 어떻게 이걸 펼쳐 낼 수 있었을까? 도무지 알 수 없는 노릇이구나.'

능비령은 첫 번째 살수를 죽인 것이 천잔이라는 것을 짐작할 수 있었다. 하지만 아무리 오른손을 휘둘러도 변화가 없는 것을 보니 뭐가 뭔지 알 수 없게 되어버렸다.

흑화고 역시 첫 번째 살수를 죽인 병기가 능비령의 손목에 채워져 있는 묵환이라고 생각했는지 대뜸 손을 내밀었다.

"그거… 이리 줘봐."

"응?"

능비령은 탐스런 물건을 바라보는 듯 눈을 빛내고 있는 흑화고의 모습이 어쩐지 불안했지만 천잔을 풀러 그녀에게 건네지 않을 수 없었다.

흑화고는 천잔을 오른손에 차고 공력을 주입했다.

순간, 팔찌 전체가 형태가 변하며 위쪽으로는 검은빛의 얇은 철판으로 변해 보호대처럼 손등을 덮었고 손목 아래쪽으로 가느다란 검은빛의 사검(絲劍)이 세 자 길이로 뻗어 나와 손에 쥐어졌다. 손잡이만 일반적인 검의 손잡이와 같을 뿐 검신은 실처럼 가늘었다.

흑화고가 실검을 벽을 향해 휘두르자 두터운 흙으로 쌓아 만든 벽면이 소리도 없이 베어져 버렸다.

흑화고의 눈이 커졌다. 검기(劍氣)를 운용하지 않았음에도 불구하고 사검은 검기를 운용한 것과 같은 위력을 드러내고 있었다.

"이거 내가 가질게."

"뭐야?"

흑화고는 묵환을 풀러 다시 능비령에게 내밀었다.

"지금은 우선 네가 갖고 있어. 내가 다른 병기를 구해줄 때까지만 말이야."

'나원, 다들 내가 뭘 갖고 있는 꼴을 못 보는군. 왜 모두들 내가 갖고 있는 병기만 탐을 내는 거냐구! 하긴 뭐, 여인들이나 차는 장신구

같아 영 께름칙하긴 했지. 한데 그러고 보니 흑화고에게 딱 어울릴 것 같은 물건이로구나.'

능비령은 일단은 천잠을 돌려 받았기 때문에 흑화고의 말에 신경 쓰지 않기로 했다. 기실 그의 신경은 지금 첫 번째 살수의 공격을 막았던 왼쪽 팔에 가 있었다.

치명적인 부상을 피하기 위해 첫 번째 살수의 공격을 팔로 막지 않았던가. 거의 반사적인 행동이었고 이치대로라면 그의 팔은 비수에 꿰뚫려야 정상이었다. 하지만 그의 팔에는 피부가 긁힌 정도의 상처조차 없었다.

"흠, 영류정인가 뭔가 하는 거⋯ 정말 대단한 거였구나."

능비령은 진정 흐뭇하기 이를 데 없었다. 우연히 이계에 들어갔다가 영류정을 얻었고 또 화고라는 영물을 만난 것이었다.

능비령의 왼쪽 팔을 가만히 들여다보던 흑화고도 적지 않게 놀란 눈치였다.

"안 되겠어. 내가 좀 손해이긴 하지만 네놈이 스스로를 보호할 정도의 무공은 지니도록 해야겠어. 앉아봐."

자신의 방으로 돌아가지 않고 무언가를 생각하고 있던 흑화고는 능비령으로 하여금 침상 위에 가부좌를 틀고 앉게 했다.

"잘 들어!"

"듣고 있어."

"이건 내 방까지 알아서 잡아주는 네 마음이 기특해서 가르쳐 주는 것이니까 정신 차려서 들어야 해."

"주인으로서 할 도리를 한 것뿐이야. 그렇긴 해도 은혜를 모르면 안돼."

"뭐야!"

흑화고는 태연히 중얼거리는 능비령을 향해 눈을 부릅떴지만 이내 표정을 풀고 구결을 읊기 시작했다. 한 구절을 읊은 후 능비령에게 외우게 했고 완전히 외운 뒤에야 다음 구절을 가르쳐 주는 식이었다.

반 시진 정도가 흘러 능비령이 모든 구결을 완전히 외운 것을 확인한 후 흑화고는 그의 등 뒤에 정좌하고 앉으며 입을 열었다.

"내가 알려준 건 불문의 운기법이니까 후에 법신검이 체내에 융화되어도 서로 부딪치는 일은 없을 거야."

능비령은 흑화고가 손을 뻗어 자신의 명문혈에 장심을 대자 의아스럽기 이를 데 없었다.

"구결대로 운기를 해봐. 처음이지만 내가 진기를 인도해 줄 테니 어렵지 않을 거야."

흑화고의 손에서 부드러운 기가 능비령의 명문을 따라 흘러 들어왔다. 그 기는 명문에서 곧바로 단전으로 내려가기 시작했다. 아마도 능비령에게 운기의 묘(妙)를 자신의 기를 이용해 가르치려는 듯했다.

이 방법은 속성의 효과를 지닌 것으로써 혼자서 운기에 입문하는 것보다는 확실히 수배나 빨리 내가기공의 운용을 터득할 수 있게 해주는 이득이 있었다.

하나 일단 능비령의 단전으로 기를 흘려낸 뒤 다시 각 대혈을 따라 순서대로 기를 일주천시키려던 흑화고의 계획은 처음부터 어긋나지 않을 수 없었다. 능비령의 단전이 폐쇄되어 있었기 때문이다.

크게 놀란 흑화고는 진기를 회수한 뒤 어이없어하는 표정으로 능비령을 바라보았다.

"넌 누구지?"

"뭐? 난… 나야."

흑화고가 고개를 저었다. 그녀 스스로도 이미 자신의 질문이 뭔가 잘못되었음을 알고 있었다.

"일반적으로 다른 사람의 단전을 폐쇄시키는 건 상승의 내가기공을 익힌 사람이라면 누구나 할 수 있어. 내 말은… 네가 누구이기에 어떤 사람이 너에게 이런 악독한 수법을 펼쳐 놓았느냐는 거야."

"아무리 생각해도 나는 그냥 난데?"

능비령이 중얼거리자 흑화고가 다시 입을 열었다. 처음부터 능비령의 대답을 기대하지 않는 태도였다.

"너의 단전을 폐쇄시켜 놓은 수법이 아주 기이해. 나는 기연을 얻어 육십 년의 공력을 지니게 되었지만 나의 공력으로도 그 금제를 풀어낼 수가 없었어. 법신검이 지금까지 조금도 융화되지 않고 각 경혈에 흐트러져 있는 이유 역시 네 단전이 폐쇄되어 있기 때문이었어."

일반적으로 내공을 쌓기 위해서는 단전에 형성된 진기를 상승의 내가구결에 따라 일주천시킨 뒤에 다시 단전으로 회수하는 일을 반복하며 점차 내공을 증진시켜야 한다. 한데 진기가 단전으로부터 나올 수도 들어갈 수도 없게 단전이 막혀 있다면 내공을 익힐 수 없는 것이다.

물론 근련을 단련시켜 외공이나 초식을 위주로 하는 검법 정도는 익힐 수 있어도 내공을 운기해야 하는 상승무공을 연성하는 일은 불가능했다.

흑화고가 고개를 저었다.

"너의 신분 내력에 어떤 비밀이 있는 모양이군. 하북의 북당하로 가는 이유가 장 노인이라는 사람을 찾아 네 신세 내력을 알아내기 위해서라고 했었지?"

"그래."

"아무래도 네 단전이 폐쇄된 이유를 알아내려면 먼저 너의 신분 내력을 알아내야만 할 것 같아."

능비령은 입을 열지 않았다. 자신의 단전이 폐쇄되어 있다는 사실이 너무도 충격적이었던 것이다.

아침이 되자 능비령은 막능여와 함께 식사를 하기 위해 객청으로 나갔다. 물론 은밀히 점소이를 시켜 흑화고의 방에 음식을 가져다 주게 하는 걸 잊지 않았다.

싸움이 벌어지고 사람이 두 명이나 죽었지만 소동은 벌어지지 않았다.

자문정의 살수들이 능비령을 공격하다가 오히려 죽었지만 워낙에 은밀하게 진행된 데다가 흑화고가 시체들을 흔적없이 처리해 객점 안의 사람들은 아무도 눈치 채지 못했던 것이다.

객청은 한산한 편이었다. 시간이 다소 이른 탓인 듯했다.

잠시 후, 시킨 음식이 나와 시장하던 김에 서둘러 먹으려던 능비령은 의아해하지 않을 수 없었다. 막능여의 태도가 기이했던 것이다.

막능여는 눈앞의 음식을 두고도 먹을 생각도 하지 않은 채 굳어져 있었다. 그의 눈은 객청의 입구에 딱 못 박힌 듯 고정되어 있었는데 무척이나 놀라고 당황해하는 표정이었다.

객청의 입구로 십이, 삼 세가량 되어 보이는 소녀와 대략 이십 대 중반가량 되었을 듯한 여인이 들어서고 있었다.

소녀는 무척이나 청순하면서도 아름답고 귀엽기가 천상옥녀 같았다. 하지만 어딘지 모르게 전신에 위엄이 떠돌고 있었고 그 눈빛 또한 깊은 고요를 간직하고 있었다.

소녀와 함께 들어선 여인은 마치 소녀를 수행하듯 반 걸음 뒤처진 옆에서 걷고 있었는데 조용했으며 온화하고 부드러운 미가 넘쳐 보이고 있었다.

막능여가 당황해하며 꼼짝도 못하고 객청으로 들어서고 있는 소녀와 여인을 바라보고 있는 사이에 소녀와 여인은 이미 그의 앞에 도착했다.

소녀가 입을 열었다. 소녀답지 않은 위엄이 가득한 음성이었다.

"흥! 이 어미를 결국 강호에 나오게 만들었으니 참으로 효자로구나, 네놈은."

"어, 어머니!"

막능여가 소녀의 싸늘한 눈빛에 오금이 저린 듯 쩔쩔매는 표정으로 더듬거렸다.

능비령의 눈이 커졌다. 놀랍게도 커다란 체구를 지닌 막능여는 체구도 자신의 반밖에 안 되고 나이도 훨씬 어린 소녀를 어머니라 칭하고 있었다.

"상공……!"

막능여가 소녀 앞에서 진땀을 흘리며 쩔쩔매자 반 걸음 뒤에 서 있던 여인이 안타까운 듯 막능여를 불렀다. 막능여는 두터운 손으로 이마의 땀을 훔쳐 내며 여인을 바라보았다.

"아… 부인, 당신도 왔구려."

막능여가 이러지도 저러지도 못한 채 마치 도망칠 방향을 찾는 듯 눈을 이리저리 굴리자 소녀가 혀를 찼다.

"쯧쯧쯧, 못난 놈! 당장 일어나거라. 집으로 가자."

"하, 하지만……."

막능여가 울상이 된 채 머뭇거렸다.

소녀의 태도가 더욱 싸늘해졌다.

"이젠 감히 이 어미의 말조차 무시할 셈이냐!"

"그, 그건 아니고……."

"그리고 도대체 무슨 짓을 하고 다니기에 방문좌도의 집단인 태방시원 놈들이 널 찾아다니는 것이냐?"

"그, 그건 별일 아니니 어머님께서 심려하실 일이 아니고……."

막능여와 소녀의 대화를 듣고 있던 능비령은 그야말로 정신이 다 없었다. 아무리 봐도 십이, 삼 세가량 되어 보이는 소녀가 한 사내의 어머니라는 사실을 믿기 어려웠다.

'무공의 경지가 드높아지면 어느 날 갑자기 노인이 어린아이의 모습으로 돌아가는 반노환동(反老還童)의 경지로 된다더니 과연 막형의 모친은 그렇게 된 거란 말인가? 게다가 못생기고 성질이 더럽다던 부인은 내가 보기에 온화하고 아름답게만 느껴지니 도대체 무슨 일인지 모르겠구나.'

막능여는 결국 모친의 말을 거역할 수 없다는 듯 고개를 푹 숙인 채 몸을 일으켰다. 그가 체념한 듯 고개를 숙이고 힘없이 걸어나오자 소녀는 몸을 돌려 앞장서 걸어갔다.

순간 막능여가 번쩍 고개를 쳐들었다. 동시에 그의 신형이 허리도 굽히지 않은 상태로 뒤로 미끄러졌다.

꽝!

객청의 벽면이 그대로 부서지며 어느 사이에 막능여의 신형이 사라져 버리고 없었다.

"상공!"

"십삼점! 네 이놈!"

여인과 소녀는 크게 놀라 막능여가 사라진 방향으로 몸을 날렸다. 그들은 각기 다른 방향으로 막능여를 쫓아 뛰쳐나갔는데 막능여처럼 객청의 벽을 부수고 사라져 벽에는 커다란 구멍 두 개가 생겨나 있었다.

"내가 올 때까지 멀리 가지 말고 기다리게."

여인과 소녀의 모습이 사라지는 순간 멀리서 한줄기 전음이 능비령의 귀로 파고들었다.

2

막능여가 돌아올 때까지 기다려 달라고 했기 때문에 능비령은 길을 떠날 수가 없었다. 하지만 여행에 필요한 물품과 건량들을 구입하며 객점에서 3일이나 기다려도 막능여는 끝내 돌아오지 않았다.

'아마 결국은 붙잡혀서 집으로 끌려간 모양이구나.'

나흘째가 되는 날, 능비령은 어쩔 수 없이 객점을 나와 산으로 들어가지 않고 관도를 따라 걸어가기 시작했다.

목적지인 북당하로 가려면 배를 타거나 말을 구하는 것이 빨랐지만 혹시 막능여가 되돌아와 따라올지도 모른다는 생각에 다소 시간이 걸리더라도 관도를 따라 천천히 여행하기로 결정한 것이다.

의도현을 벗어나 오전 내내 관도를 따라 걸어가자 길은 좌우로 숲이 우거진 언덕으로 이어져 있었는데 오가는 사람이 거의 없었다.

관도에 사람이 보이지 않자 흑화고는 다시 모습을 드러내 능비령과 나란히 걷기 시작했다. 어디에 몸을 감추고 있었는지는 몰라도 화고 역시 모습을 드러낸 채 능비령의 앞장을 서서 걷기도 하고 바싹 옆에 따라붙기도 했다.

"자문정 말이야……."

"자문정?"

말없이 걸음을 옮기던 흑화고가 불쑥 입을 열었다. 싸늘하게 굳어져 있는 얼굴이었다.

"이런 식으로 계속 위협당할 수는 없어. 언제고 빠른 시일 내에 자문정을 한번 찾아가야 되지 않을까? 네가 원한다면 자문정 정도의 살수들은 나 혼자서 몽땅 죽일 수 있어."

능비령이 고개를 저었다.

흑화고의 말처럼 자문정이 계속 자신을 노린다면 무척이나 성가시고 위험한 일이지만 그렇다고 쫓아가서 죽여야 할 것까지는 없을 것 같았다. 게다가 자문정이라는 살수 단체가 어디에 있는지도 모르는 상황인 것이다.

'누가 날 죽여달라고 청부했을까? 이유가 뭘까?'

흑화고가 자문정에 대해 입을 열자 능비령은 생각에 잠기지 않을 수 없었다. 하나 아무리 생각해 봐도 누가 무엇 때문에 자신을 죽여달라고 자문정에 청부했는지 알 수가 없었다.

"까악! 꺅!"

돌연, 관도 좌측의 숲 안쪽에서 소녀의 비명 소리가 터져 나왔다. 절박하기 이를 데 없는 비명 소리였다.

능비령은 황급히 비명 소리가 들려오는 곳을 향해 뛰어갔다. 관도를 벗어나 오십여 장 정도 들어가자 숲 속에 한 소녀가 주저앉아 있었다.

무릎 위를 간신히 가리는 짧은 단삼에 댕기 머리를 한 청순하기 이를 데 없는 소녀, 바로 자문정의 말괄량이 살수 여교였다. 여교는 바닥에 털썩 주저앉아 있었는데 능비령이 도착한 순간 독사 한 마리가 그녀로부터 멀어져 가고 있었다.

'뱀에 물렸구나.'

능비령은 멀어져 가는 뱀을 보니 이내 전후의 상황을 판단할 수 있었다.

쉬익!

화고가 뱀을 보더니 몸을 번뜩였다. 뱀과의 거리는 십여 장이 넘었는데 어느새 뱀을 덮쳐 머리부터 뜯어먹고 있었다.

'저놈… 뱀도 잡아먹을 줄 아는구나.'

능비령은 화고가 순식간에 독사 한 마리를 먹어 치우는 것을 보고 내심 놀라지 않을 수 없었다. 하지만 감탄하고만 있을 형편이 아니었다.

능비령은 주저앉아 있는 여교의 발치에 쪼그리고 앉아 독사에 물린 상처를 살펴보았다. 발목에서 한 치 위에 뱀에 물린 자국이 있었다.

맹독을 지닌 뱀이 확실했다. 어느새 물린 부위가 검게 변색되어 있었던 것이다.

"우선 독을 빨아내야 하니 가만히 있거라."

능비령은 소도를 꺼내 상처 부위를 찢은 후 거침없이 입을 가져갔다. 아무리 어려 보인다고 해도 상대는 여자였다. 독을 빨아내기 위해서라지만 여자의 맨살에 입을 대는 것은 예의가 아니었다. 하지만 지금은 그건 걸 따질 때가 아니었던 것이다.

여교는 몇 차례나 입으로 독을 빨아내 지면에 뱉는 행동을 반복하고

있는 능비령을 의미심장하게 바라보았다. 그녀의 눈 깊은 곳에는 당황
해하는 빛보다는 기이한 빛만이 번뜩였다.

"그 자리에서 기다리고 있거라. 난 약초를 찾아오겠다."

잠시 후 어느 정도 독기를 빨아낸 능비령은 주위의 숲을 뒤지기 시
작했다. 여교가 주저앉아 있는 곳을 중심으로 둥글게 원을 그리며 무
언가를 찾는 능비령을 보며 흑화고가 몸을 드러내 질문을 던졌다.

"뭘 찾는 거지?"

"독사가 나타난 곳 주위에는 반드시 그 독사의 독을 해독할 수 있는
약초가 있는 법이야."

능비령은 대수롭지 않게 대꾸한 후 계속 숲 속을 뒤졌다. 독을 대충
빨아내기는 했지만 혈관 속으로 스며든 독을 완전히 해독하려면 약초
를 찾아내야 했다.

'독사가 나타난 곳 주위에는 반드시 그 독사의 독을 해독할 수 있는
약초가 있다고? 결과가 있는 곳에 원인이 있다는 불가의 선문답 같은
말이군.'

흑화고는 제자리에 우뚝 서서 생각에 잠기기 시작했다. 능비령의 말
을 듣는 순간 한 가지 영감이 그녀의 뇌리에 번뜩였던 것이다.

"바보같이! 내가 왜 그 생각을 못했지?"

잠시 생각에 잠겨 있던 흑화고가 번쩍 고개를 쳐들며 소리치듯 입을
열었다. 능비령은 결국 약초를 찾아 캐내면서 고개를 돌려 바라보았
다.

"무슨 뜻이지?"

"정극풍천! 그곳에 가면 내 몸에 심어져 있는 귀속박주(歸屬搏呪)를
풀 단서를 찾을 수 있을 거야. 독사가 나타난 곳에는 반드시 그 독사의

독을 풀어낼 약초가 있다는 너의 말처럼 내 몸에 심어놓은 귀속박주를 푸는 방법은 바로 정극풍천에 있었던 거야."

"아, 그럴지도 모르겠군. 아니, 확실히 그곳 어딘가에 흑화고를 내게 귀속시켜 버린 밀법에 대한 단서가 있을 거야."

능비령은 마치 자신의 일인 양 반가워했다.

"정극풍천으로 돌아가야 해."

흑화고가 입을 열었다. 다급해하는 태도였다. 능비령이 혹시나 하는 눈빛으로 입을 열었다.

"설마 날더러 함께 가자는 건 아니겠지? 난 그곳으로 돌아가고 싶은 생각이 조금도 없으니까 만약 가려면 너 혼자서 가."

"안 돼! 자기 몸 하나 제대로 지키지도 못하는 널 내버려 두고 나 혼자 갈 수는 없어. 네가 죽어버리면 억울하게 나까지 죽게 된단 말이다."

"하지만 지금까지 고생하며 여기까지 왔는데 다시 그곳으로 돌아간다는 건 말도 안 되는……."

능비령은 당황하지 않을 수 없었다. 흑화고의 태도가 너무 강경해 그녀의 마음을 돌릴 수 없을 것 같았다. 과연 그녀는 단호한 태도였다.

"너 역시 법신검의 진체를 융화시켜야 하니 돌아가서 그 안에서 법신검을 운용할 수 있는 법문을 찾아봐. 그 일은 너에게도 큰 이득이야. 폐쇄된 단전을 회복할 수 있을 테니까."

"폐쇄된 단전을 회복시킬 수 있다고?"

능비령이 반신반의하는 표정으로 흑화고를 바라보았다. 흑화고가 차분히 설명하기 시작했다.

"강물은 바다를 범람시킬 수가 없어. 그와 같은 이치로 더 큰 힘은 작은 힘을 능히 억누를 수 있는 법이야. 네 단전을 폐쇄시킨 사람의 공력이 법신검의 힘을 능가할 수는 없을 테니 법신검을 융화시킬 수 있게 되면 폐쇄된 단전도 회복될 게 분명해."

'으음, 과연 그렇게 될까?

능비령의 심사는 복잡했다. 흑화고는 귀속박주가 풀리면 법신검을 빼앗기 위해 능비령을 죽이려 들 게 분명했다. 게다가 능비령 또한 법신검과 융화되면 흑화고를 죽여야 할지도 모른다.

물론 지금의 능비령은 절대로 흑화고를 죽일 생각이 없지만 법신검을 둘러싸고 벌어지는 일들이 워낙에 기이해 어쩌면 자신의 의지와는 달리 그녀를 죽여야만 할지도 모르는 것이다.

능비령은 그런 생각을 하며 여교에게 돌아왔다. 모습을 드러냈던 흑화고는 다시 허공에 몸을 감추었다.

능비령은 약초를 입으로 씹어 침으로 갠 뒤에 마른 헝겊으로 여교의 상처를 감쌌다.

여교는 능비령이 입으로 약초를 씹고 침으로 갠 뒤에 상처에 붙이는 걸 보면서도 더럽다는 생각은 하지 않았다. 오히려 그녀는 자신을 위해 독을 빨아내고 약초를 구해온 능비령에게 어느 정도 감동하고 있던 중이었다.

능비령의 치료가 신속했던 탓인지 여교는 독사에 물리고도 이내 걸음을 옮길 수 있었다. 중독된 현상도 보이지 않았다.

관도가 있는 방향으로 걸어가고 있는 능비령을 뒤따라오던 여교가 능비령의 좌측 허공을 향해 불쑥 입을 열었다. 머뭇거리다가 간신히 입을 여는 듯한 수줍어하는 태도였다.

"저어, 언니는 왜 모습을 감추는 건가요?"

놀란 것은 흑화고만이 아니었다. 능비령 역시 크게 놀라 걸음을 멈춘 채 여교를 멍청히 바라보았다.

"날 감지할 수 있느냐? 놀랍군, 그 나이에 그 정도의 밀법을 익힐 수 있었다니."

흑화고가 공령을 풀어 모습을 드러내며 여교를 새삼스러운 눈으로 바라보았다. 여교가 수줍은 듯 얼굴을 붉히며 더듬거렸다.

"사실 전 그 정도로 수행이 깊지는 못해요. 아마 같은 류의 밀법이라 쉽게 언니의 존재를 알아낸 것 같아요."

"설마 너의 사문이 흑천밀(黑千密)이란 말이냐?"

"예, 언니는 역시 저와 같은 사문이었군요."

여교는 무척이나 반갑다는 듯 환한 표정으로 빤히 흑화고를 바라보았다.

흑화고가 고개를 저었다.

"아니다. 난 흑천밀의 사람이 아니다."

여교가 멍청해졌다. 그녀는 믿을 수 없다는 듯 고개를 저었다.

"저, 저는 믿을 수가 없어요. 저는 아직 수행이 깊지 못해 언니처럼 공령을 펼칠 수는 없지만 언니가 펼친 수법은 분명히 종문의 어른들이 펼치던 것으로써……."

여교는 고개를 저으며 웅얼거리다가 돌연 무슨 생각을 떠올렸는지 몸을 떨기 시작했다. 그녀의 눈에는 공포가 가득했는데 절대로 꾸민 태도가 아니었다.

"설마… 비요둔(秘妖屯)의……? 아냐! 그럴 리가 없어. 비요둔은 대대로 단 한 사람에게만 계승되는 문파로써 전대의 문주인 흑화고라는 분이 후대를 남기지 못하고 실종되어 절맥되었다고 들었는데……."

"흑천밀과 비요둔은 같은 나무에서 뻗어 나간 뿌리라고 할 수 있다. 때문에 전해져 오는 밀법들이 비슷한 게 많지. 그리고 비요둔은 절맥되지 않았단다."

흑화고의 표정이 부드러워졌다.

여교는 눈앞의 여자가 흑화고라는 것을 알 수 있었다. 그녀는 황급히 무릎을 꿇고 절을 올리며 떨리는 음성으로 입을 열었다.

"제자 여교가 사숙조님을 대합니다."

"흑천밀과 비요둔이 비록 근원이 같다고는 해도 이제는 전혀 다른 종문으로 갈라졌다. 넌 나를 사숙조라고 불러선 안 된다. 그리고 무서워할 필요 없다. 내 눈에 거슬리지만 않는다면 죽이지는 않을 것이다."

"예, 예, 감사합니다."

흑화고가 손을 뻗어 여교를 일으켰다. 그 위엄이 보통이 아니었다.

능비령이 고개를 저었다.

'팔십 년 전의 사람일지라도 그 기간 동안 가사 상태였으니 실제 나이는 눈에 보이는 모습 그대로일 것이다. 한데 저 여자를 알아보는 사람들마다 모두들 공포에 떨고 있으니 실로 위세가 대단하구나.'

간신히 몸을 일으킨 여교는 눈에 띄게 풀이 죽은 기색이었다. 흑화고는 빙그레 웃으며 질문을 던졌다.

"한데 무엇 때문에 뱀에 물리는 연극을 했지?"

"예. 그게… 사실은… 저어… 난 원래 어제부터 저 오빠를 미행하며 자연스럽게 접근할 방법을 찾고 있던 중이었어요. 한데 그만 뱀을 만나게 되었고… 나도 모르게 소리를 지르게 되었어요. 원래 뱀을 무서워하거든요."

여교는 민망스럽다는 듯 배시시 웃어 보인 후 말을 이었다.

"뱀을 만나 소리를 지르면서 속으로 생각했어요. 잘됐구나 하고요. 생각지도 않은 뱀을 만나 놀라기는 했지만 내 비명 소리를 듣고 저 오빠가 달려와 주면 아주 자연스럽게 서로 아는 사이가 될 것 같았거든요. 정말이지 뱀이 물어버리기까지 할 줄은 몰랐어요."

흑화고의 질문에 여교는 능비령이 듣고 있는 것을 알면서도 어쩔 수 없이 입을 열지 않을 수 없었다. 감히 흑화고 앞에서 거짓말을 할 수 없었던 것이다.

"나에게 자연스럽게 접근할 방법을 찾고 있었다니?"

능비령은 의아함을 금할 수 없었다. 그로서는 여교가 누군지 몰라 그녀의 말을 이해할 수가 없었다.

여교의 말이 이어졌다.

"저어, 아까 하는 이야기 다 들었는데… 자문정이라면 찾아갈 필요가 없어요. 제가 바로 자문정에서 왔거든요."

"너의 본가가 자문정이었느냐?"

"예."

"뭐야? 그럼 너도 살수란 말이냐?"

흑화고는 전혀 놀란 표정이 아니었다. 능비령은 크게 놀라며 경계심을 갖지 않을 수 없었지만 흑화고의 태연한 태도를 보고 이내 경계심을 풀었다.

여교가 능비령을 향해 배시시 웃으며 입을 열었다. 귀엽기 이를 데 없는 태도였다.

"청부는 취소되었어요. 이제 더 이상 자문정에서 오빠를 추적하는 일은 없을 거예요. 난 형제들에게 그 명령을 전해주러 뒤쫓아왔는데 늦고 말았던 거예요."

능비령이 고개를 갸웃했다.

"포기한 건가?"

"청부 자체가 없어진 거예요. 우리에게 청부를 맡겼던 첫 번째 중개인이 죽었으니 저절로 청부자가 없어진 셈이지요."

"청부가 취소되었다면 무엇 때문에 내게 접근하려고 했느냐?"

능비령이 아직도 완전히 의심을 풀지 않은 눈빛으로 질문하자 여교가 한숨을 내쉬었다. 그녀는 마치 죄를 지은 것처럼 얼굴을 붉히고 고개를 떨군 채 나지막한 음성으로 입을 열었다.

"나, 나를… 경계하지 않아도 돼요. 오빠가 내 형제들을 죽인 사람이지만 원한은 없어요. 살수로서의 운명이 그러하니까요. 내가 일부러 접근한 이유는 단지 궁금했기 때문이에요. 정화군에 속해 있던 일개 용병이 어떻게 우리 형제들의 손에서 살아남은 것인지, 그리고 왜 황궁 쪽의 인물들이 노리고 있는지 말이에요."

"황궁? 날 죽이라고 청부를 한 사람이 황궁에서 나온 사람이란 말이냐?"

여교는 능비령에 대한 청부가 보기 드물게 두 명의 중개자를 거쳐 맡겨졌다는 사실과 첫 번째 중개자였던 전곽이 죽고 그녀 자신도 죽을 뻔한 이야기를 모두 들려주었다.

"황궁 쪽의 누군가가 무엇 때문에 오빠를 죽이려 하는지는 몰라도 오빠가 우리 형제들에게 죽지 않은 이유는 이제 알았어요."

여교가 흑화고를 슬쩍 바라보며 말을 끝맺었다. 아마도 흑화고가 허공에 몸을 숨긴 채 능비령을 도왔기 때문에 자문정의 형제들이 실패했다고 확신하고 있는 것 같았다.

흑화고는 그간의 자세한 사정을 여교에게 군이 이야기해 줄 필요를 느끼지 않아 그녀의 말에 반박하지 않은 채 능비령을 바라보았다.

"정화였군. 그가 아니면 그의 측근에 있는 누군가가 청부한 거야. 그들은 법신검을 찾기 위해 정극풍천을 공격했지만 아무 소득도 없었지. 혹시 하는 생각에서 너를 시험해 본 게 분명해."

일행은 다시 관도가 있는 방향으로 숲을 빠져나가기 시작했다. 여교는 난생처음 보는 괴상한 동물이 능비령을 따라오자 귀엽다는 듯 화고를 어르며 걸음을 옮기고 있었는데, 영락없이 강아지와 장난치는 어린아이 같았다. 화고도 여교가 싫지 않은 듯 그녀의 팔을 타고 기어 올라가 양쪽 어깨 위를 오가고 있었다.

"꺄악! 오빠, 애 나 줘요. 너무 귀여워요!"

여교는 화고를 두 손으로 잡아 얼굴에 부비며 능비령에게 애원했다.

"그놈은 내 물건이 아니라 그냥 친구일 뿐이야. 너에게 가고 안 가는 건 그놈 맘이라구."

능비령이 고개를 저으며 말하는 순간 화고는 여교의 손을 빠져나와 쪼르르 팔을 타고 어깨로 오르더니 허공을 박차고 능비령의 어깨로 옮겨왔다. 그리고는 여교가 아무리 불러도 다시는 그녀에게 가지 않았다.

"너, 너! 내가 그렇게 귀여워했는데……."

여교가 울상이 되어 화고를 노려보았다. 여교의 이런 모습에 능비령은 빙긋이 미소 지었고 흑화고는 혀를 찼다.

흑화고가 능비령을 향해 입을 열었다. 잔뜩 굳어진 표정이었다.

"아무래도 골치 아프게 되었어."

"자문정이 날 죽이는 데 실패하는 바람에 자문정에 청부를 맡겼던 인물이 본격적으로 나설 것이라는 뜻이야?"

"그래. 어쩌면 황실의 인물일지도 모르지. 법신검을 찾기 위해 정화를 움직여 정극풍천을 공격하게 만든 인물이야. 그 힘이 어디까지인지는 가늠할 수가 없어."

미지의 거대한 힘이 자신을 조여오는 듯한 불안한 마음이 들어 능비령은 무어라 입을 열 수가 없었다.

제8장

말썽꾸러기 소녀

1

숲을 빠져나와 관도에 이르자 흑화고는 곧바로 정극풍천으로 돌아가자고 고집하기 시작했다. 이미 각오하고 있던 능비령은 부드러운 음성으로 자신의 계획을 말했다.

"여기서 하북의 북당하까지는 이제 보름만 더 가면 돼. 이제 거의 코앞까지 왔는데 돌아가는 건 너무 억울하다구. 흑화고도 그랬잖아. 내 단전이 폐쇄되어 있는 이유를 알려면 먼저 내 신세 내력을 알아내야 한다고."

기실 정극풍천까지 돌아갔다가 다시 하북의 북당하까지 되돌아오려면 얼마나 시일이 걸릴지 예상도 할 수 없었다. 능비령의 음성이 부드럽긴 했지만 그 속에는 꺾이지 않을 고집이 담겨져 있었다.

"좋아! 그 대신 한 가지만 약속 해."

"무슨 약속을 하라는 거지?"

"정확히 열흘의 기한을 주겠어. 북당하에 도착해서 열흘 동안 찾아봐서 그때까지도 찾는 사람을 못 찾으면 정극풍천으로 돌아가야 해."

"그거야……."

능비령은 내심 한숨을 내쉬었다. 열흘 안에 사람을 찾을 수 있을지 장담할 수는 없지만 거기까지 양보한 흑화고에게 더 이상 고집을 부릴 수 없었던 것이다.

"저어… 저도 함께 가면 안 될까요? 실은 이제 임무는 끝났지만 아직 자문정으로 돌아가고 싶지가 않아요. 난 처음으로 강호에 나왔거든요."

여교가 한 옆에서 흑화고의 눈치를 보며 입을 열었다. 능비령이 문득 기이한 생각이 들었다는 듯 걸음을 멈추고 빤히 여교를 바라보았다.

"너 혹시… 청부가 취소되었다고 한 말 거짓은 아니겠지?"

여교의 얼굴이 붉어졌다. 그녀는 화가 난 듯 눈을 실처럼 가늘게 뜬 채 능비령을 노려보았다.

"뭐야! 사내자식이 의심은 많아 가지고! 언니가 옆에 있는 한 내 실력으론 어차피 널 죽이고 싶어도 못 죽여! 난 그냥 수행도 할 겸 여기저기 여행을 해보고 싶은 것뿐이야! 그러니 겁먹을 거 하나도 없어. 내 말 알아들었어, 짜샤?"

능비령의 눈이 튀어나올 만큼 커졌다. 그는 아연해져 멍청히 여교를 바라보았다.

가늘게 뜨여진 눈과 낮게 깔린 음성. 아직 화가 폭발하지 않아서 그렇지 만약 화가 폭발하면 물불 안 가릴 것 같은 불길한 예감이 들게 만드는 그런 태도였다.

"그, 그러니까… 진짜로 그냥… 여행을 해보고 싶다는 거니?"

능비령은 자신도 모르게 더듬거렸다. 자신이 왜 위축되어 말을 더듬어야 하는지 이유를 알 수 없었다.

순간, 스스로 깜짝 놀란 표정이 되더니 두 손으로 얼굴을 가린 여교가 고개를 숙인 채 기어 들어가는 음성으로 입을 열었다.

"어멋! 내가 무슨 짓을… 난 몰라……!"

여교는 수줍고 민망해 차마 눈도 마주치지 못하겠다는 태도로 간신히 들릴락 말락 한 음성으로 능비령을 원망했다.

"몰라요, 몰라! 다 오빠 때문이에요. 오빠가 날 뚜껑 열리게… 아니, 그게 아니라 날 화나게 만드니까 나도 모르게……."

"끄응! 알았다, 알았어. 함께 다니는 건 좋은데 앞으로는 거 무슨 뚜껑인지 몰라도 제발 뚜껑만 열리지 말아다오."

능비령은 더 이상 상대하고 싶지 않다는 듯 성큼성큼 걸음을 옮겨갔다. 여교는 얼굴을 가렸던 두 손을 살짝 치우며 능비령의 등을 향해 혀를 쏙 내밀었다.

'저 아이는 아직 나이 어린 조그만 계집아이인데 별안간 화를 낼 때는 나도 모르게 당황하게 되고 또 우는 척하니까 오히려 내가 사과를 하게 되는구나.'

한 발 앞서서 걸어가며 능비령은 내심 혀를 내둘렀다. 불현듯 부인이 무서워 도망쳤다는 막능여의 말이 이해될 것 같은 기분이 들었다.

능비령 일행이 오대고도(五大古都) 중 하나인 낙양(洛陽)에 도착한 것은 호북성의 의도현을 출발한 지 칠 주야 만이었다.

흑화고는 기이하게도 여교가 합류한 뒤부터 사람들 앞에서도 모습을 감추지 않았다. 화고 또한 흑화고가 모습을 감추지 않는 것을 보고는 따라하는 듯 숨어 다니지 않고 능비령의 소매 속에 들어와 함께 다녔다.

능비령은 시일을 단축하기 위해 낙양성 안으로 들어가지 않고 외곽으로 통과하려 했지만 여교와 흑화고가 고집을 부려 성내로 들어가지 않을 수 없었다. 어차피 그동안 쉬지 않고 강행군을 한 탓에 능비령도 지칠 대로 지쳐 있어 하루나 이틀 정도 휴식을 취해야 할 형편이기도 했다.

능비령은 낙양성 내에 들어서자 먼저 객점을 찾아 방을 잡아놓은 뒤 구경을 하고 저녁을 먹을 예정으로 객점을 나섰다.

대도 낙양에 들어서자 가장 신난 사람은 과연 여교였다. 그녀는 보는 것마다 모두 신기한 듯 지친 기색도 없이 사방을 두리번거렸다.

능비령은 하루나 이틀 정도 휴식을 취하며 구경을 하기로 마음먹었기 때문에 먼저 용문(龍門)으로 가서 석굴(石窟)을 구경한 뒤에 다시 백마사(白馬)사로 갔다.

그동안 내내 여교는 신이 나서 잠시도 입을 다물지 않았다.

능비령도 기분이 좋았다. 쉬지 않고 종알거리는 여교가 마치 여동생 같은 기분이 들었다. 흑화고는 조용히 따라다녔는데 그녀 역시 마음이 들뜬 듯 상기된 얼굴로 간혹 가다 능비령을 향해 다정한 미소까지 보여줄 정도였다.

백마사에 들러 향화를 올리고 다시 백거이의 묘가 모셔져 있는 백원(白園)까지 들러본 뒤에 주루와 기루들이 늘어서 있는 중앙로로 돌아오던 능비령은 한 사람이 자신들을 따라오고 있는 것을 알게 되었다.

소매 끝에 두 줄기의 금색 띠가 둘러쳐진 흑금의(黑錦依)를 걸치고, 손에는 한 마리 용의 그림이 수놓여져 있는 부채를 들고 있는 이십 대 중반의 청년이었다.

피부 아래 거친 힘을 감추고 있는 듯한 느낌이라고나 할까? 오랜 세월 동안 무공으로 단련시킨 몸매였다. 얼굴은 준미한 편이었지만 웃고 있는 눈이 어딘가 경박한 느낌을 준다.

좌우에는 범상치 않은 기도를 지닌 두 명의 중년인이 수행하고 있어 그의 신분이 평범하지 않음을 드러내고 있었다.

능비령은 흑의공자가 이미 백마사의 제운탑(齊雲塔)에서부터 뒤를 따라오고 있다는 것을 알고 있었다. 처음에는 같은 방향이겠거니 했지만 백원을 거쳐 중앙로까지 따라오자 그가 자신들을 따라오고 있다는 확신을 갖지 않을 수 없었다.

과연 흑의공자는 능비령 일행이 주루에 들어가자 뒤를 따라 들어왔다. 능비령이 보니 그는 구석진 자리에 앉기는 했지만 음식과 술에는 관심이 없는 듯했다.

"저어… 언니도 알고 있겠지요?"

흑의공자에 대해 먼저 입을 연 것은 여교였다. 그녀는 흑화고를 빤히 보며 말을 이었다. 웃음을 참고 있는 듯한 표정이었다.

"저 앞쪽 구석에 앉아 있는 사람은 아마 언니를 따라오는 것 같아요."

"그래?"

흑화고는 대수롭지 않다는 태도였다. 그녀 역시 흑의공자가 일행을 따라오고 있는 것을 이미 알고 있었던 것 같았다.

여교의 말을 듣고 생각난 것이 있어 능비령은 다시 한 번 흑의공자를 바라보았다. 과연 그는 계속 흑화고만을 바라보고 있었는데 그 눈빛에 노골적인 열정이 담겨 있었다.

"아하! 그랬던 것이구나."

"왜 웃어?"

능비령이 빙글빙글 웃으며 중얼거리자 흑화고가 사나운 눈매로 쏘아보았다.

"그냥 한 가지 생각이 났을 뿐이야."

"뭐가?"

"난 단지 자신이 쫓아다니고 있는 여자가 자기 할머니보다 나이가 많은 여자라는 걸 알고 나서도 저렇게 쫓아다닐지 궁금해졌을 뿐이야."

능비령이 짐짓 흑의공자가 한심하다는 표정으로 어깨를 으쓱해 보이자 흑화고가 미소를 머금었다.

"그렇지 않아. 전에도 말했지만 난 지난 팔십 년 동안 가사 상태였어. 실제의 내 나이는 보는 그대로야."

흑화고는 한술 더 떠 그때까지도 뚫어져라 자신을 바라보고 있는 흑의공자를 향해 슬쩍 얼굴을 돌렸다. 그녀는 우연히 그쪽으로 눈이 간 것처럼 흑의공자를 빤히 바라보다가 다시 능비령을 향해 짐짓 정색을 했다.

"생긴 것도 저만하면 준수한 편이고, 아름다운 여자를 보고 호감을 표현하는 솔직한 성품도 괜찮은 것 같고, 무공이 제법 높은 수하들을 거느리고 다니는 걸 보니 집안도 꽤 괜찮을 것 같아."

'뭐야! 한심하게 여자 뒤나 쫓아다니는 저런 놈이 괜찮다니?'

능비령은 흑화고가 화를 벌컥 낼 줄 알았다가 오히려 웃으며 말하자 자신도 모르게 당황하지 않을 수 없었다.

흑화고가 빙글빙글 웃으며 능비령을 빤히 바라보았다.

"한데 질투하는 거야?"

"어? 그, 그럴 리가……!"

능비령은 깜짝 놀라 자신도 모르게 더듬거렸다. 그러다가 자신이 흑화고에게 말려들었음을 깨닫고 얼굴을 붉혔다.

흑화고는 재미있다는 듯 빙글빙글 웃으며 점소이를 불러 술을 시켰다. 하지만 원래 술에는 관심이 없다는 듯 한 모금도 마시지 않았다. 능비령이 보기에 괜히 시간을 끌기 위해 술을 시킨 게 분명했다.

신이 난 건 여교였다. 흑화고가 시켜놓은 술을 혼자서 독차지한 것이다. 처음에는 한 잔을 놓고 입술만 축이며 음미하듯 홀짝홀짝 마시더니 나중에는 한 모금이 한 잔이 되었다.

"여기 한 병 더!"

여교가 거침없이 두 병째 술을 시키자 능비령은 은근히 불안해지기 시작했다.

'조그만 게 술이 엄청 세구나. 한두 번 마셔본 솜씨가 아니야.'

여교는 아직 얼굴색 하나 변하지 않은 상태였고 취기 또한 전혀 없었지만 계속 마셔대다간 아무래도 사고를 칠 것 같았다.

처음 한 병이 빈 속도에 비하면 두 번째 술병이 없어진 속도는 가히 번개라 할 수 있을 정도였다. 여교는 능비령에게 물어보지도 않고 또다시 술을 시키더니 발그레해진 얼굴로 그를 똑바로 바라보았다.

"저어… 교아는요, 능 오빠가… 좋아졌어요."

"교아가 누구지?"

능비령은 드디어 여교의 술 주정이 시작되는가 싶어 가슴이 철렁 내려앉았다. 그는 짐짓 태연을 가장하며 질문을 던졌다.

"바보! 내가 교아란 말이에요, 여교!"

여교는 기분 좋게 웃으며 눈을 흘겼다.

능비령은 위기감을 느끼지 않을 수 없었다. 여기서 대응을 잘못하면 본격적인 주정이 시작된다는 건 이미 잘 알고 있었다. 용병들과 생활하면서 한두 번 겪은 일이 아니었던 것이다.

능비령은 부드럽게 여교를 바라보며 짐짓 근엄한 말투로 입을 열었다.

"나도 네가 좋아. 항상 너 같은 동생이 있었으면 했어."

"정말이에요?"

여교는 뛸 듯이 기뻐했다. 주위에 사람만 없으면 당장이라도 품속으로 뛰어들 듯한 기세였다. 그러다가 문득 고개를 갸웃거렸다.

"나 가은 도생? 어? 그땨 거는 시은데……."

여교는 이내 풀이 죽어 고개를 숙인 채 혼자 중얼거렸는데 이미 혀가 꼬부라져 발음이 정확하지 않았다. 능비령이 부드러우면서도 단호하게 둘 사이에 선을 그어놓는 바람에 더 이상 진전시킬 수가 없는 게 불만인 표정이었다.

이때 주루의 입구로 한 명의 대한이 황급히 들어와 주위를 둘러보더니 그때까지도 계속 흑화고만을 노골적으로 바라보고 있는 흑의공자에게 다가들었다.

대한은 흑의공자 앞에 이르자 목례를 하며 예를 취한 후 고개를 숙여 무어라 속삭였는데 그 표정이 다급해 보였다.

흑의공자의 표정이 굳어졌다. 무언가 긴급한 사안이 터진 듯 그는 서둘러 몸을 일으켰다. 하지만 그는 흑화고를 한 번 바라본 뒤 곧바로 나가지 못하고 머뭇거렸다.

흑화고는 흑의공자가 어떻게 나올지 흥미롭다는 듯 담담한 표정으로 지켜보았다.

결국 흑의공자는 결심을 굳힌 듯 마지못해 주루를 빠져나갔다. 주루의 문을 나서며 다시 한 번 흑화고를 바라보는 그의 눈에는 안타까워하는 빛이 역력했다.

"이제 가지."

여교는 어느새 탁자에 얼굴을 처박고 잠들어 있었다.

능비령은 당황하지 않을 수 없었다. 아무리 깨워도 여교는 일어나지 않았다. 어린아이가 아니니 업고 갈 수도 없어 결국 능비령은 그녀를 부축한 채 주루를 나섰다. 흑화고는 관심이 없다는 듯 먼저 나가 버려 그녀에게 맡길 수도 없었던 것이다.

곤욕도 이런 곤욕이 없었다.

여교는 완전히 축 늘어진 채 능비령에게 매달려 있었는데 자꾸 쓰러지려고 해서 아예 안 듯이 한 손을 그녀의 허리에 두르고 걸을 수밖에 없었다.

하지만 그 정도면 차라리 괜찮았다. 방을 잡아놓은 객점으로 돌아가기 위해 중앙로의 중간쯤을 왔을 때 여교는 돌연 몸을 뒤틀기 시작했다. 한 손으로 입을 막고 주위를 두리번거리는 것이 당장이라도 토할 듯한 기세였다.

'맙소사! 골고루 다 하는구나.'

능비령은 사람들이 오가는 중앙로 복판에다 토하게 할 수가 없어 황급히 한쪽의 골목으로 들어갔다.

양쪽으로 담장이 길게 이어져 있는 골목 안으로 들어서자 여교는 한쪽의 담장 앞에 쪼그려 앉아 구토를 하기 시작했다. 능비령은 울상을 한 채 그녀의 등을 두드려 주지 않을 수 없었다. 고개를 돌려보니 흑화고는 뭐가 그렇게 좋은지 빙글빙글 웃으며 이제야 골목 안으로 따라오고 있었다.

잠시 후 더 이상 토할 게 없는 듯 여교가 몸을 일으켰다.

여교가 토해낸 물체를 보지 않으려는 듯 황급히 반대쪽으로 눈을 돌리던 능비령의 눈에 의아해하는 빛이 떠올랐다.

흑화고의 태도가 기이했다.

그녀는 길게 이어져 있는 담의 한쪽을 뚫어지게 응시하고 있었다. 그녀가 바라보고 있는 담벽에는 나뭇가지나 돌멩이로 긁어 쓴 듯한 글자가 하나 적혀 있었는데 어린아이들이 장난을 친 듯이 엉성했고 그나마 글자 자체가 옆으로 누워 있었다.

"왜 그래?"

능비령은 흑화고의 얼굴에 감회의 표정이 떠올라 있는 것을 보고 이상하게 여기지 않을 수 없었다. 깊은 생각에 잠겨 있던 흑화고가 능비령을 돌아보았다.

"이게 무슨 글자인지 알아볼 수 있겠어?"

"옆으로 누워 있긴 하지만 분명히 절(絶)이라고 쓴 것 같은데?"

"이건 우리 집안의 사람이 남긴 비밀 표식이야."

흑화고의 눈에 다시 아련한 그리움 같은 감회의 빛이 떠올랐다. 그녀는 담벽에 어린아이들이 장난친 것 같은 글자를 보며 차분히 설명하기 시작했다.

"절(絶)은 일신에 위험이 닥쳤다는 의미이고, 글자가 동쪽으로 머리를 두고 눕혀져 있는 건 동쪽으로 간다는 뜻이야. 마지막 획이 세 부분으로 잘려진 건 삼백 장 뒤에 다시 표식을 남긴다는 의미이고……."

'집안 사람이 남긴 비밀 표식이라고?'

능비령은 어리둥절해하는 눈빛으로 새삼 담벽의 한구석에 적혀 있는 글자를 바라보았다.

흑화고의 설명에 의하면 어린아이들이 장난해 놓은 듯한 글자 하나에는 많은 의미가 담겨 있었다.

일단 글자 전체는 상황을 말하는 것이고, 또 그 글자를 이루고 있는 서체와 획의 형태, 글자가 누워 있는 방향 등은 더욱 많은 세부적인 정보를 감추고 있었다.

"추적자들의 수효는 세 명, 표식이 남긴 건 반 시진 전이야. 우리 가문의 사람이 누군가에게 쫓기고 있는데 상당히 절박한 상황이라 구원을 요청하고 있어."

말을 마친 흑화고는 문득 능비령의 한쪽 어깨에 기대선 채 잠들어 있는 여교를 바라보았다.

"일어나. 정말 취한 게 아니라는 걸 알고 있어."

능비령은 어이가 없었다. 그가 보기에 여교는 취해도 보통 취한 게 아니었다. 오죽 취했으면 남자 앞에서 먹은 것을 몽땅 내보이는 추태까지 드러냈겠는가?

하지만 흑화고의 나직한 한마디에 여교는 언제 취했었냐는 듯이 멀쩡하게 두 발로 선 채 눈을 떴다.

"시키실 일이라도?"

"난 무림의 일에는 상관한 적이 없지만 가문의 사람이 도움을 요청한 것을 보고 그냥 지나칠 수도 없어. 내가 객점으로 돌아갈 때까지 네가 저 멍청이를 보호해야 해. 만에 하나 저 멍청이의 몸에 무슨 일이라도 생기면……."

흑화고는 말을 잇지 않았다. 여운을 남기는 듯한 말투였는데 그 순간 여교는 공포에 짓눌려 몸을 떨며 황급히 입을 열었다.

"예! 걱… 걱정 마세요!"

"좋아!"

여교를 바라보던 흑화고의 몸이 점점 회미해지기 시작했다. 그녀의 몸은 점차 투명해지더니 종래에는 완전히 사라져 버리고 없었다. 긴 휘파람 소리만이 아득한 허공 저쪽에서 한차례 울려 퍼졌을 뿐이다.

흑화고의 휘파람 소리가 채 사라지기도 전에 능비령이 어이없어하는 표정으로 여교를 바라보았다. 여교는 말짱히 서서 흑화고가 사라져 간 방향을 보며 고개를 갸웃거리고 있었는데 술이라고는 단 한 방울도 안 마신 사람 같아 보였다.

"그러니까 술에 취해 주정하고 결국 토하기까지 한 게 모두 내숭이었다는 거냐?"

"난… 난 정말… 취했었어요!"

여교가 다시 수줍어서 눈도 들지 못하는 태도로 입을 열었다. 능비령은 그녀의 태도에 오히려 더욱더 황당해하는 표정이 되지 않을 수 없었다.

"정신을 잃을 정도로 취했던 사람이 저 여자의 말 한마디에 벌떡 일어나? 그게 취한 사람이냐구!"

"휴우! 오빠는… 여자의 마음을 모르는군요."

"그 대목에서 여자의 마음이 어쩌니 하는 말이 왜 나와? 그리고 솔직히 말해서 네가 여자냐? 넌 아직 어린아이일 뿐이야. 그리고 흑화고도 그래. 널 더러 날 보호하라니… 내가 널 보호해야지 어떻게 널 더러 날 보호하라는 말을 할 수가 있냐구!"

"남자가 돼 갖고 지난 일을 자꾸 들먹일 거예요? 정말 나 뚜껑 열리는 거 보고 싶어요? 그만 하고 우리 언니나 쫓아가요."

"화아……!"

능비령은 머리를 절레절레 흔든 후 흑화고가 사라져 간 방향으로 눈을 돌렸다. 그렇지 않아도 흑화고의 일이 궁금하기 이를 데 없었던 것이다.

2

혹화고의 뒤를 추적하는 건 어렵지 않았다. 첫 번째 표식에 나타난 대로 동쪽으로 삼백여 장을 가자 또 하나의 표식이 있었다. 이런 식으로 표식을 따라가다 보니 그들은 어느새 성내를 벗어나 한적한 들판에 당도할 수 있었다.

네 번째 표식을 찾기 위해 주위를 세밀히 살피며 조심스레 전진하던 능비령과 여교는 이내 한 구의 시체를 만날 수 있었다.

흑의를 걸친 오십 대의 장년인이 하늘을 보고 똑바로 누워 있었는데 상처를 찾아볼 수 없었다. 게다가 눈도 감지 못하고 죽어 있었는데 놀라 부릅뜬 눈이 아니라 뭐가 뭔지 모르겠다는 듯한 눈이었다.

주위에는 싸운 흔적도 없어 처음에는 멀쩡한 사람이 그냥 들판에 누워 있는 것으로 여겨질 정도였다.

능비령은 시체를 세밀히 살피다가 고개를 끄덕였다.

"흑화고의 솜씨야. 과연 이곳까지 왔어."

"어떻게 그걸 알 수 있지요?"

여교는 내심 크게 놀라지 않을 수 없었다. 만약에 눈을 뜨고 잠을 자는 사람이 있다면 눈앞의 시체는 아무리 봐도 그냥 잠을 자다 죽은 것처럼 상처 하나 없이 깨끗했다. 단지 미간에 머리카락 하나가 흘러내린 듯한 하나의 선이 그어져 있을 뿐이었다.

능비령이 장년인의 미간에 희미하게 그어져 있는 선 양쪽에 오른손의 검지와 엄지로 대고 벌렸다. 과연 장년인을 시체로 만든 상처는 그곳에 있었다.

종이장처럼 얇은 병기가 적중된 후 다시 빠져나간 듯한 상처였는데 워낙에 병기가 얇아 피 한 방울 흘러나오지 않았던 것이다.

"이 사람은 자신이 죽는지도 모르고 죽었어. 그 정도로 감쪽같이 몸을 숨기고 공격할 수 있는 사람은 많지 않지. 그리고 이런 상처를 남길 수 있는 병기를 지니고 있는 사람도 많다고 할 수는 없어."

능비령은 흑화고가 운남성 무정의 무기점에서 다섯 자루의 얇디얇은 비수를 구한 것을 알고 있었다. 그 비수의 폭과 날의 넓이가 죽은 사람의 상처와 완벽하게 일치하고 있었다.

한데 능비령과 여교는 더 이상 흑화고를 추적할 수가 없었다. 쫓기는 사람이 남긴 표식이 더 이상 이어지지 않았다. 능비령은 주위 삼십여 장 범위를 샅샅이 뒤졌지만 표식도 없었고 쫓고 쫓긴 흔적조차 일체 없었다.

반 시진 가량 주위를 뒤지며 흔적을 찾던 능비령과 여교는 결국 포기하고 객점으로 돌아오지 않을 수 없었다.

잠시 후 객점에 도착해 자신의 방으로 들어서던 능비령은 크게 놀랐다.

그의 침상 위에 난생처음 보는 중년인 한 명이 누워 있었다. 대략 삼십 대 중반으로 보이는 중년인은 치열한 격전을 치렀는지 전신에 상처투성이였다. 입가에 피가 묻어 있는 것으로 보아 내상도 심한 듯했는데 수혈을 짚혔는지 잠들어 있었다.

하지만 정작 능비령이 놀란 이유는 비스듬한 옆모습으로 창 앞에 서 있는 흑화고의 눈에서 눈물이 흘러내리고 있었기 때문이다.

능비령은 침상 위의 중년인이 흑화고가 구해온 가문의 사람이라는 걸 미루어 짐작할 수 있었기에 중년인에게는 더 이상 신경 쓰지 않고 흑화고에게 다가들었다.

"울고 있는 거야?"

흑화고는 대답하지 않았다. 그녀의 눈은 창밖에 고정되어 있었지만 창밖을 보는 것은 아니었다. 그녀는 눈물이 흘러내리는 얼굴을 굳이 감추려고도 하지 않았다.

능비령은 어쩐지 숙연해져 자세히 흑화고를 바라보았다.

그녀는 더 이상 귀신 같지도 않았고 자신을 죽일지도 모르는 좌도의 술사도 아니었다. 그저 외로움과 고독으로 무기력해 보이는 한 여자에 불과했다.

능비령은 심한 부상을 입고 침상 위에 누워 있는 중년인이 그녀와 밀접한 관계가 있는 사람이기 때문에 그녀가 슬퍼하는 것이라고 생각했다. 하지만 그는 곧 그것이 자신의 착각이라는 것을 깨달을 수 있었다. 흑화고가 지난 팔십 년 간이나 세상과 떨어져 있었다는 사실이 떠오른 것이다.

능비령이 가까이 다가들어도 그녀는 고개를 돌리지 않았다. 불현듯 능비령은 그녀가 무척이나 아름답다고 느꼈다.

"내가 도와줄 일이라도……."

흑화고의 나약해 보이는 모습에 연민과 알 수 없는 격정을 느낀 능비령은 걱정보다는 호기심이 앞섰다.

흑화고가 입을 열기까지는 꽤 오랜 시간이 흐른 것 같았다. 그녀는 망설이듯 조그맣게 입을 열었다.

"집에… 가고 싶어."

"집에 가고 싶다고?"

"그래. 이미 팔십 년이나 흘러버렸으니… 과연 아직도 내 집이라고 할 수 있을지는 몰라도……."

능비령은 지난 삼 개월 가량을 흑화고와 함께 여행했지만 그녀에 대해 아는 게 거의 없다는 사실을 깨닫고 당황하지 않을 수 없었다.

능비령은 흑화고가 그녀의 신분을 알고 있는 사람들에게 마주치는 것조차 무서워할 정도로 공포스러운 존재로 알려져 있는 것을 알고 있었다. 하지만 지금의 그녀는 아직 소녀의 감상을 지니고 있는 나약한 여자에 지나지 않았다.

"내가 데려다 줄까?"

"신경 쓰지 마. 저 사람은 가까운 본가의 지부까지만 데려다 주면 그만이야."

흑화고는 억지로 미소를 떠올리려 했다. 하지만 결국 웃지 못했다. 그녀는 고개를 저으며 다시 입을 열었다. 음성이 떨려 나왔다.

"정말 날 집으로 데려다 줄 거야? 하지만 그렇게 되면… 북당하로 가는 게 늦어질 텐데……."

"한두 달 늦어지는 건 아무렇지도 않아."

능비령은 기꺼운 마음으로 소리치듯 대답했다.

아침이 되자 능비령은 흑화고와 여교가 일어나기도 전에 객점의 주인을 통해 한 대의 마차를 구입했다. 두 마리의 말이 끄는 마차로서 적지 않은 비용이 들었지만 그는 조금도 아까워하지 않았다.

그리고 객점에서 운영하는 식당으로 가 흑화고와 여교가 식사하러 오기를 기다리다 흠칫 놀라지 않을 수 없었다. 한쪽 구석에 어젯밤 주루에서 보았던 흑의공자의 호위 중 한 명이 앉아 있었다.

'흥! 그냥 물러난 줄 알았는데 어떻게 우리가 이 객점에 머물고 있는 걸 알아냈지?'

잠시 후 여교와 함께 식당으로 온 흑화고 역시 흑의공자의 호위를 알아보는 눈치였지만 신경 쓰지 않는 것 같았다.

식사가 끝난 뒤 능비령은 곧바로 출발했다. 흑화고는 부상당한 사람을 은밀히 마차 안에 옮겨놓고 마차 안에 탔고, 여교와 능비령은 마부석에 나란히 앉았다. 흑화고는 능비령이 자신을 위해 마차를 구입한 것에 대해 말은 하지 않았지만 고마워하는 게 분명했다.

"한데 이제 어디로 가지?"

일단 낙양성 내를 벗어나 두 갈래로 갈라진 관도에 이르자 능비령은 고개를 돌려 마부석 쪽으로 뚫려 있는 창을 통해 마차 안에 앉아 있는 흑화고에게 질문을 던졌다.

"섬서성(陝西省) 육반산(六盤山)에 가서 천뢰도(千雷島)를 찾으면 돼. 북당하와는 반대 방향이지."

"산에 가서 섬을 찾으라는 거야?"

능비령이 멍청히 반문을 던졌다. 여교는 무슨 생각을 떠올렸는지 돌연 고개를 돌려 흑화고를 보며 놀란 표정을 떠올렸다.

"설마 언니의 가문이 천뢰도였나요?"

흑화고는 여교의 질문을 무시한 채 능비령을 향해 대꾸했다.

"가문의 시조들이 원래 섬에서 나왔다더군. 섬을 떠난 지 수백 년이 지났는데도 아직 천뢰도라는 문호를 쓰고 있는 건 단지 그 이유 때문이야."

능비령은 모르고 있었지만 여교가 놀란 것은 천뢰도가 십승관의 십대 세력 중 하나였기 때문이다.

십승관은 천하 위에 군림하고 있는 절대 세력으로써, 그 휘하에 모두 열 개의 단체들이 있었다. 그 열 개의 단체들은 천하 각처에 퍼져 독자적인 세력을 구축하고 있었는데 그중 천뢰도는 섬서성 주위 수천 리를 관장하고 있는 단체였던 것이다.

능비령이 방향을 정해 마차를 몰기 시작한 지 채 반 시진도 지나지 않았을 때 관도를 막고 있는 사람들이 있었다. 바로 흑의공자의 호위들이었다.

"무슨 일로 길을 막는 것입니까?"

능비령은 그들이 길을 막고 있는 이유를 대충 짐작하고 있었지만 짐짓 아무것도 모르는 체하며 입을 열었다.

호위들 중 한 명이 차갑게 대꾸했다.

"우리가 모시고 있는 공자님께서 마차에 타고 계신 소저께 드릴 말씀이 있다고 했다. 잠시만 기다려라."

호위들의 태도는 냉랭하기 그지없었고 강압적이었다. 거부하면 힘으로라도 막겠다는 의도가 노골적으로 드러나 있었다.

능비령은 난처하기 그지없었다. 흑의공자가 이런 식으로까지 나설 줄은 예상도 할 수 없었던 것이다.

이 순간 능비령 일행이 지나온 뒤쪽에서 한 필의 말이 빠르게 달려왔다. 말 위에는 흑의공자가 타고 있었는데 그는 마차 옆에 이르자 말에서 가볍게 뛰어내렸다. 서둘러 달려온 듯했는데도 호흡 한 점 흐트러져 있지 않아 과연 일신의 무공이 평범치 않음을 알 수 있었다.

"소생은 기석규(寄錫圭)라 합니다. 강호의 동도들이 어여삐 여겨 능풍일수(凌風一秀)라 불러주고 있습니다."

능비령은 흑의공자가 짐짓 자신을 향해 포권을 하며 스스로를 소개했지만 마차 안에 있는 흑화고에게 들으라는 태도임을 잘 알고 있었다. 하지만 마차 안의 흑화고는 아무런 관심도 없는 듯 대꾸조차 하지 않았다.

"능풍일수라시면 혹시 동천산장(凍天山莊)의 그 능풍일수 기 공자님이 아닌가요? 어머! 무서워요."

여교가 돌연 눈을 동그랗게 뜨고 놀랍다는 듯 입을 열었다. 말을 하며 짐짓 어깨를 자라목처럼 움츠리는 게 정말이지 무섭다는 듯한 태도였다.

"동천산장은 하남성의 이대 패주 중 한 곳으로써 또한 무림의 하늘인 십승관의 십대 세력 중 하나인 천곤목(天┃木)과 매우 밀접한 관계라고 들었어요. 그렇게 무서운 가문의 공자님께서 우리들에게 무슨 볼일이 있나요?"

흑의공자, 능풍일수 기석규는 여교가 자신은 물론이고 자신의 가문마저 잘 알고 무섭다는 듯 놀란 표정으로 질문을 던지자 흐뭇해하는 표정을 머금었다.

"사실은 마차 안에 계시는 소저께 드릴 말씀이 있단다. 그러니 잠시

만 시간을 내주시면 고맙겠다고 말을 전해주지 않겠니?"

능풍일수 기석규는 여교를 향해 짐짓 부드럽게 입을 열었다.

여교는 빙글거리며 입을 열었다.

"정말이지 난 무서워요. 공자님께서 스스로 자신을 소개한 건 동천 산장의 위세를 내세워 우리 언니에게 알아서 말을 들으라고 핍박하는 것 같아요. 그렇지 않다면 어째서 길가는 사람들을 막아 세우겠어요. 제가 잘못 생각한 건가요?"

여교는 말로는 무섭다고 하면서도 그 얼굴에 장난기 어린 미소가 감 돌고 있었다. 능풍일수 기석규는 그제야 여교가 자신을 놀리고 있다는 사실을 깨닫고 어이가 없다는 표정을 떠올렸다.

능비령이 굳어진 표정으로 입을 열었다.

"길을 비켜주시오."

능풍일수 기석규의 얼굴이 굳어졌다. 하지만 그는 애써 부드러운 표 정으로 다시 입을 열었다.

"난 단지 마차 안에 계신 소저와 한두 마디만 나누고 싶을 뿐이네. 물론 무례하다는 건 나도 잘 알고 있지만 이건 또한 소저에 대한 내 마 음이 그만치 뜨겁다는 의미가 아니겠는가!"

능비령은 상대가 너무 노골적으로 나오는 바람에 오히려 어이가 없 었다. 그는 한숨을 내쉬며 입을 열었다.

"충고하는데 마차에 타고 있는 여자는 당신이 감당할 수 있는 여자 가 아니오."

"으음, 자네는 마차 안의 여자와 어떤 관계인가?"

"내가 그 여자의 주인이오."

능비령은 진지한 말투로 대꾸했다.

여교가 멍청해져 능비령을 돌아보았고 능풍일수 기석규는 눈에 뜨게 당황해했다.

"주인? 그러니까 남편이라는 뜻인가?"

"남편이 아니라 말 그대로 주인이라는 뜻이오."

"설마… 마차 안의 여자가 자네의 계집종이란 말인가?"

능풍일수 기석규는 불쾌하다는 듯 인상을 찌푸렸다. 그는 뭐가 뭔지 알 수 없다는 듯 생각에 잠겼다.

여교가 다시 자라목처럼 목을 움츠리며 입을 열었다.

"언니! 언니! 저 공자님은 정말 무서운 분이에요. 그러니 저 공자님이 화를 내기 전에 제발 언니께서 저 공자님을 달래주세요. 일 년 전에 이곳 낙양 부사의 둘째 딸인 희 소저가 자살한 건 사실은 저 공자님이 겁탈을 한 뒤에 뒤탈이 두려워 자살한 것으로 꾸며 죽인 거예요. 저분 공자님은 바람둥이이면서도 여자가 말을 듣지 않으면 거리낌없이 죽여버리는 정말이지 무서운 사람이에요."

"그, 그걸 어떻게……?"

여교가 짐짓 마차 안의 흑화고에게 무섭다는 듯 몸을 떨며 떠들어대고 있는 말에 능풍일수 기석규의 눈이 커졌다. 그 일은 자신만이 알고 있는 비밀이었는데 놀랍게도 여교의 입에서 아무렇지도 않게 흘러나왔던 것이다.

기실 여교는 강호의 대소사에 정통해 있었다. 살수 조직 자문정은 특히 남에게 알려져서는 안 될 강호인들의 비밀에 대한 정보를 헤아릴 수 없이 많이 지니고 있었는데 여교는 강호에 나오기 전까지 그 자문정의 정보를 총괄하는 임무를 맡고 있었던 것이다.

'이런! 골칫덩어리 같으니!'

능비령이 어이가 없다는 듯 여교를 돌아보았다. 여교가 짐짓 무섭다고 하면서 수다를 떨어댄 건 오히려 사건이 터지기를 유도한 게 분명했다.

"넌 누구냐? 어떻게 그런 일을 알고 있지?"

과연 능풍일수 기석규의 눈에 살기가 떠올랐다. 그 살기가 너무 짙어 무슨 일이 있어도 능비령을 일행을 살려서 보내지 않겠다고 결심했음을 알 수 있었다.

여교는 여전히 빙글거리며 입을 열었다.

"나요? 난 여교예요. 불쌍한 어린 계집애에 불과해요. 그러니 제발 그렇게 무섭게 쳐다보지 마세요."

"내가 낙양부사의 둘째 딸을 죽인 걸 어떻게 알게 된 거냐? 그 일을 알고 있는 사람이 너 말고 또 누가 있느냐?"

"어머! 그 일은 천하 사람들이 모두 알고 있어요. 나같이 어린 계집애가 알고 있는 일을 다른 사람들이 모를 리 없지 않겠어요? 어른들이 말씀하시기를… 아무리 비밀스러운 일이라 할지라도 하늘이 알고 땅이 알고, 또한 그 스스로가 아니 결국은 천하가 다 안다고 했어요."

능풍일수 기석규는 당황하지 않을 수 없었다. 하지만 그는 이내 여교가 자신을 놀리기 위해 한 말이라는 걸 깨달을 수 있었다. 만약 여교의 말처럼 많은 사람들이 그 일을 알고 있다면 지금까지 그가 무사할 리 없었던 것이다.

능풍일수 기석규는 주위를 둘러보았다. 다행스럽게도 주위에는 오가는 행인들이 없었다. 만약 행인들이 있었더라면 그는 그 행인들마저 모조리 죽일 생각이었다.

"흐흐흐, 어차피 말을 안 들으면 강제라도 끌고 갈 생각이었는데 이렇게 되면 어쩔 수 없지. 마차 안의 계집은 죽이지 마라."

능풍일수 기석규는 한 걸음 물러서며 두 명의 호위에게 명령을 내렸다. 마차 안의 흑화고를 죽이지 말라는 건 곧 마차 밖의 능비령과 여교를 죽이라는 의미였다.

두 명의 호위가 미끄러져 오는 순간 여교가 폭발했다.

제9장
혈왕(血王)의 정(精)

1

주선(朱蘚)은 선종(宣宗)의 수많은 공주 중 일곱째였는데 태어날 때부터 몸이 약해 나이 스물이 되도록 서 있을 때보다 병석에 누워 있을 때가 더 많았다.

그 때문에 그녀는 바깥 출입을 하지 못했고 어쩌다 침상에서 일어난 날도 늘 서고에만 틀어박혀 지내는 바람에 대내에서 그녀의 존재를 아는 사람은 거의 없었다. 심지어 황제조차 자신에게 그런 공주가 있는지 잊고 있을 정도였다.

그녀를 알고 있는 사람들도 그녀가 언제 죽을지 모를 정도로 병약한 것을 알고 가까이 하려 하지 않아 실상 혜연 공주(惠蓮公主) 주선은 황궁 내의 모든 사람들에게 잊혀진 존재나 다름없었다.

주선은 자신이 잊혀져 있다는 것을 슬퍼하지 않았다. 오히려 그녀는 잘된 일이라고 생각했다. 그렇지 않았다면 대내의 법도에 얽매여 지금처럼 황궁 밖에서 생활하는 일은 꿈조차 꿀 수 없는 것이다.

공주 주선이 혈왕의 정을 받아들이기로 결심한 것은 이계에서 혈왕란을 찾아낸 뒤 보름이 지난 뒤였다. 그녀가 하려는 일은 그만큼 신중을 기해야 하는 일이었다.

"용(龍)이 된 기분은 어떨까?"

"예? 무슨 말씀이신지?"

"훗! 아냐. 그냥 해본 말이었어."

밤이 이미 이경을 넘은 시각이었다.

주선은 차를 가져다 준 시비에게 뜬금없이 질문을 던진 후 다시 방심된 눈으로 창밖의 야공을 올려다보았다. 탁자 위에는 한 권의 책이 펼쳐져 있었는데 어찌나 낡았는지 원래의 양피지 아래 다시 새로운 양피지로 덧대지 않았다면 이미 먼지로 부서져 버렸을 듯한 책자였다.

"며칠 전부터 그 책만 읽고 계신데 무슨 책이에요?"

시비는 탁자 위에 펼쳐져 있는 책을 주선의 어깨 너머로 내려다보며 입을 열었다.

시비의 눈이 커졌다. 원본은 너무도 낡아 새로 덧댄 양피지 위에 간신히 흔적만 남겨져 있는 상태였다. 시비가 놀란 이유는 그 원본의 글씨가 도저히 알아볼 수 없는 기이한 문양에 불과했기 때문이었다.

"이건 아주 오래된 책이야. 누가 쓴 건지는 알 수 없고 내용은 이계(異界)의 탄생에 관한 건데 아주 재미있어. 조금만 읽어줄까?"

주선은 책을 내려다보며 미소를 머금었다. 오늘따라 그녀는 기분이 좋은 듯했고 몸도 아프지 않은 것 같았다.

시비는 공주 주선이 어쩐지 들떠 있는 것을 느끼며 고개를 끄덕였다.

"예, 공주님! 재미있는 이야기면 빨리 읽어주세요."

주선이 고개를 끄덕인 후 책자를 다시 접었다가 맨 앞장을 펼쳐 들었다.

"…무릇 만 가지 짐승들이 생겨날 때 종류도 여러 가지였지만 용(龍)이 아홉 종을 낳는 바 그 색과 모양이 다 달랐다. 아홉 종의 용은 각기 아홉 개의 하늘로 흩어져 혹은 그곳을 파괴했으며, 혹은 그곳을 지배하거나 아니면 모습을 드러내지 않고 영원히 은거했다."

책을 읽는 주선의 눈은 책의 내용에 심취해 기이하게 빛을 발했다. 마치 어린아이가 어른들이 들려주는 재미있는 동화에 빠진 듯 생기에 넘치는 눈이었다.

시비가 물러 난 뒤 주선은 지하의 밀실로 들어갔다. 사방의 벽면은 물론이고 바닥과 천장마저도 두꺼운 석벽으로 이루어져 있는 밀실이었다. 사방에 촛불이 밝혀져 있어 밀실은 전혀 어둡지 않았다.

밀실의 사방 벽과 천장에는 온갖 알 수 없는 부호들과 글들이 빽빽이 적혀 있었고 바닥에 또한 무수한 부인들이 찍혀 있었다. 밀실의 중앙에는 두 자 높이의 석대가 자리 잡고 있었는데 석대 위에는 혈왕란이 놓여 있었다.

석대 앞에 이르자 주선은 옷을 모두 벗었다. 병색이 완연한 가냘픈 몸매가 드러났다. 마른 가지처럼 앙상한 몸매였으나 추하게 보이기는 커녕 보호해 주고 싶은 충동이 들게 하는 아름다움을 지닌 몸이기도 했다.

잠시 후 그녀는 밀실 한구석에서 소도를 꺼내 손을 벤 후 피가 흘러 나오자 그 피를 혈왕란 위에 떨어뜨리기 시작했다. 기이하게도 피는 모조리 혈왕란에 흡수될 뿐 석대 위로는 한 방울도 흘러내리지 않았다.

혈왕란에 어느 정도 피가 흡수되자 주선은 혈왕란을 가슴에 안고 석대 위에 똑바로 누웠다.

얼마의 시간이 흘렀을까? 별안간 촛불이 깜박거리며 그림자가 어른거렸다. 주선은 갑자기 밀실 안에 바람이 불기 시작하는 것을 느낄 수 있었다.

바람이 더욱 심해져 누워 있는 주선의 몸 주위로 거칠게 소용돌이쳤다.

그녀는 이미 알고 있었다. 그녀는 살기 위해서 미지의 존재를 불러냈지만 어쩌면 그것 때문에 죽게 될지도 몰랐다.

잠시 후 주선의 가슴에 올려진 혈왕란 위에 어떤 그림자가 형성되더니 점점 더 짙어졌다. 그림자는 안개처럼 폭 넓게 번지고 있었다.

그녀는 이제 달아날 수도 없다는 사실을 깨달았다.

촛불은 이미 완전히 꺼진 상태였다. 짙은 어둠 속에서 소용돌이치던 바람도 어느 사이엔가 멈춰져 밀실 안이 돌연 진공 상태가 된 느낌이었다.

무엇인가가 부드럽고 고요하게 주선의 머리 속으로 들어온 건 바로 그 순간이었다. 그 느낌은 너무도 부드럽고 평화스러워 어떤 격렬함을 예상하고 있던 그녀에게는 무척이나 의외였다.

갑자기 어떤 존재가 주선의 내부에서 조심스러운 손길로 그녀를 만지는 느낌이 들었다. 그 손길은 바람처럼 청량했고 또한 구름처럼 포근했다. 그녀는 자신의 몸 안에 공존하는 또 다른 존재를 확연히 느낄 수 있었다.

주선은 똑바로 누운 채 눈을 떠 천장을 바라보았다. 그러자 마음 깊은 어둠 속에 숨어 있던 존재 역시 그녀의 눈을 통해 천장을 바라보았다.

알 수 없는 어떤 존재가 그녀의 마음속으로 들어오면서 지금까지 그녀를 괴롭히던 병질(病疾)은 치료가 되었고 허약함은 사라져 버렸다.

공주 주선의 전체적인 형태는 변하지 않았다. 병색이 너무 짙어 오히려 투명해 보이던 피부의 투명함은 그대로였지만 이제는 병색이 아니라 오히려 신비함을 풍겼다. 더 아름다워졌고 또한 힘이 감춰져 있는 느낌이었다.

별안간 단단히 닫혀져 있는 밀실 밖의 온갖 소리들이 그녀의 귀로 쏟아져 들어왔다.

주선은 석대에서 몸을 일으켜 눈을 감고 눈으로 볼 수 없는 것들을 감지하고자 했다. 장원을 지키고 있는 근위 무사들이 조용히 내뿜는 호흡 소리, 바람이 나뭇잎을 흔들며 지나는 소리, 새벽을 맞이해 꽃망울이 벌어지는 소리 등이 그녀의 귀로 선명히 파고들었다. 주선의 몸 안에 공존하는 어떤 존재는 아무리 작은 소리라도 놓치는 법이 없었다

별안간 주선은 발끝에 부딪치는 작은 돌덩어리 하나를 발견하고 내려다보았다. 혈왕란이라는 이름을 지닌 돌멩이는 그저 매개체에 불과할 따름이었다. 이제 혈왕란에서는 아무런 힘도 느껴지지 않았다. 그곳에 머물고 있던 어떤 존재가 그녀 안에 들어온 것이다.

주선은 다시 눈을 뜨고 석실 안을 벗어나며 소리없는 소리를 들었다.

두려워하지 마라. 너는 이제 존재를 초월하는 존재일지니……

2

능풍일수 기석규와 그의 호위들에게 있어 여교의 움직임은 악몽이
나 진배없었다.

두 명의 호위가 공격을 하기 위해 움직인 순간, 여교는 소매 속에서
작은 도끼 두 자루를 꺼내 들고 먼저 덮쳐 갔는데 그 움직임이 너무도
빨라 덮쳐 오던 두 명의 호위는 먼저 검을 뽑았지만 오히려 방어하기
에 급급했다.

여교는 놀랍게도 고수로 보이는 두 명을 상대하면서도 조금도 밀리
지 않았다. 양손으로 도끼를 휘두르며 두 명을 상대하는 모습이 마치
두 명의 여교가 두 명의 고수를 상대하는 것처럼 빨랐다.

하지만 능풍일수 기석규의 호위들은 단지 기선을 제압당해 밀리고
있을 뿐 역시 하수는 아닌 듯 조금씩 열세에서 벗어나고 있었다.

싸움을 지켜보던 능비령은 내심 난감하지 않을 수 없었다. 그로서는

두 명의 호위들 중 어느 한 명도 상대할 수 없었다.

상대는 체계적으로 무공을 연마한 무림인들이었다. 능비령이 비록 정화군의 용병으로 출병해 수 년 동안 이족들과 싸웠다지만 무림인들을 상대할 만한 실력은 아니었던 것이다.

"화고, 가만히 있지 말고 여교를 도와줘!"

능비령은 아직 능풍일수 기석규가 싸움에 뛰어들지 않았음에도 불구하고 여교가 점차 밀리는 것을 보고 마차 안을 향해 입을 열었다.

모든 일이 흑화고 때문에 시작된 것이나 마찬가지였으니 매듭도 그녀가 지어야 하는 것이다. 하지만 마차 안의 흑화고는 아무런 대답도 없었다.

쉭!

능비령의 소매 속에서 검은 빛줄기가 쏘아져 나갔다.

"컥!"

호위들 중 한 명이 목줄기를 부여잡은 채 지면에 쓰러졌다. 그의 손가락 사이로 피가 흘러나오고 있는 것으로 보아 목줄기가 뜯겨 나간 듯했다.

능비령은 깜짝 놀랐다. 사실 그는 흑화고에게 여교를 도와주라고 소리쳤는데 소매 속에 있던 화고가 뛰쳐나가 한 명을 쓰러뜨린 것이었다.

호위들 중 한 명이 쓰러져 버리자 여교는 여유를 찾은 채 신이 나서 소리치기 시작했다.

"너, 기석규인지 개새끼인지 꼼짝 말고 거기서 기다려! 이 친구를 때려잡고 나서 너도 손 좀 봐줄게!"

능풍일수 기석규는 어이가 없다는 듯 눈을 부릅떴다. 무엇인지 형체가 제대로 보이지도 않는 물체가 허공을 휙휙 날아다니며 여교와 함께 두 명의 호위 중 나머지 한 명을 공격하고 있는 것이 눈에 들어왔다.

퍽!

남아 있는 호위는 좌측에서 달려드는 화고를 검으로 쳐냈는데 검에 적중되어 뒤로 튕겨간 화고는 상처 하나 입지 않은 채 다시 덮쳐 왔다.

여교가 휘두르는 도끼 두 자루도 섬전처럼 빨랐지만 화고의 움직임은 더 빨랐다.

뻐악!

어느 한순간 호위의 머리에서 기이한 음향이 터져 나왔다. 여교가 도끼의 뭉툭한 부위로 그의 머리를 내갈긴 것이었다.

"화고, 그만 해!"

능비령은 멍청하게 땅에 주저앉아 있는 호위에게 덮쳐 가는 화고를 불러들였다. 그가 때맞춰 화고를 부르지 않았다면 남은 호위마저 목을 물어뜯긴 시체로 변했을 상황이었다.

"기다려라! 감히 동천산장의 소장주인 날 건드리고도 무사할지 지켜보겠다!"

능풍일수 기석규는 주춤주춤 뒷걸음치다가 홱 몸을 돌려 도주하기 시작했다. 그가 도주하자 그때까지도 망연히 땅바닥에 주저앉아 있던 호위가 몸을 일으켜 동료의 시체를 수습한 후 사라졌다.

여교가 능풍일수 기석규가 사라진 방향을 바라보다가 고개를 돌렸다.

"오빠, 내게 은자 열 냥만 주세요."

"은자 열 냥은 뭐 하게?"

"그냥요. 왜요? 돈이 아까워서 그래요?"

"끄응! 난 단지 별안간 은자를 달라는 바람에 물어본 것뿐이야. 치사한 사람으로 만들지 마라."

능비령은 은자 주머니를 열어 은자 열 냥을 여교에게 내밀었다. 여교는 방긋 미소를 머금었다.

"살수란 원래 청부가 없으면 사람을 죽이지 않아요. 심지어 자신이 죽는 일이 있어도 말이에요."

여교가 능비령이 준 은자 열 냥을 흔들며 말을 이었다.

"이것으로 오빠가 내게 청부한 거예요. 아까 그 자식을 죽여달라고 말이에요."

능비령이 고개를 저었다.

"난 아직 어린 네가 사람을 죽이는 걸 원치 않아. 사람을 죽이면 자신의 마음도 죽는 법이야."

능비령의 얼굴이 가라앉아 있는 것을 보고 여교가 생각에 잠겨들었다.

잠시 후 그녀는 고개를 번쩍 들며 다시 환하게 웃었다. 이어 그녀는 소매 속에서 백지와 붓을 꺼내 한쪽 옆의 바위에 백지를 펼쳐 놓고 무언가를 적기 시작했다.

'저 조그만 몸 속에서 정말이지 온갖 것이 다 튀어나오는구나.'

능비령이 감탄하고 있는 사이에 여교는 적기를 마치고 단단히 밀봉하며 능비령을 돌아보았다.

"죽이는 방법도 여러 가지예요. 꼭 내 손을 더럽힐 필요는 없어요."

"뭘 하려는 거지?"

"조금 있으면 다 알게 될 거예요."

여교는 빙글빙글 웃으며 다시 마부석 옆자리에 올라왔다.

마차가 십여 리를 더 갔을 때 맞은편에서 장사꾼으로 보이는 사람들이 다가오는 것이 보였다. 여교는 마부석 옆자리에서 뛰어내려 그 사람들에게 다가갔다.

능비령은 여교가 무어라 이야기를 하며 상인들에게 서찰을 내밀고 은자 다섯 냥을 건네는 것을 볼 수 있었다.

능비령은 잠시 후에 상인들과 헤어져 옆자리로 돌아온 여교를 보며 고개를 갸웃했다.

"너, 설마……?"

"맞아요. 낙양부사에게 보내는 서찰을 저 사람들에게 부탁한 거예요. 그 안에는 능풍일수 기석규가 저지른 일에 대해 자세히 적어놓았어요. 물론 증거를 찾아낼 방법까지도요. 이제 그 작자는 죽은 것이나 진배없어요."

능비령이 고개를 끄덕였다. 여교가 한 일이 그의 마음에 꼭 들었던 것이다. 그는 빙그레 웃으며 여교를 바라보았다.

"한데 나한테 열 냥을 받았는데 저 사람들에게는 왜 다섯 냥만 주었지?"

"다섯 냥은 서찰을 전해주는 수고비로 준 거예요. 그리고 이것도 일종의 장사인데 나도 남는 게 있어야 할 게 아니겠어요?"

"화아……!"

"하지만 아까워하지 마세요. 저녁에 제가 술 한잔 살게요."

"술이라고? 그건 사양하고 싶어."

능비령이 고개를 절레절레 흔들었다. 여교는 그런 능비령을 마치 나이 많은 누이가 어린 동생을 바라보듯 귀여워 죽겠다는 표정으로 바라보았다.

"그건 그렇고… 화고, 너 이리 좀 나와봐."

여교가 별안간 능비령의 소매 속을 향해 부드럽게 소리쳤다. 화고는 자신을 부르는 소리라는 걸 알고 있는 듯 머리를 내밀어 여교를 바라보다가 쪼르르 달려갔다.

여교는 화고의 몸을 이리저리 만지며 감탄성을 터뜨렸다.

"오빠! 이놈 정말이지 대단한 놈이에요. 아까 분명히 칼에 맞는 걸 보았는데 상처 하나 없어요."

여교는 화고를 붙잡아 얼굴에 비비며 뭔가 골똘히 생각에 잠겼다. 그녀의 눈에는 안타까워하는 빛이 가득해 있었다.

"어떻게 하면 이놈과 친해질 수 있지요? 어떻게 해야 이놈이 날 따라다닐까요?"

능비령이 빙그레 미소했다.

"이놈 저놈 하지 마. 듣는 그놈이 기분 나빠할 거야."

"예? 설마……?"

"설마가 아니야. 화고는 사람의 말을 알아듣는다구."

"그게 정말이라면… 이놈, 아니, 화고가 점점 더 갖고 싶어져요."

여교의 말이 끝나기 무섭게 화고는 그녀의 손을 빠져나와 다시 능비령의 소매 속으로 돌아갔다. 여교가 한숨을 터뜨렸다.

마차는 쉬지 않고 달려 저녁 무렵에는 별로 크지 않은 작은 마을에 도착했다. 방을 잡고 마차를 맡긴 뒤 마차 안의 중년인을 방 안으로 옮기자 그제야 그는 정신을 차렸는데 내상이 심한지 거동이 불편했다.

정신을 차린 중년인이 구명의 은인인 흑화고에게 예를 갖추기 위해 입을 열려는 순간 그녀가 손을 내저었다.

"예를 갖추지 않아도 괜찮아요. 같은 식구이니까요."

"같은 식구이시라면……?"

중년인의 눈에 의혹의 빛이 떠올랐다. 흑화고는 잠시 감회의 표정이 되어 허공을 바라보다가 질문을 던졌다.

"지금 천뢰도를 맡고 계신 도주가 어떤 분이신가요?"

"도주님은… 은염종(銀髥宗) 어르신입니다."

중년인은 잠시 망설이다 입을 열었다.

흑화고가 다시 질문을 던졌다.

"은염종이라고만 하면 사실 난 그 사람이 누군지 몰라요. 그 사람의 이름이 어떻게 되나요?"

중년인은 잠시 망연히 흑화고를 바라보았다. 그가 흑화고의 말을 기이하게 여긴 건 너무도 당연한 일이었다. 같은 천뢰도의 식구라면서 도주가 누군지 모른다는 건 있을 수 없는 일이었다. 게다가 도주의 외호를 듣고 다시 이름을 물어오니 이것은 크나큰 결례가 아닐 수 없었다.

하지만 중년인은 상대가 자신을 구해준 사람이라는 걸 떠올리고는 순순히 대답하지 않을 수 없었다.

"도주님의 존성대명은… 부석숭(復奭崇)이십니다."

"아! 셋째 오라버니가 아직도 살아 계셨군요. 셋째 오라버니가… 집안을 맡고 계시다니……."

흑화고의 얼굴에 격동의 빛이 파도쳤다. 어느새 그녀의 맑은 눈에 이슬이 맺혀 당장이라도 흘러내릴 듯했다.

중년인은 내심 크게 놀라지 않을 수 없었다. 눈앞의 소녀는 아무리 보아도 이십 전후일 듯하다. 한데 이미 나이 일백이 넘은 천뢰도주의 여동생이라니 어찌 믿을 수 있겠는가.

"한데 무엇 때문에 쫓기고 있었나요? 그들은 누구인가요?"

중년인이 망연해하는 순간 흑화고가 다시 질문을 던졌다.

중년인이 대답하려는 순간 시켜놓은 음식이 방으로 들어왔다. 능비령은 중년인이 거동하기 힘든 것을 알고 아예 음식을 방으로 가져다 달라고 부탁했던 것이다.

점소이가 방 안의 식탁에 음식을 차려놓은 뒤 나가자 중년인이 무거운 표정으로 입을 열었다.

"그들은 동천산장의 수하들이었습니다."

"동천산장이 감히 본가의 사람을 건드렸다는 건가요?"

흑화고의 눈썹이 가볍게 찌푸려졌다. 단지 아미를 살짝 찌푸린 것에 불과했는데 그 순간 방 안에 찬 공기가 일어나는 것 같았다.

중년인은 눈앞의 소녀가 대단한 신공을 지니고 있음을 그제야 깨닫고는 내심 고개를 끄덕였다.

"원래 우리는 원래 신분을 감추고 천곤목에 잠입해 있었는데 그만 그들에게 발각되고 말았습니다. 동천산장의 수하들은 천곤목의 명령을 받고 우리의 종적을 추적한 것입니다. 열두 명의 동료들 중 나 혼자만 간신히……."

중년인은 비감한 듯 고개를 숙였다.

여교가 주위에는 신경 쓰지 않은 채 혼자서만 음식을 집어먹고 있다가 번쩍 고개를 쳐들었다.

"동천산장이라면 아까 정신없이 도망친 그 개새끼의 집안이에요. 쯧쯧, 그런 줄 알았으면 아까 그냥 아작 내는 건데 정말이지 아깝군요."

중년인이 멍청히 여교를 바라보았다. 순진무구하게 생긴 어린 소녀의 입에서 너무도 거친 말이 튀어나온 때문이었다.

"어멋! 내가 또 나도 모르게······."

중년인이 멍청히 바라보자 여교가 목덜미까지 붉힌 채 고개를 푹 숙였다. 그녀의 귀로 능비령이 혀를 차는 소리가 들려왔다.

식사를 마치고 난 뒤 흑화고는 중년인의 내상을 치료했다. 완벽하지는 않았지만 어느 정도 효과가 있어 다음날부터 중년인은 혼자서도 움직일 수 있었다.

일행은 그로부터 삼 일이 지난 뒤 육반산에 도착해 천뢰도에 들어갈 수 있었다.

서너 개의 봉우리를 안에 담은 채 그 외곽을 끝이 보이지 않는 성벽들이 길게 이어져 둘러싸고 있었다.

능비령이 천뢰도를 보고 가장 먼저 느낀 감정은 너무도 웅대하다는 것이었다. 천뢰도는 과연 무림을 지배하고 있는 세력답게 그 규모의 웅대함이 예상을 뛰어넘을 정도였다.

'화아! 이건 무림 단체가 아니라 아예 하나의 왕국이로구나.'

천뢰도는 육반산의 험산 지세를 이용해 건축되어 있었는데 출입할 수 있는 곳은 정문뿐인지라 그야말로 난공불락의 요새가 아닐 수 없었다.

"본가가 섬을 떠나 이곳에 자리 잡은 게 벌써 칠백 년 전이라고 했어. 그 긴 세월 동안 성벽을 쌓고 또 보수하고, 그리고 안에 전각들을 지었으니 처음 보는 사람들은 놀라는 게 당연해."

천뢰도 안에 들어서자 흑화고는 감회 어린 눈으로 사방을 둘러보며 부드럽게 입을 열었다. 그녀의 표정에는 자부심이 담겨져 있었다.

한데 천뢰도에 들어서기 무섭게 주위를 유심히 휘둘러 보는 것은 흑화고만이 아니었다.

여교는 천뢰도의 정문을 넘어서면서부터 무언가 입속으로 중얼거리며 예리한 눈으로 주위를 살피고 있었는데 아무래도 그 태도가 기이해 능비령은 슬그머니 질문을 던지지 않을 수 없었다.

"왜 그렇게 두리번거리는 거야? 그리고 발걸음은 왜 세는 거야?"

여교가 여전히 눈은 주위의 지형을 세밀히 살피며 건성으로 대꾸했다.

"모든 것이 정보예요. 후에 자문정의 동료 중 한 명이 이곳에 잠입할 일이 생기면 이 정보들은 무척이나 유용하게 쓰일 거예요."

"뭐야?"

능비령은 어이가 없어 입을 딱 벌렸다. 그는 고개를 저으며 다시 입을 열었다.

"너는 자문정의 일을 그만둘 수 없니?"

여교가 그제야 능비령을 바라보았다. 기이한 빛이 감돌고 있는 눈이었다.

"그만둘 수 있는 방법은 딱 하나뿐이에요."

"뭔데?"

"시집가는 것. 오빠가 내게 청혼해 주세요."

"끄응!"

능비령은 안내를 받으며 두어 걸음 앞에서 걷고 있는 흑화고를 따라 걸음을 빨리했다. 여교가 천뢰도 안의 지형이나 보초들의 위치, 몸을 감추고 있는 고수들의 배치 등을 열심히 머리 속에 담고 있든 말든 신경을 쓰지 않기로 한 것이다.

잠시 후 일행은 천뢰도주가 기다리는 빈청으로 안내되었다.

천뢰도주는 원래 강호에 나가 있었는데 흑화고에 대한 전갈을 받고 서둘러 돌아와 기다리고 있던 중이라고 했다.

천뢰도주 은염종 부석숭은 체구가 장대하고 아직도 청년의 그것처럼 피부에 탄력이 넘쳐 일백 살이 넘은 사람으로는 보이지 않았다. 그는 흑화고를 보고 격동을 금치 못했다.

"정말… 령아가 맞구나. 어, 어떻게 이런 일이……."

천뢰도주는 자신의 여동생이 자그마치 80년도 넘은 뒤에 돌아왔을 뿐만 아니라 하나도 늙지 않았다는 사실에 무척이나 충격을 받은 것 같았다.

"많이 늙으셨네요, 오라버니는……."

흑화고의 눈에는 눈물이 그렁그렁해 있었다. 그녀 역시 감정이 격해 일시지간 무슨 말을 먼저 꺼내야 할지 모르는 것 같았다.

어느 정도의 시간이 흐른 뒤에야 천뢰도주는 격정을 가라앉힌 듯 차분하게 입을 열었다.

"무림의 기공 중에 주안술이 있다는 건 알고 있지만 그것도 아니고, 설마 반노환동한 것도 아닐 테고… 내 일신의 공력은 팔십 년이 넘는다. 이런 나도 늙는 것은 피할 수 없었는데 너는 어떻게 해서 아직도 네가 집을 나간 열여덟 살 때의 모습 그대로일 수 있느냐?"

흑화고는 한숨을 내쉰 뒤 지금까지의 일을 모두 들려주었다. 옆에 능비령과 여교가 앉아 있었지만 그녀는 그들을 의식하지 못한 채 긴 이야기를 끝마쳤다.

천뢰도주의 눈에 다시 놀란 빛이 떠올랐다.

"너는 태어난 뒤 단 한 번도 밖으로 나간 적이 없었는데 언제 비요둔을 계승할 수 있었단 말이냐? 너의 사부가 누구였느냐?"

"실은 저의 글 선생이셨던 분이 비요둔의 전대 문주이셨어요."

"천규 선생(天揆先生) 말이냐? 그랬구나. 어딘가 범상치 않은 사람이라 여겼는데. 그래! 이제 기억나는구나. 글 선생인 천규 선생이 죽고 나서 얼마 뒤에 네가 사라졌었지."

천뢰도주가 부드러운 눈으로 흑화고를 바라보았다.

"네가 집을 나간 뒤 우연히 밀법을 익힌 사람을 알게 되었는데 그 사람을 통해 네 소식을 들은 적이 있었다. 그쪽 사람들에게 흑화고라 불리우고 있는데 거의 사신(死神)으로 통한다고 하더구나."

"사부님의 원수들을 제 손으로 모두 죽였어요. 사문인 비요둔을 능멸한 다른 사람들 역시 한 명도 살아남지 못했지요."

"호오……."

천뢰도주는 감탄성을 흘려냈다. 흑첨향과 무림은 엄연히 서로 달랐지만 또한 무림에서 활약하고 있는 흑첨향의 인물들도 적지 않았다. 그는 자신의 여동생이 적어도 밀법을 익힌 사람들 세계에서는 절대자에 가까운 신위를 지니고 있다는 것이 무척이나 흡족한 듯했다.

"모두들 기다리고 계십니다."

이때 빈청의 문이 열리며 시비 한 명이 들어섰다. 시비의 전갈에 천뢰도주는 흑화고의 손을 잡으며 일어섰다.

"부모님도 돌아가시고 너의 다른 오빠들도 이미 이 세상 사람이 아니지만 그래도 너에게는 가족들이 있단다. 자, 모두들 기다리고 있는 모양이니 어서 가보자꾸나."

천뢰도주가 흑화고를 데리고 간 곳은 도주의 일가들이 살고 있는 내성(內城)이었다.

내성에도 역시 손님을 맞이하는 빈청이 있었는데 그곳에서는 수십여 명에 달하는 사람들이 호기심 어린 눈으로 흑화고가 오기를 기다리고 있었다.

천뢰도주는 먼저 흑화고의 조카들을 소개했는데 대부분 칠십이 넘은 사람들이었다. 심지어 그녀의 첫 번째 오빠의 아들은 이미 구십이 넘어 있었다.

'그래, 생각이 나. 큰오빠의 아이였어. 그 꼬마가 이제 완전히 노인이 되어 있구나.'

흑화고는 가장 먼저 소개받은 장조카를 대하고 눈시울을 붉혔다. 그녀가 집을 떠날 무렵 막 열 살이 되었던 조카였다. 그녀는 기억을 떠올린 후 고개를 저었다. 그녀를 가장 잘 따랐던 조카였던 것이다.

그나마 흑화고는 큰오빠의 아들만을 간신히 알 수 있을 뿐 모두들 그녀의 일가친척이었지만 나머지 사람들은 알지 못했다.

한 명씩 흑화고 앞으로 나와 자신을 소개하며 절을 올렸다. 흑화고는 머뭇거리며 절을 받았지만 어색하기 이를 데 없는 일이었다.

조카뻘 되는 사람들이 절을 마친 후에는 다시 그 조카의 아들과 딸들, 혹은 며느리들이 인사를 했다. 원래 일가친척들이 모두 모이면 수백여 명에 달할 것이나 그나마 직계로 삼 대(三代)까지만 인사를 온 게 이 정도였다.

삼 대를 내려가자 청년들과 여인들이 흑화고에게 절을 하기 시작했다. 하지만 여전히 흑화고보다는 나이가 많을 듯했다.

흑화고에게 모두를 인사시킨 후 천뢰도주는 그제야 능비령을 바라보았다.

"이분 소협은?"

천뢰도주의 말투는 매우 조심스러웠다. 흑화고가 워낙 늙지 않아 혹시 능비령도 그런 게 아닌가 염려하는 눈빛이었다.

흑화고가 진지하게 대답했다.

"저의 주인이세요."

"호… 그렇다면 내게는 매제되는 사람이군. 반갑네."

천뢰도주가 반색하며 능비령의 손을 잡았다.

능비령의 얼굴이 붉어졌다. 그는 당황해서 헛기침을 터뜨리며 난처한 표정으로 허공만 노려보았다. 딱히 눈 둘 곳이 없었던 것이다.

여자가 남자를 소개하면서 주인이라고 한다면 남들은 으레 남편으로 생각할 게 아니겠는가. 과연 천뢰도주의 일가들은 능비령을 흑화고의 남편으로 여긴 듯 그 대접이 융숭하기 이를 데 없었다. 어찌 되었든 능비령의 신분은 족보상으로 그들보다 아득히 높았던 것이다.

능비령이 흑화고를 한번 노려본 뒤 변명도 하지 못한 채 쩔쩔매는 순간 빈청의 문이 거칠게 열리며 한 소녀가 뛰어 들어왔다.

대략 7, 8세가량 되었을까? 흙 밭에서 뒹굴다 왔는지 전신이 흙투성이인 소녀였다.

"도대체 무슨 음모를 꾸미기에 나만 빼놓고 모두들 여기에 모여 있는 거지?"

소녀는 당돌하게 빈청 안의 사람들을 둘러본 후 허리에 양손을 턱 걸치고 거칠게 내뱉었다.

"령아!"

"이, 이놈! 여기가 어딘 줄 알고……."

여기저기에서 당황스러워하는 호통들이 터져 나왔다. 소녀는 눈 하나 깜빡이지 않은 채 빈청 안을 둘러보다가 흑화고를 발견하고 귀엽게 고개를 갸웃거렸다.

"어? 못 보던 언니네."

한 중년 미부가 황급히 뛰어나와 소녀를 잡아끌며 으르렁거리는 말투로 소리 죽여 말했다.

"쉿! 너에게는 대조모가 되시는 분이야. 제발 함부로 입을 열지 말어."

소녀가 여인의 손을 뿌리친 뒤 쪼르르 흑화고에게 뛰어왔다.

"그 딴 거 어려워서 싫어요. 난 그냥 예쁜 언니라고 부를래요."

흑화고의 얼굴이 밝아졌다. 그녀는 거침없이 흙투성이 소녀를 가슴에 안아 들고 부드럽게 질문을 던졌다.

"그래, 그렇게 부르려므나. 한데 넌 이름이 뭐지?"

"난 령아예요, 경령! 그게 내 이름이에요. 성은 부씨고요."

흑화고가 흠칫 이채를 머금으며 천뢰도주를 바라보았다. 천뢰도주가 물기 어린 눈으로 흑화를 보며 고개를 끄덕였다.

"네가 벌써 오래전에 죽은 줄 알았다. 저 아이가 태어났을 때… 네 생각이 나서 네 이름을 붙여주었지. 요사이 저 아이가 하는 행동을 보면… 영락없이 어린 시절의 네 모습이더구나."

흑화고의 눈에서 결국 눈물이 흘러내렸다. 그녀는 눈물을 감추려는 듯 자신과 똑같은 이름을 지닌 소녀를 끌어안아 그녀의 뺨에 자신의 뺨을 비볐다.

3

천뢰도에서의 생활은 적어도 능비령에게 있어서는 무료하기 그지없 었다. 흑화고는 부모님의 묘에 성묘를 하고 아직까지 만나지 못한 친 척들을 만나는 등 바쁘게 보내 천뢰도에 들어온 뒤부터는 얼굴조차 볼 수 없었다.

여교 역시 천뢰도 내부의 지형과 고수들의 배치, 기관진법 등을 파 악하러 다닌다며 한시도 방 안에 머물러 있지 않았다.

능비령에 대한 천뢰도 사람들의 대접은 융숭하기 그지없었고 어느 곳을 가든 아무런 제약도 없었지만 어차피 내부의 지리도 몰라 갈 만 한 곳도 없었다.

능비령을 구제해 준 건 작은 부경령이었다.

"뭐 하고 있어? 심심하지?"

꼬마 부경령이 느닷없이 능비령의 방을 찾아온 건 삼 일째 되는 날

아침이었다. 처음 보았을 때와는 달리 오늘은 옷차림도 깨끗했고 얼굴 또한 말끔했다.

"음, 사실은 이건 비밀인데… 오빠는 내 맘에 들었어. 잘생겼으니 까."

꼬마 부경령은 심각한 비밀을 털어놓는 다는 듯 작은 목소리로 속삭 인 후 능비령을 끌고 밖으로 나갔다.

"따라와! 내가 이 안을 안내해 줄게. 뭐, 별로 재미있는 건 없지만 돌아다니다 보면 덜 심심할 거야."

꼬마 부경령의 선심이 기특해 능비령은 그녀를 따라 천뢰도 안을 구 경하기로 마음먹었다. 어차피 방 안에만 처박혀 있는 것도 지겨워지던 참이었다.

오후 무렵에 꼬마 부경령 덕분에 능비령은 천뢰도의 지하 서고까지 구경할 수 있었다. 지하 서고는 원래 천뢰도주의 혈족이 아닌 사람은 들어갈 수 없는 비지(秘地)인 듯했다. 하지만 꼬마 부경령의 안내를 받 은 데다 능비령이 이미 흑화고의 남편으로 알려져 있어 아무런 제지도 없었다.

"책을 좋아하면 앞으로 이곳에서 시간을 보내."

꼬마 부경령은 서고의 엄청난 책들을 둘러보며 능비령이 기뻐하는 빛을 드러내자 마치 자신의 일인 양 무척이나 좋아했다.

"이 서고는 기관진법에 의해 하루에 한 시진만 개방되는 곳이야. 그 시간이 지나면 나오고 싶어도 나올 수가 없으니 조심해야 할 거야. 그 리고 어떤 책이든 읽을 수는 있어도 절대로 이 안에서 책을 가져 나가 면 안 돼."

그녀는 책이라면 쳐다보는 것조차 따분하다는 듯 능비령을 내버려

둔 채 서고를 빠져나갔는데 나가기 전에 한마디 주의를 잊지 않았다.

그날부터 능비령은 지하 서고에 드나들기 시작했다. 지하 서고는 모두 삼 층으로 나뉘어져 있었는데 한 층마다 이십여 개의 석실로 이루어져 있었다. 석실마다 수십여 개의 서가(書架)들이 미로처럼 얽혀 있었고, 또한 한 서가마다 수백여 권의 책들이 꽂혀 있어 실로 지하 서고 전체의 서책이 몇 권이나 될지 그 양을 짐작할 수 없었다.

책들의 종류도 다양해 죽간 형태도 있었고 족자 형태의 비결도 있었다. 또 어떤 것은 너무 낡아 손만 대면 바스러질 것 같았다.

'천뢰도가 중원에 온 게 700년이 넘었다더니… 과연 역사가 깊은 집안답게 책이 많구나.'

능비령은 감탄을 금치 못하며 지하 서고 안을 돌아다녔다. 첫날은 그저 지하 서고 전체를 돌아보며 어떤 종류의 책들이 있는지 그 윤곽만 파악하는 데도 한 시진이 흘러가 버릴 정도였다.

둘째 날이 되어서야 비로소 능비령은 서가의 책들을 꺼내 읽기 시작했다. 무공 비급들도 엄청 많았지만 능비령은 무공 비급들에는 관심을 두지 않았다.

서고가 닫힐 시간이 되면 어디선가 종소리가 들려왔다. 능비령은 매번 겨우 한 시진밖에 책을 읽을 수 없다는 것이 아쉽기 그지없었다.

그렇게 지하 서고를 드나들기 시작한 지 칠 일째 되던 날, 능비령은 누군가가 서탁에 앉아 책을 읽고 있는 자신의 옆에 서 있는 것을 느꼈다.

나이를 짐작할 수 없는 노인이었다. 입고 있는 흑의는 색이 바래 먼지처럼 회색을 띠고 있었고 깡마른 체격에 키가 작았다. 하지만 그 눈빛이 형형하기 이를 데 없어 감히 마주 보기가 힘들었다.

능비령은 정신없이 책을 읽다가 언제부터인가 노인이 자신의 옆에 서서 내려다보고 있는 것을 발견하고 내심 크게 놀라지 않을 수 없었다. 하지만 주름살투성이인 노인의 얼굴에는 인자한 미소가 떠올라 있었다.

"넌 정말 책을 좋아하는구나. 어쩌다 들어와서 무공 비급이나 뒤지다 가는 다른 놈들과는 달라. 한 시진밖에 머물러 있을 수 없어 안타깝겠구나."

"예. 왜 이런 귀찮은 규칙을 만들었는지 모르겠습니다."

능비령은 노인에게 어쩐지 호감을 느껴 솔직하게 불평을 털어놓았다. 노인이 이빨도 없는 입을 벌려 크게 웃었다.

"원래는 하루에 한 시진씩이라도 글을 읽으라는 교훈을 주기 위한 것이었지. 또 책을 보호하는 목적도 있고. 하루에 한 시진을 빼놓고 나머지 시간은 책들도 휴식을 취해야 하거든."

"책들이 휴식을 취한단 말입니까?"

"이곳에 사람이 들어오면 그 사람 때문에 책이 상하는 법이야. 그 사람의 몸에 묻어 들어온 먼지들도 나쁘지만 가장 나쁜 건 사람이 내뿜는 숨결 속의 습기이지."

"아······!"

능비령이 고개를 끄덕였다. 그러고 보니 지하 서고의 공기는 쾌적하기 이를 데 없었다. 어디선가 청량한 바람이 쉬지 않고 들어오고 있었으며 지하에 위치해 있음에도 불구하고 습기가 느껴지지 않았다.

"네가 책을 좋아하는 걸 보니 이 늙은이가 기분이 좋아지는구나. 내 너에게 책을 많이 읽을 수 있는 방법을 가르쳐 주마."

"책을 많이 읽을 수 있는 방법이 있습니까?"

능비령은 반색하지 않을 수 없었다.

노인이 고개를 끄덕이며 입을 열었다. 책을 좋아하는 사람을 만나 무척이나 즐거운 듯한 표정이었다.

"원래 이 방법은 이 늙은이가 서고의 책들을 관리하면서 저절로 터득한 신공인데 수유관(須臾觀)이라 이름 붙였다."

"수유관? 그만치 빨리 읽을 수 있다는 뜻입니까?"

"그래. 제대로만 터득하면 한 시진에 수십 권을 읽을 수 있지. 뭐, 사람에 따라 다르겠지만 너처럼 책을 좋아하면 그리 오래 걸리지 않아 터득할 수 있을 게야."

노인은 흐뭇해하는 눈으로 능비령을 보며 비결을 일러주기 시작했다.

비결이라 해봤자 크게 신기한 것은 아니었다. 노인이 가르쳐 준 방법은 책 안의 글자들을 하나하나씩 읽는 게 아니라 글씨가 적혀 있는 전체를 한꺼번에 눈에 박아 넣는 방법이었다.

예를 들어 족자 형태로 된 비결을 읽을 때 그 족자 속의 글씨를 읽는 게 아니라 족자 전체를 한꺼번에 머리 속에 담아버린다. 이런 식으로 한 번에 책자의 한 장을 머리 속에 담아버린 뒤에 시간이 날 때 머리 속에 박아 넣은 그림을 떠올려 그 속의 글자를 하나씩 읽으면 된다.

능비령은 과연 그런 신공을 터득하게 되면 하루에 한 시진밖에 서고에 머무를 수 없다는 걸 안타까워할 필요가 없다고 생각했다. 일단 책장을 넘기며 모조리 머리 속에 집어넣은 뒤에 나중에 한 글자씩 머리 속에서 읽으면 되는 것이다.

능비령은 노인의 도움을 받으며 수유관을 익히기 시작했다. 족자 하나를 한꺼번에 본 뒤 눈을 감고 그 족자 안의 글귀를 떠올린다. 처음에는 족자 안의 글자들 중 겨우 십여 개 정도만을 떠올릴 수 있었다. 글의 순서도 맞지 않았다.

하지만 한 시진밖에 서고에 머무를 수 없는 데다 어차피 할 일도 없어 노인이 가르쳐 준 수유관을 계속 연마했다. 서고 밖에 나갔을 때도 능비령은 주위의 지형지물이나 심지어 사람의 얼굴을 보며 수유관을 익혔다.

사람의 얼굴을 한 번 보고 눈을 감은 뒤에 그 사람의 얼굴에 점이 몇 개 있는가, 수염은 어떤 형태인가 하는 걸 머리 속으로 떠올리며 늘 수유관을 익히기 시작한 것이다.

서고 안에 들어갈 때마다 노인은 능비령의 수유관이 어느 정도의 성취를 이뤘는지 확인해 본 후 부족한 점을 자세히 가르쳐 주었다. 이렇게 되자 열흘 뒤에는 서책의 한 장에 적혀 있는 글자들의 반 이상을 떠올릴 수 있었고 글의 순서도 어느 정도 맞출 수 있었다.

다시 열흘이 지나자 능비령은 한번 본 책장의 글씨들 중 열에 아홉은 다시 기억해 낼 수 있게 되었다. 그리고 다시 열흘이 지나자 단지 한 번 보니 더 이상 볼 필요가 없음을 느꼈다.

눈을 감고 가만히 생각하면 책장에 적혀 있는 글자들이 모조리 선명하게 떠올랐다. 심지어는 책장의 여백에 묻어 있는 먼지의 얼룩마저 떠올랐다. 읽고 싶을 때는 다시 소가 여물을 되새김질하듯 머리 속에 책장 전체를 떠올린 후 그 속의 글씨들을 하나씩 읽으면 그만이었다. 마치 책장 전체의 형태가 고스란히 머리 속에 박혀 버린 듯한 느낌이었다.

이 기공은 내공도 필요 없었다. 단지 눈을 밝게 하고 머리를 맑게 해야만 터득할 수 있었다.

능비령은 이 기공이 많은 효용이 있다는 것을 뒤에야 알게 되었다. 수많은 군중들을 한 번 보고 난 후에 다시 그 장면을 떠올려 그 군중들 속에 섞여 있는 한 명 한 명의 얼굴을 떠올릴 수 있었고, 상대가 펼치는 무공을 한 번 본 후 나중에 차분히 떠올려 그 변화와 근간을 알아낼 수도 있었던 것이다.

어느새 두 달이 지나가 버렸다. 능비령은 하루에 한 시진씩 서고에 들어가 십여 권의 책을 머리 속에 담아 나온 뒤에 자신의 방에서 그 책들을 다시 떠올려 읽으며 시간을 보냈다. 그의 수유관은 이제 경지에 올라 획 하고 한 장을 넘기는 순간 이미 그 내용이 머리 속에 박혀 버릴 정도였다.

천뢰도에 들어온 지도 벌써 두 달이 지났건만 흑화고는 아직도 떠날 생각이 없는 듯했다. 능비령은 그녀의 이런 태도를 이해할 수 있었다. 팔십 년 만에 돌아온 집인 것이다.

"오늘은 이 책을 읽어두거라."

어느 날 능비령이 평소처럼 서고에서 책장을 넘기며 그 안의 내용들을 머리 속에 넣고 있을 때 노인이 다가와 두 권의 서책을 건넸다.

한 권은 천을단(天乙端)이라고 표제가 적혀 있었는데 내공심결과 장법(掌法), 도법(刀法)으로 나뉘어져 있었고, 나머지 한 권은 동원검법정록(洞元劍法正錄)으로써 한 가지 검법이 적혀 있는 무공 비급들이었다.

"가문의 멍청이들은 죽어라 하고 가문 무공만을 익히고 있어."

능비령이 책자를 살피며 의아해하자 노인이 말을 이었다. 자못 분개한 태도였다.

"물론 본 도의 천뢰정법(千雷正法)이 뛰어난 신공이기는 하지만 원래 선조들은 만류귀원(萬流歸元)의 이치를 깨닫기 위해 다른 무공들을 섭렵하고 연구한 뒤에 비로소 천뢰정법을 익혔는데 지금의 멍청이들은 그저 가문의 무공만이 최고라는 아집에 빠져 다른 무공들을 무시하고 있다."

능비령은 눈앞의 노인이 평생 서고의 책들만 관리해 온 사람이라는 걸 이미 알고 있었다. 노인은 오히려 도주보다도 배분이 높았는데 아무도 나이를 정확히 아는 사람은 없지만 이미 이 갑자가 훨씬 넘었다고 했다.

"하지만 내가 보기에 이 무공들이 천뢰정법보다 더 강해. 너라도 후에 그 두 가지 무공을 익혀 언제고 가문의 멍청이들에게 교훈을 내려 주거라."

노인의 말에 능비령이 난감해하는 빛을 떠올렸다. 그는 고개를 저으며 입을 열었다.

"하지만 저는 무공을 익힐 수 없습니다. 단전이 폐쇄되어 내공을 쌓을 수 없는 몸입니다."

"단전이 폐쇄되어 있다고?"

노인은 크게 놀란 빛이었지만 능비령의 말을 기이하게 여기지는 않았다. 노인은 잠시 동안 고개를 숙여 뭔가를 생각하더니 다시 얼굴을 들었다.

"단전이 폐쇄되어 있다고 내공을 쌓지 못한다는 법은 없지. 기(氣)를 단전 말고 다른 데다 모아놓으면 되지 않겠느냐."

"그, 그런 방법이 있습니까?"

"아암! 있고 말고!"

노인은 능비령을 향해 미소를 던진 후 서고 안쪽으로 갔다가 한참 뒤에야 돌아왔는데 그의 손에는 낡은 족자 하나가 들려져 있었다. 테

두리에 이상한 부호와 문양들이 빽빽이 그려져 있는 족자였다.

테두리 안쪽의 그림이 보면 볼수록 실로 기이했다. 분명히 산과 숲을 그린 산수화였는데 아무리 보아도 이 세상의 경관이 아닌 듯했다. 숲과 산이 그려진 아래쪽의 여백에 알 수 없는 문양이 깨알처럼 잔뜩 적혀 있었다.

"세상에는 사람들이 모르는 신기한 일도 많이 있는 법이야. 난 그것들을 모두 믿지는 않지만 또한 무시하지도 않는단다."

노인은 심각한 표정으로 고개를 끄덕인 후 그림의 여백에 적혀 있는 글귀들을 해석해 주기 시작했다. 만물의 기(氣)를 받아들여 자신의 몸에 쌓는 방법이었는데 일반적으로 단전에서 시작된 기를 각 경혈로 일주천시켜 내공을 증진시키는 운기법과는 그 성격이 달랐다.

"이건 심장에 기를 쌓아두는 구결이야. 심지어 몸의 외곽에 쌓아 보이지 않는 옷을 입은 형태가 될 수도 있다고 적혀 있다. 그리고……."

열심히 여백의 문양을 해석하던 노인이 고개를 갸웃거렸다. 노인은 새삼 족자 안의 산과 숲을 보며 말을 이었다.

"이 족자에 그려진 이계(異界)로 들어가서 기를 쌓게 되면 더 빨리 기를 모을 수가 있다고 적혀 있어. 이계로 들어가는 방법은 음, 그러니까… 그건 글씨가 지워져서 모르겠구나."

노인은 족자를 다시 말아 능비령에게 건넸다.

"아까 내가 불러준 구결을 다 외웠느냐?"

"예. 별로 어렵지는 않은 것 같은데 과연 단전이 폐쇄되어 있어도 내공을 쌓을 수 있을지 모르겠군요."

능비령은 노인이 해석해 준 구결의 내용을 믿을 수도 믿지 않을 수도 없어 자신도 모르게 더듬거렸다.

"그 족자는 나중에 필요하게 될지도 몰라 너에게 주는 것이니 갖고 가거라. 도주에게는 내가 말해 두마."

능비령은 천을단과 동원검법정록의 내용을 머리 속에 담아둔 뒤에 두 권의 무공 비급을 다시 노인에게 돌려주었다. 우연히 두 종류의 절세 무공을 얻는 기연을 만났지만 별로 기쁘지는 않았다. 어차피 자신에게는 무용지물이라고 생각한 때문이었다.

제10장
오행술(五行術)

1

천뢰도의 지하 서고 안에 있는 서적들은 방대하기 그지없었고 그 종류 또한 다양했다.

백가구류(百家九流)에 관한 학문은 물론이고 심지어 여성의 예의 범절과 도덕 등을 가르치는 여사잠(女史箴) 같은 책들도 있었으며, 온갖 설화(說話)를 정리한 책도 꽤 많았다. 물론 무림세가답게 무공 비급들이 가장 많았으며 또한 각종 의학 서적과 독을 다루는 비급들도 적지 않았다.

하지만 한 달 정도가 지나자 능비령은 더 이상 서고에 갈 필요가 없다는 것을 알게 되었다. 무공 비급들을 제외한 나머지 책들을 모조리 머리 속에 집어넣었기 때문이다. 이것은 실로 수유관이라는 특이한 기공이 아니면 불가능한 일이었다.

지하 서고에 갈 필요가 없다는 걸 알게 된 첫날, 능비령은 족자에 적혀 있는 기이한 내공심결을 익히기로 마음먹었다. 기를 단전이 아니라 심장에 쌓을 수 있다는 사실이 믿기 어려웠지만 일단 시험해 보기로 작정한 것이다.

심결의 묘(妙)는 호흡에 있었다.

서고를 지키던 노인이 해석해 준 바에 의하면 기를 쌓는 것은 장소도 중요했고 그 시각 또한 잘 선택해야 했다.

하루 중 만물의 기가 생성되어 가장 왕성하게 차 오르는 것은 자시(子時:24시)에서 오시(午時:12시)까지로 그 시각 이후는 기가 점차 소멸되어 가라앉는다.

장소 또한 다른 사람의 방해를 받지 않는 한적한 곳은 물론이려니와 근원적으로 생기(生氣)가 발생되는 곳을 선택해야만 했다. 예를 들어 일출(日出)을 맞이할 수 있는 산의 정상 같은 곳이 기를 쌓기에는 가장 좋은 장소인 것이다.

일단 내공을 익히기로 마음먹은 능비령은 새벽에 일어나 자연스럽게 가부좌를 틀고 정좌했다. 누가 가르쳐 주지 않았지만 그 자세가 자신의 내면을 들여다보고 심신을 평온한 상태로 만들기에 가장 적당한 자세라는 것을 깨달은 때문이었다.

'첫 입문에서 가장 중요한 요결은 억지로 주위의 기(氣)를 느끼려 하지 말고 편안한 마음으로 자연스럽게 주변에 떠돌고 있는 기를 느끼라고 했다.'

능비령은 눈을 감은 채 호흡을 조절했다. 가능한 천천히 들이마시고 천천히 내뱉으며 그는 점차 자신을 잊어갔다.

얼마의 시간이 흘렀을까?

능비령은 문득 자신의 몸 주위에 신선한 바람이 스쳐 가고 있는 듯한 느낌을 받았다. 봄날의 산들바람 같은 미미하기 그지없는 움직임이었다. 청량하기 그지없었지만 막상 느끼려 하면 또한 느껴지지 않는 그런 움직임이었다.

방문은 물론이고 창문마저 굳게 닫혀져 있어 방 안에 바람이 불어올 리 없었다. 미약한 바람의 흐름은 한 방향으로 흐르는 게 아니라 이리저리 떠돌아 마치 잔잔한 호수의 파문이 손등을 간지럽히는 것처럼 부드러웠다.

'내 몸을 휘감고 있는 이 바람 같은 느낌이 바로 기라는 것이구나.'

일단 기를 느끼게 되자 능비령은 그 기가 자신의 몸 안으로 흘러 들어온다고 생각했다. 그러자 이리저리 잔잔한 물결처럼 흘러다니던 기가 조금씩 그의 체내로 흡입되기 시작했다.

능비령은 족자에 적혀 있는 구결대로 그 기를 단전이 아닌 심장에 쌓기 시작했다. 과연 그의 단전은 단단히 폐쇄되어 있어 기의 흐름이 단전 안으로는 유입되지 않았다.

'기가 어느 정도 분량이 되어 쌓이기 전까지는 다시 흩어진다고 했다. 한데 과연 어느 정도가 되어야만 쌓여진 기가 흩어지지 않는 것일까?

능비령은 시간이 얼마나 흘렀는지 몰랐지만 심장에 쌓아놓은 기가 자꾸 흩어지는 것을 느끼며 눈을 떴다. 일단은 기를 느끼고 그 기를 흡입해 심장에 쌓을 수 있게 된 것만으로 성공이라고 생각한 것이다.

눈을 뜨자 침상 위에 여교가 앉아 있는 것이 보였다.

능비령은 깜짝 놀라 자신도 모르게 당황해서 소리를 질렀다.

"너… 아무리 어리다고 해도 분명히 여자는 여자인데 이 밤중에 남자의 침실에 들어오다니! 어서 나가지 못해! 내게 할 말이 있으면 아침에 오라구!"

여교가 어이없다는 표정으로 고개를 갸웃거렸다.

"뭐예요? 지금은 한낮이에요. 오빠가 아침에 식사를 하러 오지 않기에 왔다가 운공 중인 걸 보고 깨어날 때까지 기다린 거예요."

"지금이 한낮이라구?"

능비령은 깜짝 놀라 창문 쪽을 바라보았다. 과연 어느새 창밖이 환해져 있었다.

여교가 진지한 눈으로 능비령을 바라보았다.

"내공을 익히기 시작한 거예요? 도대체 몇 시진이나 운공조식을 한 거지요?"

능비령은 시각이 벌써 오시에 이르러 있음을 알고 내심 깜짝 놀라지 않을 수 없었다. 기껏해야 반 시진 정도가 흘러갔으리라고 생각했는데 놀랍게도 세 시진 가까이 운공삼매에 빠져 있었던 것이다.

"글쎄… 새벽부터 시작했으니까… 한 세 시진 가량 되었나?"

"음, 집중력이 대단한데요. 하지만……."

여교가 고개를 갸웃거렸다. 그녀는 능비령을 빤히 바라보며 다시 입을 열었다.

"뭐, 건강을 위한 정도라면야 상관없지만 그 나이에 무공을 익혀 일가를 이룬다는 건 쉽지가 않아요. 그러니까 음… 아무리 봐도 오빠는 밀법(密法)을 익힐 수 있을 만큼 똑똑해 보이지는 않지만 그래도 차라리 밀법을 익혀보는 게 어때요? 우선은 기초적인 오행술(五行術)로 시작해서 차츰차츰 밀법을 익히는 게 차라리 무공보다는 빠르지 않을까요?"

'뭐야? 아무리 봐도 똑똑해 보이지는 않는다고?'

능비령의 얼굴이 확 일그러졌다. 하지만 그는 애써 반박하는 게 오히려 우습게 느껴져 아무렇지도 않다는 태도로 여교를 향해 질문을 던졌다.

"한데 오행술이 뭐지?"

"오행술은 오행계의 정(精)들을 다룰 수 있는 밀법의 일종이에요. 쉽게 말해 흙과 나무, 그리고 물과 불, 또 쇠의 정들을 자신의 손발처럼 이용하는 것이지요."

"뭐야? 흙이나 나무 등 오행의 정들을 부린다고?"

"밖으로 나와봐요. 아무래도 내가 직접 보여주는 게 이해가 빠를 거예요."

능비령의 거처는 내성의 별채인지라 한적하기 이를 데 없었다. 전각을 빠져나가자 앞쪽으로 넓은 화원이 있었는데 그곳에도 사람의 모습은 보이지 않았다.

"호호호, 발을 조심하세요."

화원에 당도하자 여교는 보이지 않는 작은 공을 감싸 쥔 형태로 두 손을 가슴 앞에서 모아 쥔 뒤 무어라 작은 음성으로 주문을 읊기 시작했다.

능비령은 그녀가 무엇을 하는 것인지 어리둥절해하며 바라보다 발목에 기이한 감촉을 느끼고 크게 놀라지 않을 수 없었다.

놀랍게도 지면 속에서 화초의 뿌리들이 솟아올라 능비령의 발목을 휘감고 있었다. 화원에 가득 차 있는 꽃나무들과 풀들의 뿌리인지라 연약하기는 했지만 수십여 가닥이 발목을 휘어 감자 운신하기가 어려웠다.

능비령은 감탄의 눈으로 여교를 바라보았다.

"밀법이라는 거 정말이지 신기하구나."

"오행술은 넓게 보면 밀법의 기초에 속하지만 정확히 말하면 밀법과는 달라요. 그래서 오행술만을 연성한 사람들을 우린 따로 오행술사(五行術士)라고 불러요."

여교는 말을 마친 후 다시 주문을 읊었는데 그 순간 능비령의 발목을 휘어 감고 있던 풀뿌리와 가는 꽃나무의 뿌리들이 소리없이 땅속으로 사라져 버렸다.

"간단해 보이지만 나무뿌리로 오빠의 발을 묶은 밀법에는 오행의 수목금토화(水木金土火) 중 두 가지 오행술이 섞여 있어요. 나무뿌리를 움직이는 목자결(木字訣)과 또한 땅의 도움을 받기 위한 토자결(土字訣)이 그것이에요."

"그러니까 오행술이라는 게 오행의 상생상극을 이용해야 한다는 것이니?"

"어? 벌써 이해하다니 제법인데요?"

"뭐야!"

능비령의 얼굴이 일그러졌다.

여교가 환하게 웃으며 다시 설명하기 시작했다.

"맞아요. 만물은 오행을 따라 변화해요. 서로 상생하면 발전하고 상극하면 폐퇴하는 거예요. 나무와 흙의 관계는 나무가 우선이기 때문에 목극토(木克土)가 되는 거예요."

여교는 문득 지면에서 한 줌의 흙을 집어 들며 다시 입을 열었다.

"하지만 꼭 오행의 상생상극을 적용시켜야 되는 건 아니에요. 오행을 각각 이용하는 방법도 많아요."

말을 마치기 무섭게 여교는 손에 쥐고 있던 흙을 허공에 흩뿌렸다.

능비령의 눈이 커졌다. 흙이 허공에 뿌려지는 순간 여교의 모습이 사라지고 보이지 않았던 것이다.

"뭐야? 어디로 사라진 거지?"

능비령이 주위를 두리번거리는 순간 여교는 어느새 별채의 입구 쪽에서 모습을 드러내 다가오고 있었다.

"어, 어떻게 한 거지?"

"오빠의 눈에는 보이지 않았지만 난 땅속을 통해 십 장을 움직인 거예요. 난 아직 성취가 깊지 않아 이 정도이지만 성취가 높은 사람은 지행술을 펼쳐 순식간에 백 리를 움직일 수 있어요."

"화아! 대단한데?"

"보통의 오행술은 주문이나 부적을 통해 오행계를 이용할 수 있을 뿐이에요. 예를 들어 물이나 땅속에 몸을 감추는 지둔이라던가 수둔(水遁) 정도예요."

"그렇다면 더 높은 단계는 어느 정도의 경지이냐?"

"밀법의 고수나 오행술의 대가들은 오행계를 이용하는 정도가 아니라 오행의 정(精)을 오행계에서 불러 자신의 수하처럼 부릴 수 있어요. 원래 주문이나 부적을 통해야만 오행의 힘을 이용할 수 있지만, 일단 오행의 정을 수하로 부릴 수 있게 되면 부적이나 주문이 필요없게 돼요. 물론 오행의 정을 계속 부리려면 그만큼 공력을 소모하는 단점이 있기는 하지만요."

"그렇다면 주문이나 부적만 알고 있으면 누구나 오행술을 펼칠 수 있다는 것이냐?"

"그렇지는 않아요. 오행술을 펼치려면 그 힘을 끌어낼 만한 공력이 뒷받침되어야만 가능해요."

능비령의 얼굴에 실망의 빛이 스쳐 갔다.

여교가 말을 이었다.

"밀법과 무공은 전혀 달라요. 하지만 높은 경지에 이르기 위해서는 내공이 높아야 한다는 것은 둘 다 똑같아요."

"그럼 밀법의 고수와 무공의 고수 중 누가 더 강한 거지?"

능비령의 질문에 여교가 고개를 저었다.

"어떤 게 더 강하다고 단적으로 비교할 수는 없어요. 무림에서 일 갑자의 공력을 지닌 사람은 많지 않아요. 그 정도로 무공을 연마하다 보면 받아들이는 것을 뛰어넘어 자신만의 무공을 창안할 정도이니 고수라고 할 만하지요. 밀법사도 마찬가지예요. 내공력이 일 갑자 정도되고 수행이 깊은 사람은 스스로 새로운 밀법을 창안할 정도이니까요."

"아……!"

"똑같은 밀법도 공력이 깊은 사람이 펼치는 것과 낮은 사람이 펼치는 것은 그 위력이 달라요. 무공과는 달리 밀법은 특별히 강인한 체력이나 선천적인 천품 따위는 필요없지만 수많은 주문들을 외우고 연구해야 하니까 머리가 둔하면 깊은 경지에 이르지 못해요."

"끄응… 그래서 머리가 똑똑해야 한다느니 하는 소릴 한 거였군."

능비령이 내심 고개를 끄덕였다. 그는 이제야 무공과 밀법의 차이를 어느 정도 이해할 수 있을 것 같았다.

여교가 다시 정색한 채 입을 열었다.

"사실 무공만을 3, 4년 정도 익힌 사람은 같은 기간 동안 밀법을 익힌 사람에게 상대가 되지 못해요. 서로 비슷해지는 경지가 10년 정도가 되었을 때부터이지요. 물론 무공과 밀법을 함께 익힐 수 있는 사람도 있긴 하지만 그런 사람은 아주 드물어요. 어지간해서는 그런 수련을 하질 않는데 그 이유는 한 가지만 열심히 한 것보다 오히려 효과가 없기 때문이에요."

능비령은 밀법에 어느 정도 호기심을 갖지 않을 수 없었다.

"밀법을 익히려면 어떻게 해야 하지?"

"물론 꾸준히 내공을 쌓는 것이 기초예요. 그러면서 모든 밀법들을 펼치기 위한 주문과 부적들을 공부해야만 해요. 한 가지 밀법을 펼치기 위해서는 연계되는 주문들 서너 가지씩을 외워야 하니까 사실 쉬운 일은 아니에요."

"그렇다면 모든 밀법의 주문들은 다 같은 거냐?"

"각 문파마다 고유의 주문과 부적이 전해져 내려오니까 사실 같은 종류의 밀법을 펼치더라도 그 주문은 서로 다르다고 할 수 있어요. 어때요? 밀법을 배워볼 생각이 있는 거예요?"

"그래, 재미있을 것 같아."

능비령이 밀법을 배우고 싶다고 하자 여교는 기쁜 빛을 드러냈다.

"나도 아직은 수행이 짧아 밀법의 단계가 깊지는 않지만 앞으로 시간 날 때마다 내가 가르쳐 주는 주문들을 단단히 암기해 두면 나중에는 유용하게 쓰일 때가 있을 거예요."

"그 주문이라는 것들을 적어주지 않겠니? 나는 구결을 외우는 것보다 한꺼번에 읽어버리는 게 더 빠르거든."

"그래요?"

잠시 생각해 보던 여교가 돌연 품 안에서 두툼한 한 권의 서책을 꺼냈다. 그녀는 두툼한 서책을 선심 쓰듯 능비령에게 내밀었다.

"그럼 이 밀법서를 빌려줄게요. 원래 외인에게는 절대 전수할 수 없는 거지만… 뭐, 오빠와 나 사이인데 괜찮지 않겠어요?"

"우리 사이가 어떤 사이인데?"

여교의 말에 기이한 여운이 깔려 있는 것 같아 능비령은 멍청히 질문을 던졌다.

여교가 의미심장한 미소를 머금으며 고개를 흔들었다.

"그걸 내 입으로 어떻게 얘기해요."

"뭐야?!"

"아무튼 그 속에는 나도 아직 익히지 못한 밀법들이 더 많아요. 나 역시 이제 겨우 입문 단계에 불과하니까요. 그러니 절대로 잃어버리거나 남에게 빼앗기면 안 돼요."

능비령이 고개를 끄덕였다. 그는 첫 장을 넘기며 대수롭지 않다는 듯한 태도로 입을 열었다.

"알았다. 조금만 기다려. 지금 읽고 돌려줄 테니."

"뭐예요? 그 속에는 엄청난 분량의 주문들이 적혀 있다고요. 그걸 지금 당장 읽고 돌려준다는 건 말이 안 돼요."

파라락!

여교가 불신의 표정을 머금고 있는 사이에 능비령은 빠른 속도로 책장을 넘기고 있었다. 읽는다기보다는 그저 책장을 넘긴다고 해야 옳았다.

탁!

반 각도 되기 전에 능비령은 마지막 책장을 덮고 책자를 다시 여교에게 돌려주었다.

"뭐 하는 거예요? 남의 성의를 무시하는 거예요?"

능비령이 책을 돌려주자 여교가 발끈해져 소리쳤다.

능비령이 환하게 미소했다.

"넌 믿기 힘들겠지만 난 이미 그 책 안의 내용을 모조리 머리 속에 담아두었단다."

"세상에! 나도 아직 끝까지 읽어보지 못했는데 그런 말도 안 되는……."

여교는 무어라 반박하려다가 입을 다문 채 별채의 입구 쪽으로 고개를 돌렸다.

별채의 입구를 통해 흑화고가 들어서고 있었다.

흑화고를 보자 능비령은 내심 반갑기 그지없었다. 천뢰도에 들어온 뒤에 처음으로 그녀를 대했기 때문이다.

흑화고는 곧바로 능비령에게 다가왔는데 마치 어제 헤어졌다가 다시 만난 것처럼 아무렇지도 않은 태도였다.

반색하려다가 오히려 약간 쌀쌀하게 느껴지는 그녀의 표정을 대하자 능비령은 어쩐 일인지 힘이 빠지는 기분이었다.

흑화고가 입을 열었다.

"북당하에 사람을 보내 그림 그리는 장 노인을 찾아보라고 했지만 끝내 찾지 못했다는군."

지나가는 말투였다. 하나 능비령으로서는 그녀의 말이 내심 반갑기 그지없었다.

'아, 집에 돌아오고 난 뒤에는 나와 함께 북당하에 가야 되는 걸 완전히 잊어버린 줄 알았는데 천뢰도 사람들을 북당하에 보냈던 모양이구나.'

"이제 어떻게 할 거지?"

흑화고가 담담한 표정으로 능비령을 보며 다시 입을 열었다.

능비령이 고개를 저었다. 그는 흑화고의 말을 의심하지는 않았지만 반드시 자신이 북당하로 가서 직접 장 노인을 찾아보고 싶었다.

"난 그래도 북당하에 가볼 생각이야. 내가 직접 찾아본 뒤에 포기를 해도 포기해야 할 것 같아."

"무림의 정세가 심상치 않아. 십승관의 대관주를 선출하는 후계자끼리의 쟁탈전이 시작된 것 같아. 무림의 일에 개입하고 싶지는 않지만 아무래도 좀 더 지켜보다가 도와주어야 할 일이 있으면 도와주고 싶어. 한두 달 정도 더 기다려 줄 수 있어?"

"기왕에 늦겨졌으니 어쩔 수 없지."

능비령이 호쾌히 고개를 끄덕이자 흑화고가 여교에게 눈을 돌렸다.

"한데 화원에서 뭘 하고 있었느냐?"

여교는 흑화고의 질문을 무시한 채 능비령을 돌아보며 들뜬 음성으로 입을 열었다.

"아마 언니쯤 되면 오행계의 최고위급 정들을 부릴 수 있을 거예요. 한번 보여달라고 그래요."

"뭐야?"

여교의 느닷없는 말에 흑화고의 아미가 살짝 찌푸려졌다.

여교가 생글거리며 입을 열었다.

"오빠가 밀법을 배우고 싶다고 해서 내가 밀법에 대해 가르쳐 주던 중이었어요. 하지만 언니의 성취가 더 깊으니 언니가 몇 가지 신기한 것을 보여주면 오빠가 더 흥미를 느낄 게 아니겠어요?"

흑화고가 능비령을 바라보았다.

그녀의 눈 깊은 곳에 언뜻 안타까워하는 빛이 솟아났다. 능비령이 공력을 쌓을 수 없는 몸이라는 것을 이미 알고 있었기 때문이다.

그녀는 가볍게 한숨을 내쉰 후 여교에게 질문을 던졌다.

"넌 그에게 어떤 것들을 가르쳐 줬느냐?"

"우선 기초라고 할 수 있는 오행술에 대해 이야기해 주던 중이었어요."

"오행의 힘을 제대로 사용하려면 오행계의 이매망량들을 불러낼 수 있어야 해."

흑화고는 천천히 주위를 둘러보다가 화원 중앙에 위치해 있는 연못을 바라보았다.

"오행계의 정들을 불러내지 못하는 단계는 겨우 기초에 불과해. 물론 오행계를 이용할 수 있는 정도만 돼도 쓸 만하긴 하지만……."

흑화고는 여교처럼 두 손을 가슴에 모으지도 않은 상태에서 무어라 낮게 중얼거렸다.

꽈아아!

다음 순간, 연못의 물이 거대한 기둥처럼 허공으로 솟구쳐 오르기 시작했다. 연못까지의 거리는 오 장여에 달했는데 예의 물기둥은 곧바로 능비령을 향해 쏟아져 오며 수십여 갈래로 나뉘어졌다.

능비령은 크게 놀라지 않을 수 없었다. 수십여 가닥으로 나누어진 물줄기들이 하나하나 모두 날카로운 칼의 형태로 변화된 채 무서운 기세로 그를 향해 덮쳐 오고 있었던 것이다.

피할 수도 없었고 막을 수도 없었다. 수십여 개의 물의 칼날이 한꺼번에 방원 십여 장을 뒤덮으며 쏟아져 오는데 그 속도 또한 전광이나 다름없었다.

촤아악!

수십여 개의 물의 칼날들은 능비령의 한 자 앞에서 돌연 와르르 무너지며 하나의 장벽을 형성한 채 멈춰 섰다.

능비령은 반대 편의 풍경이 그대로 내비치는 투명한 물의 장벽이 자신의 눈앞에 멈춰 서 있는 것을 보며 감탄의 표정을 떠올렸다.

흑화고가 손짓하자 장벽을 이룬 채 허공에 떠 있던 물이 다시 한줄기 기둥이 되어 연못으로 빨려가기 시작했다.

한데 물기둥이 모조리 연못의 물속으로 빨려 들어간 그 표면 위에 기이한 물체가 우뚝 서 있는 것이 아닌가!

놀랍게도 그것은 사람의 형체였다. 투명한 물로 만들어진 아름다운 여인의 모습이었다. 내부에서는 계속 물이 일렁이고 있었지만 그 외부 형태는 변하지 않은 채 또렷한 형태를 유지하고 있었다.

발목 아래만이 연못의 물속에 잠겨 있는 상태로 물 위에 우뚝 서 있는 여인의 모습을 대한 능비령의 눈이 커졌다.

"놀랄 거 없어요. 물의 정(精)이에요. 내가 말했지요? 언니 정도 되면 분명히 오행의 정을 부릴 수 있을 거라고."

여교가 능비령의 옆구리를 찌르며 입을 열었다.

새삼 연못의 물 가운데 우뚝 서 있는 물의 정을 자세히 바라보던 능비령의 얼굴이 붉어졌다. 물의 정은 아름다운 여인의 형체를 하고 있었는데 자세히 보니 나신이었던 것이다.

흑화고가 손짓하자 사람 형태를 취하고 있던 물의 정이 순식간에 사라져 버리고 보이지 않았다.

"지금 불러낸 것은 환환수계의 하위급 물의 정이야."

능비령은 잠시 생각에 잠겼다가 질문을 던졌다.

"그렇다면 전에 물 그릇 속에 나타났던 그 사람도 환환수계의 정이야?"

"아니야. 수경망 고립은 환환수계를 통해 물을 거울처럼 이용하는 수경(水鏡)의 밀법을 사용해 흑첨향의 인물들에게 정보를 팔고 사는 정보 장사꾼이야."

'물의 거울을 이용해 정보를 팔고 사는 정보 장사꾼이라고?'

능비령은 오행술 자체가 너무나 신비하게 느껴져 자신도 모르게 더 듬거리며 열었다.

"그렇다면… 오행계 중에서 수계 말고 다른 곳에도 모두 그곳을 관장하는 정들이 있는 거야?"

"물론이지."

흑화고가 문득 화원 구석의 거목 한 그루를 향해 손을 뻗었다. 손을 뻗으며 입 안으로 무어라 웅얼거리기 시작했는데 그 음성은 전혀 알아 들을 수가 없었다.

쩌저적—

돌연 능비령의 앞쪽 지면이 지진을 만난 듯 갈라지기 시작했다.

능비령이 크게 놀라 바라보니 어른의 팔뚝 굵기에 달하는 나무뿌리 한줄기가 땅을 헤치고 위로 솟구쳐 오르고 있었다.

능비령이 입을 딱 벌리고 있는 사이에 땅속 깊숙이 박혀 있던 나무 뿌리는 더욱 길게 지면을 가르며 솟구쳐 올라 땅속에서 다시 한 그루 의 나무가 솟아난 형태로 우뚝 섰다.

나무뿌리의 끝에는 기이하게 생긴 물체가 앉아 있었다. 사람의 얼굴 에 개의 몸을 한 괴물이었다. 꼬리는 달리지 않았는데 전체가 검은색 이었다.

"백택도(白澤圖)에 의하면 나무의 정을 일러 팽후(彭候)라고 해."

흑화고는 다시 손짓을 해서 팽후를 오행계로 돌려보내며 고개를 끄덕였다. 팽후가 돌아가자 나무뿌리 역시 땅속으로 사라져 버렸는데 갈라졌던 지면도 어느새 원래대로 회복되어 있었다.

백택도라면 능비령도 이미 천뢰도의 지하 서고에서 읽은 적이 있어 그 내용을 어느 정도 알고 있었다.

치우(蚩尤)를 멸망시킨 황제(黃帝)가 하루는 동해에 이르러 환산(桓山)에 머물고 있을 때 해안에서 한 마리의 기이한 동물을 보았는데 그 동물은 인간의 말을 하며 세상에 모르는 일이 없었다.

그 기괴한 동물이 백택(白澤)이었는데 황제가 이 세상의 귀신과 요괴에 대해 묻자 백택은 총 일만여 종이 넘는 고대의 정기(精氣)가 요괴로 변한 사실과 떠도는 혼이 변한 요괴에 대해서도 알려주었다.

황제는 백택이 말한 내용을 기초로 모든 요괴들의 형상을 그리고 그것을 천하에 알려 해를 미연에 막고자 했는 바 그때 그려진 그림이 바로 백택도였다.

능비령이 혀를 내두르며 여교를 바라보았다.

"오행술만 제대로 펼쳐도 무공을 익힌 사람보다는 강할 것 같은데 어째서 넌 밀법과 무공을 비교할 수 없다고 했지?"

여교 대신 흑화고가 고개를 저으며 대답했다.

"밀법을 가미해서 펼치기 때문에 어지간한 무림인들은 날 상대할 수가 없을 뿐이지 사실 내 무공화후는 무공에 입문해서 겨우 5, 6년 정도 되는 무림인들 정도의 실력이야. 그러니까 무림인들 중 일 갑자 이상의 공력을 지닌 진정한 고수를 만나면 나도 장담할 수 없어."

흑화고는 말을 마치고 잠시 동안 능비령을 바라보았다. 그녀의 눈에는 안타까워하는 빛이 떠올라 있었다.

'내 단전이 폐쇄되어 있다는 것을 알고 있기 때문에 저렇게 안타까위하는 표정을 짓는 것일까?

능비령은 불현듯 단전이 아닌 심장에 공력을 쌓을 수 있는 특이한 심결에 대해 이야기하고 싶어졌지만 다시 생각해 보고 입을 열지 않았다. 아직은 성공했다고 말할 수 없는 단계였던 것이다.

흑화고 역시 무어라 말을 덧붙일 듯하다가 나직이 한숨을 내쉰 후 몸을 돌렸다.

2

당분간 천뢰도에 더 머물러 있어야 한다는 것을 알게 된 능비령은 다음날부터 연공에 전념하기 시작했다.

새벽 일찍 일어나서 한차례 연공을 한 다음, 아침 식사를 한 후 다시 정오까지 쉬지 않고 기를 심장에 쌓았다. 그리고 오후에는 머리 속에 저장되어 읽는 책들을 하나씩 꺼내 읽는 규칙적인 생활이 그의 일과가 되었다.

어차피 할 일도 없었지만 무엇보다도 과연 단전이 폐쇄된 상태에서도 연공을 할 수 있는가 확인해 보고 싶었기 때문이다.

열흘이 지났을 무렵 능비령은 한 가지 성취를 얻을 수 있었다.

그동안 계속 심장에 쌓아도 연공을 멈추는 즉시 조금씩 흩어져 버리던 기가 놀랍게도 더 이상 흩어지지 않은 채 심장을 둥그렇게 감싼 형태로 흩어지지 않았다.

'아! 과연 이제는 더 이상 흩어지지 않는구나.'

능비령은 내심 뛸 듯이 기뻤다. 자신이 일단공(一段功)의 성취를 이뤘음을 깨달은 때문이었다.

일단 체내에 기가 쌓이자 그 기를 운용하는 것은 어렵지 않았다.

일단공이 이뤄진 후 능비령은 가장 먼저 팔목에 차고 있는 천잔에 기를 운용해 보았다.

찰칵.

미세한 음향과 함께 팔찌 전체가 형태가 변하기 시작했다.

손등 쪽으로는 검은빛의 얇은 철판으로 변해 손을 보호하는 역할을 했고, 손바닥 아래쪽은 한 손에 쥐기 편한 손잡이 형태가 되었다.

손잡이를 쥐자 실처럼 가늘고 흐느적거리는 검은 사검(絲劍)이 반 자 길이로 뻗어 나왔다.

"뭐야! 천잔을 운용할 줄 알게 되어 다행이긴 하지만 이래서야 아직은 검이라고 할 수도 없겠군. 역시 공력의 차이인가?"

능비령은 내심 실망을 금할 수 없었다. 흑화고가 천잔을 운용했을 때는 검신의 길이가 세 자에 달했고 지금처럼 흐느적거리지도 않았던 것이다.

그날 이후 능비령은 족자에 기록되어 있는 이름도 알 수 없는 신비한 신공에 대해 더욱 집착하기 시작했다. 하지만 일단공의 상태에서 안정된 기는 더 이상 쌓아도 다시 흩어지기 시작해 원래의 일단공 이상으로 쌓여지지 않았다.

능비령은 일단공을 뛰어넘을 때처럼 꾸준히 기를 쌓아야 이단공인 두 번째로 기가 흩어지지 않고 안정되는 단계를 극복할 수 있다는 것은 알고 있었지만 열흘이 지나도록 이단공을 이루지 못해 초조하기 그지없었다.

다시 열흘이 흘러갔다.

능비령은 자신의 방에 앉아 서고지기 노인이 준 족자를 벽에 걸어놓고 그 앞에 가부좌를 틀고 앉아 들여다보고 있는 중이었다.

'저 족자에 그려져 있는 것은 이계의 풍경이라고 했다. 저곳에서 연공을 하면 두 배 이상 빨리 기를 쌓을 수 있다고 했는데 과연 이 세상과 다른 세상이라는 것이 존재하는 것일까?'

족자에 그려져 있는 풍경은 과연 이 세상과는 달라 보였다. 나무가 우거진 산의 형태는 비슷했지만 전체적인 색감이 현실 세계와는 어긋나 있는 듯한 느낌이었다.

그려져 있는 모든 색들이 다양했고 선명했는데 특히 평야를 덮고 있는 풀이 초록색이 아니라 노란색을 띠고 있는 게 특징적이었다.

'한데 저 이계로 가려면 어떻게 해야 하는 것일까?'

능비령은 불현듯 족자에 그려져 있는 이계로 가고 싶다는 충동을 느꼈다. 그 충동은 점점 강렬해져 계속 족자 속의 풍경을 바라보고 있노라니 영혼이 빼앗기는 황홀한 상태로 이끌려 가고 있음을 느꼈다.

능비령은 자신도 모르게 눈을 감고 몽환에 빠져들었다. 이계에 대한 동경이 더욱 강렬해졌다.

그리고 어느 한순간, 그는 갑자기 자신의 몸이 어디론가 빨려 들어가는 듯한 느낌을 받았다. 마치 자신의 몸이 한줄기 연기로 화해 강렬한 흡인력을 따라 이끌리는 듯한 느낌이었다. 동시에 전신이 불길에 휩싸인 듯한 고통스러운 열기와 암흑이 덮쳐 왔다.

…….

능비령은 깜짝 놀라 눈을 떴다.

그 순간 그는 자신이 이미 낯선 세계에 와 있다는 것을 알 수 있었다.

족자에 그려져 있던 풍경과는 다른 곳이었다. 하지만 능비령은 자신이 바로 족자에 그려져 있는 풍경이 속해 있는 세계에 와 있음을 본능적으로 느낄 수 있었다.

주위에는 온통 아름드리 거목들이 빽빽이 들어차 있었다. 그 아름드리 거목의 줄기를 타고 칡넝쿨 같은 것들이 타고 올라가 허공에 늘어져 장막을 드리운 것 같았다.

'여긴 마치 운남의 밀림 같구나.'

능비령은 어리둥절 주위를 둘러보다가 자신이 이계에 들어섰음을 실감하고는 내심 경악하지 않을 수 없었다.

'이계로 넘어오는 방법이 그냥 강렬하게 생각하면 되는 것이었단 말인가?'

능비령이 자신이 어떻게 해서 이계로 넘어올 수 있었는지 이해가 되지 않았다.

다음 순간 자신도 모르게 몸을 일으키던 능비령의 몸이 쓰러질 듯 휘청였다.

마치 깊은 물속에 있는 듯한 엄청난 압력이 그의 몸을 짓눌렀다. 숨을 쉬기조차도 힘든 압력이었다.

능비령은 무언가 알 수 없는 힘이 자신의 몸을 지면으로 잡아끌고 있음을 느끼며 한 걸음을 내디뎠다.

하지만 한 걸음을 떼는 것조차 너무도 힘이 들어 어린아이가 막 걸음마를 시작한 듯한 어기적거리는 움직임에 지나지 않았다.

손을 움직이려 해도 보이지 않는 물체가 잡아당기는 것같이 움직이기가 쉽지 않았다. 그야말로 깊은 물속에 잠겨 손발을 허우적대며 움직이는 것 같은 기분이었다.

'공기의 무게가 다른 것일까? 아니면 중력(重力)이 다른 것일까? 발은 땅에 달라붙어 떨어지지 않는 것 같고 공기가 사면팔방에서 몸을 조여오는 듯한 느낌이구나.'

내심 고개를 젓던 능비령은 체내의 기를 전신에 골고루 퍼뜨렸다. 기를 운용하며 움직이자 그제야 몸을 움직이기가 수월해졌다. 하지만 전신의 기를 모두 끌어올렸건만 간신히 중원에서 기를 끌어올리지 않고 움직이는 정도에 불과했다.

툭!

이 순간 능비령의 소매 속에서 화고가 구르듯 튀어나와 지면에 떨어졌다.

지면에 떨어진 화고는 몸을 일으켜 이리저리 움직여 보고 있었는데 능비령과 마찬가지로 움직이기가 불편한 듯 그 동작이 기이해 보였다.

그토록 몸이 가볍고 빠르던 화고 역시 이계에서 적응이 되지 않았던 것이다.

화고는 잠시 허우적대는 듯하다가 이내 적응한 듯 능비령의 주위를 뛰어다니기 시작했다. 민첩한 움직임이었다. 하지만 중원에서보다는 확실히 그 움직임이 둔해져 있었다.

'어찌 되었든 일단 이계로 넘어왔으니 과연 중원에서 연공할 때보다 빨리 기를 쌓을 수 있는가 알아보아야겠구나.'

능비령은 다시 가부좌를 틀고 정좌한 후 조용히 눈을 감았다.

순식간에 그의 주변에 넘실거리는 듯한 기의 흐름이 느껴졌다. 중원에서 기를 느낄 때와는 전혀 달랐다. 그야말로 기의 바다 속에 몸이 잠겨 있는 듯 엄청난 기가 천지간에 가득했다.

연공을 시작한 지 불과 일각여 만에 능비령은 자신이 이미 이계신공(異界神功)의 이단공(二段功)을 넘어섰음을 알 수 있었다. 심장에 쌓여진 기가 두 번째로 안정된 상태로 연공을 멈춰도 흩어지지 않았던 것이다.

능비령은 너무도 기뻐 연공을 멈추고 벌떡 일어서려다가 다시 고통으로 얼굴을 찡그렸다. 그는 서둘러 기를 전신에 퍼뜨려 압력에 대항하지 않을 수 없었다.

이미 이단공을 넘어선 때문인지 처음에 움직일 때보다는 조금 더 빨라지고 편해진 느낌이었다. 게다가 심장에 쌓여진 기는 비워지는 순간 빠르게 다시 채워지고 있어 공력의 소모를 염려할 필요가 없었다.

잠시 후 버둥거리던 몸을 간신히 안정시킨 뒤에 주위를 돌아보던 능비령의 입에서 비명 같은 경악성이 흘러나왔다. 그로서는 실로 난생처음 대하는 괴상한 괴물 세 마리가 그의 삼 장 뒤에 우뚝 서 있었던 것이다.

놀랍게도 키가 무려 일 장여에 달해 인간의 두 배에 가까웠으며 몸에 검은색의 긴 털이 빈틈없이 뒤덮여 있다.

얼굴은 늑대의 얼굴을 닮았는데 등 뒤에는 퇴화된 듯한 작은 날개가 두 개 펼쳐져 있다. 네 개뿐인 손가락 끝에 길게 뻗어난 손톱은 한눈에 보기에도 갈고리처럼 강인해 무엇이든지 갈기갈기 찢어낼 것같이 느껴졌다.

능비령은 본능적으로 위기를 느꼈다.

세 마리의 괴물에게서는 엄청난 파괴의 힘과 강렬한 살기가 뿜어져
나오고 있었다.

〈2권으로 이어집니다〉

외공 & 내공

外功 内功

功 功

Fantastic Oriental Heroes

김민수 新무협 판타지 소설

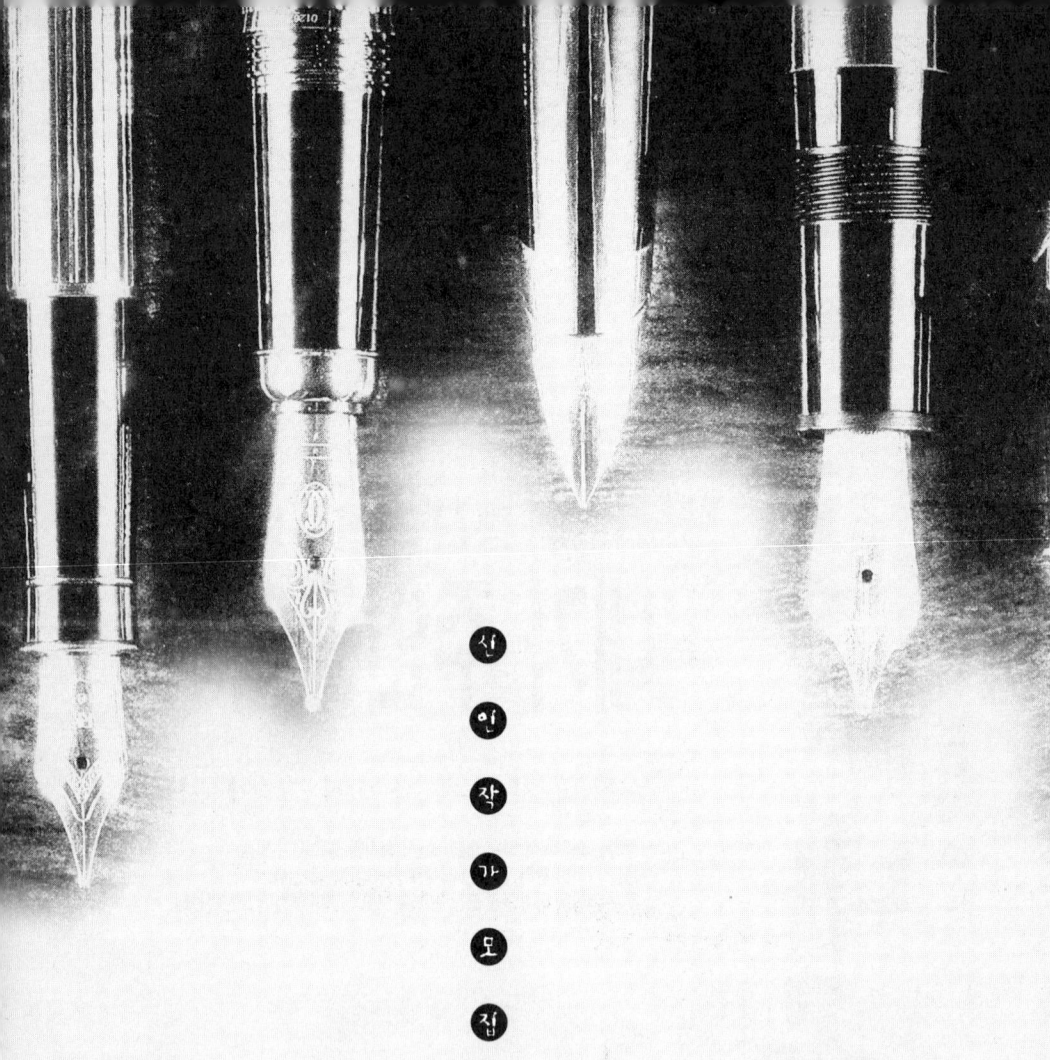

신

인

작

가

모

집

시작이 반이라고 했습니다.
작가의 길에 대한 보이지 않는 벽을 과감히 깨뜨리십시오!
청어람은 작가 지망생 여러분들의
멋진 방향타가 되어드리겠습니다.

저희 도서출판 청어람에서는
소설 신인 작가분들을 모집합니다.
판타지와 무협을 사랑하시는 분들의 많은 참여를 바랍니다.
소정의 원고(A4용지 150매)를 메일이나 우편으로 보내주시면
검토 후 출판 여부를 알려드리겠습니다.

주소:경기도 부천시 원미구 심곡1동 350-1 남성B/D 3F 우편번호420-011
TEL:032-656-4452 · **FAX**:032-656-4453
http://**www**.chungeoram.com
e-mail:chungeoram@chungeoram.com